A ILUSTRE FAMÍLIA DO MINISTRO AHUJA

A ILUSTRE FAMÍLIA DO MINISTRO AHUJA

Karan Mahajan

Tradução
Renato Aguiar

Amarilys

Copyright © Karan Mahajan, 2008
Título do original em inglês: *Family planning*

Amarilys é um selo da Editora Manole.

Capa
Hélio de Almeida

Preparação, revisão, projeto gráfico e editoração eletrônica
Depto. editorial da Editora Manole

Dados Internacionais de Catalogação na Publicação (CIP)
(Câmara Brasileira do Livro, SP, Brasil)

   Mahajan, Karan
   A ilustre família do Ministro Ahuja / Karan
Mahajan ; tradução Renato Aguiar. -- Barueri, SP :
Manole, 2009.
   Título original: Family planning.
   1. Ficção indiana (Inglês) I. Título.

09-04320   CDD-813.6

   Índices para catálogo sistemático:
   1. Ficção : Literatura indiana em inglês
   813.6

Todos os direitos reservados.
Nenhuma parte deste livro poderá ser reproduzida, por qualquer processo, sem a permissão expressa dos editores.
É proibida a reprodução por xerox.

A Editora Manole é filiada à ABDR – Associação Brasileira de Direitos Reprográficos.

Editora Manole Ltda.
Av. Ceci, 672 – Tamboré
06460-120 – Barueri – SP – Brasil
Tel. (11) 4196-6000 – Fax (11) 4196-6021
www.manole.com.br
info@manole.com.br

Impresso no Brasil
Printed in Brazil

A meus amorosos pais,
Veena Mahajan e Gautan Mahajan

SUMÁRIO

1. Hora da pergunta 11
2. O segredo deveras delicado do sr. Ahuja 17
3. A noiva repentina 26
4. A democracia é *rock'n'roll* 37
5. O sr. Ahuja renuncia 46
6. Quem morreu? 57
7. *Quid pro quo* 61
8. Gordura acontece 72
9. Bryan Adams explica tudo (infelizmente) 83
10. O sr. Ahuja manipula as pesquisas 100
11. A metade amarga 109
12. Um viaduto, finalmente 124
13. Surfando na multidão 128
14. Diwaan-e-khaas 133

15 Cumprimentos insinceros   140
16 A idade do suborno   158
17 Use os contatos   163
18 Um papinho   166
19 Decisões na entrada da garagem   181
20 Oi, Aarti   185
21 Este é o novo primeiro-ministro   196
22 Morde e assopra   209
23 Ponto de ônibus errado   215
24 As notícias em casa   231

EPÍLOGO   237
AGRADECIMENTOS   247
GLOSSÁRIO   249

CAPÍTULO 1

HORA DA PERGUNTA

Obviamente, o sr. Ahuja – ministro do Desenvolvimento Urbano – não poderia dizer a seu filho que só sentia atração pela sra. Ahuja quando ela estava grávida. Que ele gostava da protuberância lisa adventícia da barriga dela, ou do batimento triplicado de corações quando eles faziam amor, silenciosamente, esfregando-se um no outro. Que o leve batimento fetal corria sob os pulsos acelerados de marido e mulher, acalmando-o, guardando-o de chegar ao clímax imediato. Ou mais fantasticamente ainda, como, às vezes, ele podia imaginar os olhos por nascer do feto a observá-lo, pedindo um novo irmão – rogando, soluçando, gemendo através da ressecada garganta da sua esposa...

Era manhã e o sr. Ahuja esperava no ponto de ônibus com seu filho mais velho, Arjun. O sol passava sobre Déli como uma bola de demolição ardente, toda a cidade explodindo de miragens e reflexos a ferir os olhos, Marutis, Toyotas e Ambassadors brilhando a toda velocidade em seu esplendor metálico. Nuvens amontoando-se em prateleiras sobre as nossas cabeças. Os pavimentos calcários causando vertigens sob remoinhos de poeira. Pelo menos o sr. Ahuja estava na sombra, sob uma árvore, com Arjun. O ministro de meia-idade estava começando a ter dificuldades de audição – o tráfego na Modi Estate Road chegava a ele como o sussurro indistinto de uma queda d'água – mas ah, sim, ele *tinha* ouvido a pergunta de Arjun. E a pergunta foi, Papa, *eu não entendo... Por que você e a* Mama *continuam tendo filhos?*

O menino tinha sido tão discreto quanto o ponto de ônibus permitia. Ele tinha esperado os outros irmãos – Rita, Sahil, Rahul, Varun, Tanya, Aneesha e Rishi – partirem. E então andou até seu *Papa* (*Papa* que insistia em se despedir de oito dos seus treze filhos que frequentavam a escola diariamente pela manhã) e disparou a pergunta com a brusquidão de um cara ou coroa numa partida de críquete. Tendo feito a pergunta – Arjun afastou-se perambulando, enfiou os dedos nos bolsos rasgados e coçou suas coxas peludas. As suas calças brancas da escola eram muito curtas; davam nos tornozelos.

Então, tanto o sr. Ahuja como Arjun viram o ônibus escolar da Delhi Transport Corporation flutuando numa miragem impassível de óleo vazando e estrada ardente. O tempo estava acabando.

Afinal, feitas as considerações, o sr. Ahuja decidiu que não poderia deixar o ônibus ganhar. Então disse, "Filho, eu lhe falei sobre as descobertas da Comissão Yograj, não falei? Então? Você sabe que eu não sou um fanático, mas as conclusões foram cem por cento claras. Nós precisamos de mais hindus na Índia".

"Eu sou – quer dizer, nós somos – só uma causa política para você?", perguntou Arjun, virando o pescoço para olhar de lado para o pai.

"Não, filho. Mas você sabe como é... Esses muçulmanos têm tantas esposas, e as famílias deles não param de crescer, e o que nós hindus..."

"Você pelo menos sabe meu nome?", perguntou Arjun.

"Filho!"

Com um giro trágico da sua maleta escolar, Arjun subiu no ônibus e se foi.

O ÔNIBUS ACELEROU pesadamente na estrada. As crianças se seguraram nos bancos; suas garrafas d'água balançaram no ar, brevemente desancoradas, chacoalhando. Ao examinar as cabeças preguiçosas em busca de um lugar, bem que Arjun quis ter aprendido a murmurar para si mesmo (*A porra dos políticos querem que a porra dos hindus não parem de trepar*). Por outro lado, essa habilidade era praticamente inútil na sua casa, onde mesmo a mais comum das conversas com seu Papa meio-surdo era – para Papa – murmurar para si mesmo. Que sorte, porém: o único lugar vazio era ao lado de Aarti. Ela era uma menina do vizinho Convent of Jesus and Mary – uma garota de quem ele gostava o bastante para enfrentar a gozação que irrompia na parte de trás do ônibus quando ele falava com uma menina, mesmo ele já tendo os seus dezesseis anos. Hoje, os gozadores pareciam estar de ressaca. Aarti fechou o *Guia Pradeep de Física* que estava lendo e eles começaram a conversar. Eles falaram disso, daquilo, Bryan Adams, disso, daquilo e "Summer of '69", o eterno clássico de Bryan Adams; ele não é incrivelmente gutural?, ela havia visto o novo vídeo do show em Bombaim?, e aquele verso maravilhoso em que ele diz "Na varanda da sua mãe, você me disse que ia durar para sempre, era o verão, o verão de 69", ele estava falando do quê?, da infância que ele perdia ou da virilidade que ele ganhava?

Mas, de verdade, o que Arjun gostaria de poder dizer a ela era o quanto ele odiava o ritual matutino diário do ponto de ônibus, todas as oito crianças levadas em grupo até a calçada por um homem que não conseguia ouvir nada, as oito agora se dividindo em facções e grupos opostos com a inconstância dos políticos – cada facção uma campanha de guinchos e triunfos tolos como disputar quem era capaz de lançar a garrafa d'água de Rita o mais longe do outro lado da via sem quebrar o parabrisa de um carro – e toda essa confusão ridícula acabava no minuto em que os ônibus chegavam e levavam embora a turba em meio a chutes e gritos. Mas a família não era uma turba. A família era um sistema solar. A família tinha planetas e satélites e o bebê da vez que entrava queimando na atmosfera como um meteorito choramingão. Como filho quatro anos mais velho (as outras crianças só tinham de nove a doze meses de diferença de idade de uma para outra), Arjun já havia cumprido todos os papéis neste sistema em evolução: Plutão, o Sol, Júpiter, todos menos o de satélite, na verdade. Ele substituiu a *Mama* como chefe da casa quando tinha treze anos e ela estava se recuperando de uma gravidez difícil, dez crianças orbitando em volta dele, tropeçando nos cadarços para conseguir um pouco de sua atenção, esperando ele avaliar a feitura em curva dos seus laços – e agora? Agora ele era Plutão novamente, frio, na periferia, desimportante. Ele ainda tinha de ler poemas infantis para os quatro bebês e acalmar a mãe grávida assobiando temas de filmes indianos, mas, apesar disso, vivia preso sob vinte e quatro olhos inquisitivos girando à sua volta – olhos que o viam somente como uma grande ameaça à sua nutrição pessoal à mesa de jantar.

    Arjun era o maior e o que comia mais. Ele não tinha privacidade na casa e detestava isso. Por exemplo, na noite passada, por exatamente 1,67 segundo, às 23h45min no Horário Padrão da Índia, ele tinha entrado e pego seus pais transando no quarto das crianças. Lá dentro, no espaço entre três berços no piso rosa-pálido, *Mama* estava deitada na sua camisola de bolinhas, *Papa* todo entusiasmado murmurando do alto da imensa barriga dela, as finas mandíbulas do seu pijama esfomeadas em volta dos seus tornozelos. Os quatro bebês nos berços estavam gritando; o sr. Ahuja virou a cabeça em pânico; Arjun cambaleou de volta para o corredor. A impressão que reteve era menos uma fotografia e mais um *flash*: o negativo da sua própria pele queimado e exposto. Imediatamente, ele ficou enlouquecido de perguntas. Como *Mama* e *Papa* ainda faziam sexo? Como seus dois corpos informes se empilhavam, cada qual perdido na vasta e lassa extensão da pele do outro?

Aquilo era sexo ou... natação?

Ele sempre tinha imaginado que eles faziam sexo quando todas as crianças estavam na escola.

Talvez fizessem, pensou Arjun. Talvez estivessem fazendo de novo.

O pensamento o incomodou, e como vingança contra os pais, ele disse a Aarti no ônibus: "Falando nisso, eu já te contei sobre a minha banda? A gente acabou de fazer um *cover* de algumas canções do Bryan Adams. Coisa tipo lado B, menos comercial, sabe?".

"Sério?", perguntou ela.

"Claro. Você devia vir ver a gente!"

Eles passaram por uma série de viadutos, e o motorista acelerou heroicamente o antigo ônibus nas descidas. Essas passagens elevadas eram as corcovas de concreto de *Papa*, compreendeu Arjun. Viadutos estavam sendo construídos em toda a Déli, como parte dos planos do ministro do Desenvolvimento Urbano, Ahuja, para livrar a cidade dos semáforos e revigorar o fluxo do tráfego: naquele exato momento, diversos viadutos jaziam inacabados, as suas duas rampas de acesso paralisadas em pleno ar como línguas que não conseguiram se tocar.

Ele imaginou qual seria a sensação de línguas se tocando.

"Bem que eu gostaria", disse Aarti.

Eles chegaram à escola. "Te vejo mais tarde, tá, tchau!", disse ele, girando os tornozelos rumo aos portões de St. Columba's, e ela não disse nada, só olhou para ele nos olhos, e isso era bom sinal, Arjun queria se dar um tapinha nas costas, Deus do céu, como ela era bonita! Com seu nariz ligeiramente arrebitado e o jeito como ela finge estar tão interessada em tudo o que você diz, as duas piscinas dilatantes dos seus olhos tão grandes, castanhos e pacientes! Como ela se sentava quase todos os dias no ônibus com seus cabelos orlando o seu ombro esquerdo, um caderno estendido no ângulo certo para garantir a Arjun um máximo de legibilidade (ela gostava de jogar jogo da velha, pontinhos e forca, vestígios desavergonhados da escola primária), a caneta inclinada na direção dele como um microfone, a tira do seu sutiã marcando o tecido apertado da sua blusa – nossa! Suas olhadelas eram como rabiscos a esmo – ligeiras, amiúde inofensivas e inteiramente encantadoras; cada forma tomada por aquelas sobrancelhas, a maior parte das vezes com alguma ironia, tinham o poder de distrair Arjun das notáveis bizarrices do tráfego vespertino. Ele se banqueteava diariamente com a caligrafia de Aarti. Gostava da *abundância* marcante que havia nela. A tinta azul, intensa, eletrizava o contorno dos bulbos de espaço em branco. Ele poderia sair para um passeio naquelas letras.

Mas agora a cruz gigantesca da capela se avultara sobre ele. Subitamente, ele desejou não ter mentido para ela sobre a banda. Mas tinha parecido boa ideia na hora. E, ele supunha que esta era a única coisa que seus pais e irmãos bisbilhoteiros não sabiam a seu respeito.

Ele era uma estrela do *rock*.

CAPÍTULO 2

O SEGREDO DEVERAS DELICADO DO SR. AHUJA

ARJUN RELUTAVA EM ADMITI-LO, mas tinha de agradecer a seu pai pelo flerte prolongado. A construção de viadutos tinha enchido a cidade de marcos com pilares de alvenaria de pedra bruta, placas enferrujadas de HOMENS TRABALHANDO e fragmentos de aço hipnotizantes, afiados como flechas apontadas para o céu; uma viagem de ônibus de oito minutos agora levava extraordinários quinze. Mas Déli acreditava estar fazendo força para sair da crisálida. A Super Primeira-Ministra tinha declarado uma guerra genocida contra os semáforos. A abertura de viadutos só secundava em excitação às partidas de críquete entre Índia e Paquisão. Os que viajavam diariamente entre a casa e o trabalho aceitavam o congestionamento temporário e as grandes sombras fálicas como efeito colateral do desenvolvimento.

Só o sr. Ahuja e um punhado de subalternos no Ministério de Desenvolvimento Urbano sabiam que eles estavam errados.

Déli estava, simplesmente, fodida.

O sr. Ahuja bateu na mesa de teca em seu estúdio com os nós dos dedos. O modelo de papel belamente detalhado do Viaduto Expresso, Nova Déli, *circa* 2018, vibrou, e uns poucos carrinhos insignificantes caíram da maquete dos viadutos sobre os pavimentos de papelão logo abaixo.

A sala ressoou oca. O sr. Ahuja sentia-se insuportavelmente só em seu estúdio. A mecânica da coisa toda era vagamente divertida: não importa o quanto você é surdo, ainda é possível ouvir o tedioso baque do vazio. O seu embaraçoso "encontro" com Arjun no quarto das crianças na noite anterior e depois no ponto de ônibus pela manhã deixou-lhe um frio no estômago. Durante toda a sua caminhada de volta para casa, ele desejou poder falar com o garoto. A solidão era somente um acréscimo aos seus problemas, pois seu primeiro impulso quando sentia-se inquieto era mergulhar-se no meio da multidão, sentir os olhares de relance limparem-no como os jatos d'água aleatórios de um aspersor, e justo agora não havia multidão alguma para contar, só a extensão agigantada do estúdio, o auge da sua carreira a ossificar-se diante dele em paredes de painéis de teca e pisos acarpetados – vazios. Ele odiava o vazio. Ele o odiava aqui em seu estúdio e o odiava em seu gabinete. Ele nunca ficava mais feliz do que quando estava no leme da sua colossal fábrica doméstica – botando as crianças no seu Toyota Qualis e levando-as ao Portão da Índia para um sorvete à meia-noite, observando vinte e tantos olhos grudados nas tão estimadas frutas pendendo numa árvore num pomar, sentindo o agrupamento cálido dos seus corpos atrás das suas costas como um pequeno exército – tudo isso para desânimo dos seus guarda-costas, que tinham, em princípio, que protegê-lo das multidões. Seus dois guarda-costas não tinham trabalho. Eles haviam deixado de acompanhá-lo ao gabinete já no segundo ano. E ele sofria com essa ausência agora. Ele sofria por tê-los sacrificado – a assídua dupla de Balwant Singh e Ram Lal – a uma domesticidade miserável, por ter deixado eles virarem *criadas* em sua casa, lavando e secando aquela carga de roupas sujas que as crianças despejavam diariamente com a diligência de astros pornôs. Às vezes era possível ver os dois homens sentados ao lado de uma ampla peça de mármore nos fundos da casa, fumando *bidis*, batendo na pedra as calças de brim molhadas e a visão despertaria a simpatia do sr. Ahuja. Nesses momentos, ele sentiria a tentação de desviar fundos ministeriais para comprar uma máquina de lavar – tentação esta que chamejava subindo das virilhas até culminar numa careta, mas não, ele nunca cedeu. De uma coisa ele sabia: a sra. Ahuja era *obcecada* por lavar roupa. Se algum dia ele comprasse uma máquina de lavar, ela ia acabar olhando por sua janela o dia inteiro, hipnotizada pelas laçadas de roupas a desenrolarem-se sob cortinas de detergente.

E já não era assim com a TV?

Pelo menos a televisão estava no quarto das crianças, onde ela também podia tomar conta delas.

O sr. Ahuja precisava mudar de canal. Recostado na sua poltrona, ele se curvava adiante e tossia violentamente na sua gravata de seda vermelha. O gesto era confortante: a gravata de seda vermelha era a única peça de roupa que escapava à lavação da sra. Ahuja e, *portanto*, o definia, engendrando e sustentando um microcosmo de odores, germes e saliva (ele frequentemente adormecia no seu gabinete nas semanas seguintes a uma campanha difícil) que ele encontrara ao longo da sua extensa e variada carreira de político. A gravata apresentava um padrão repetido de jogadores de críquete dando tacadas *straight*. Ele tossiu novamente no jogador que estava mais perto, enrolando a gravata como se quisesse represar os germens. Ele adorava a gravata; ela o tirava de sua introspecção, ele podia cheirá-la e ser despachado a um tempo melhor. A gravata era a sua companheira mais leal, a sua aduladora pendurada, a sua breve suspensão de sentença do indolente e sedoso *kurta-pajamas* que ele começara a usar desde que se tornou político. Mas ele amava a gravata principalmente porque era presente de aniversário da sua primeira esposa, Rashmi. Rashmi: a mãe de Arjun, morta. Ninguém jamais falou de Rashmi na casa dele, e como poderiam fazê-lo?

Arjun sequer sabia que era filho de Rashmi. Tampouco os outros filhos. O sr. Ahuja deu o melhor de si para fazer disso um segredo.

Hoje, porém, quando Arjun o insultou no ponto de ônibus, quando Arjun descaradamente perguntou *Por que você e a* Mama *continuam tendo filhos?*, ele teve vontade de dizer *Você sabia que nem foi a sua mãe de verdade que você viu ontem à noite?*

Felizmente, ele tinha tido a precaução de usar os muçulmanos como bodes expiatórios.

Nisso ele tinha se tornado igual a todos os seus colegas de partido.

Agora ele estava se sentindo apenas abatido. O sr. Ahuja se levantou e andou a passo. Seus rotos sapatos Bata araram a leve ravina através do carpete azul empoeirado. Ele apertou a campainha pousada na mesa com o dedo mindinho (sua arma preferida para repreender e exigir) e andou até a janela. Viu seu próprio reflexo no vidro fumê e tentou ignorar as paisagens de Déli, jacentes além do seu semblante diluído. Seu rosto era uma sucessão de curvas reconfortantes; não um rosto bonito, mas um que podia parecer perpetuamente interessado, as sobrancelhas erguidas num pivô de pelos brancos acima do nariz, as bochechas a retraírem-se numa angularidade inteligente quando ele falava, os olhos pequenos e intensos, embora não brilhantes. Eis um homem que podia parecer medonho em sua gravidade, aos quarenta e três anos com uma pança cujo rosto ainda era magro e jovem, a barba por fazer. Ele recuou um pouco, afastando-se do vidro, mas mantendo o olhar atento. Aquilo sempre o divertiu quando garoto, o fato de que quando você aproxima o seu rosto cada vez mais de um vidro, acaba sem ver o próprio reflexo; chega-se finalmente tão perto do seu fantasma na superfície polida que é possível ver pelos olhos dele. E como compartilhassem olhos, você não conseguiria vê-lo. Poderia apenas ver a cidade espraiada diante de você, um palimpsesto para cidades futuras, um chão abundante e fértil onde se poderia semear concreto e observá-lo germinar em formas estranhas, frequentemente horrendas.

E o que a gente via quando chegava bem perto do rosto de outra pessoa, fazendo amor? O que a gente via além?

O sr. Ahuja sabia: dependia completamente de com quem você estivesse fazendo amor. Com Rashmi ele não tinha visto nada além – só uma escuridão, um negro campo de críquete cheio de negros jogadores, os quatro altos refletores do estádio abençoando cada jogador não com uma ou duas, mas com *quatro* sombras; cada jogador de críquete parecendo, de certa altura, um pequeno maço de carne fixado no centro de uma bússola quadrifurcada. Então ele e ela estariam bem acima do campo e as luzes se apagariam uma a uma, e então eles estariam sozinhos, circulando sobre uma negrura de piche, juntos. Os jogadores desapareceriam. As bússolas desapareceriam. Não haveria nenhum outro lugar onde ele desejasse ficar.

E com Sangita – eternamente grávida, a constantemente fértil Sangita?

Sangita com seu odor ainda peculiar de naftalina e bálsamo Tiger? Com o corpo oleoso das atenções constantes da *massagem-wali*? Com a sua pesada mão esquerda sempre apertada contra a base das costas? Seus suspiros de gente velha? Seu hálito de leite de amêndoa? Sua espinha no queixo? Seu umbigo orgulhosamente arrebatado? Sua barriga fabulosa e frágil, tudo ao mesmo tempo?

Sim. Esse era o problema. Com Sangita, você não consegue superar os detalhes.

Pior, o sr. Ahuja nunca tinha tentado de verdade. Mas pensar em Sangita o havia deixado excitado, e num súbito rejuvenescimento de paixão, ele saiu do estúdio, caminhou até o quarto das crianças, bateu na porta e entrou.

O quarto das crianças era uma peça grande caiada com dez berços – três dos quais ocupados no momento (Vikram: dois meses, Gita e Sonali: onze meses) – e a presença permanente da sra. Ahuja sentada ao centro num banco, tricotando. Ela estava com quarenta anos – o tipo de quarenta que levava as pessoas a comentarem: "Você parece muito moça para quem tem sessenta." Sua cabeça estava sempre coberta por um *dupatta* e ela levantava os olhos um breve instante. Era alta e tinha um coque imponente de cabelos negros. Sempre usava sáris cinzas durante o dia. A roupa matronal revelava dobrinhas laterais de pneus. Riscas de cabelos prateados lhe caíam sobre o rosto; seus lábios estavam apertados fazendo um hífen, à maneira de uma mulher que está apavorada com seus lábios voluptuosos (só que seus lábios eram minúsculos e finos). Um ventilador rangia no teto; o ator Amitabh Bachan murmurava imprecações na TV.

A televisão estava na frente da janela, uma luz natural alternativa. A sra. Ahuja detestava luz natural. O quarto cheirava a saliva e a talco para bebês Johnson & Johnson.

Imediatamente o sr. Ahuja começou a gritar, "O que Arjun estava fazendo aqui ontem à noite? Por que estava vindo aqui, diga-me? Eu pensei que havia te dito que ele não precisa tomar conta dos bebês. Ele é um homem crescido agora – não deve ficar pulando da cama toda vez que um bebê faz barulho, não é? Você está me ouvindo?"

No início, ele não tinha intenção de gritar. Ele queria ficar de joelhos diante dela e sussurrar futilidades na rotunda suave de sua barriga. Mas tendo voltado ao quarto das crianças, ele foi novamente atingido pelo quanto deve ter sido perfeitamente horrível para o filho dar de cara com os pais esparramados no chão, e, assim, seus pensamentos crepitaram em sopros de irritação. Ele estava novamente no mais sombrio e amargo de si. Ele viu a realidade da situação sob a forma de uma manchete de jornal: MINISTRO AHUJA PROPÕE NOVO DECRETO SOBRE EDUCAÇÃO SEXUAL NO *CHÃO DA CASA*; CRIANCINHAS DEVEM SER *EXPOSTAS* À MAIS TENRA IDADE POSSÍVEL.

"Estou ouvindo, *ji*", disse a sra. Ahuja.

A sra. Ahuja não levantou a voz, em parte por hábito, em parte por resignação, mas principalmente de propósito.

O sr. Ahuja, sem ouvir, continuou. "*Accha*. E também diga a Shanti que eu quero que ela faça *khichdi* para eu levar para o meu gabinete. Eu preciso de comida leve no almoço. Todos os dias aqueles cafajestes no trabalho me fazem comer comida pesada como a da região da Caxemira."

"*Ji*, Shanti foi embora."

"Para onde ela foi?", gritou o sr. Ahuja. Então, num gracioso arco da irritação à afeição, ele pegou o bebê Vikran e começou a arrulhar e falar amorosamente com ele.

"Para casa, onde mais?", disse a sra. Ahuja, perdendo o ponto das agulhas.

"Por que ela foi embora tão de repente?"

A sra. Ahuja resmungou, "Ela jogou as toalhas fora".

"Então foi *demitida*?"

"Foi, *ji*."

O sr. Ahuja suspirou. Pôs Vikran de volta ao berço e fez cócegas na barriga da criança. Então voltou-se para a sra. Ahuja. "Querida. O que foi que você fez? Por favor, me explique. Que crime ela cometeu contra você? Sangita, é por causa de mulheres como você que as domésticas vão ter um sindicato um dia. Você demite toda vez que lhe dá na telha. E então faz o meu filho trabalhar no lugar. Você transformou Arjun numa empregada."

"A empregada não está ouvindo", mostrou a sra. Ahuja. "Hoje ela tentou jogar fora as toalhas que eu guardo no *almirah*."

"O Arjun?!"

"Ela, *ji*."

"Ela, quem?", o sr. Ahuja ergueu impetuosamente ambas as mãos.

"A empregada."

"Você e os seus pronomes. De quem você está falando agora?"

"Shanti."

"Pensei que ela tinha sido despedida."

"Ela foi", disse a sra. Ahuja. "Por causa da toalha..."

"*Hai Ram*, Sangita. Eu vi essas toalhas. Elas estão completamente arruinadas. Cheias de buraco de traça. Elas são toscas. *Devem* ser jogadas fora."

"Tudo bem, *ji*", disse a sra. Ahuja, embalando um pequeno em seu banco de bambu. "Eu só estava tentando manter a higiene. Você mesmo disse que nós precisávamos da higiene."

"HIGIENE?", tossiu o sr. Ahuja.

"*Ji*, quando faço latrina, depois de usar a caneca às vezes ainda é preciso limpar o traseiro. Para isso estou usando as toalhas. Higiênico é..."

"Quantas vezes eu já lhe disse: você não FAZ LATRINA? Você VAI AO BANHEIRO!"

"Desculpe..."

"Desculpe o quê, Sangita?", disse o sr. Ahuja. "Meus filhos estão falando como você agora. Por favor. Primeiramente, ou fale híndi ou fale inglês. Essa coisa entre os dois é tolice. E chega dessa insensatez. Livre-se das toalhas. Traga a empregada de volta. Eu não tenho tempo para isso. E eu pensei que já tinha te dito para jogá-las fora", disse ele, apontando para as laranjas que estavam no peitoril da janela. "Essas laranjas – olhe para elas, Sangita – elas estão verdes. Isso é mofo. É ruim para a respiração dos bebês. Você sabia disso? Todos eles já têm asma? Por favor, chega de tentar economizar nessas coisas."

"Tudo bem, *ji*", disse ela. Ela limpou as mãos num guardanapo. Uma pirâmide de guardanapos amassados jazia atrás dela numa bandeja. "Eu vou dá-las para a família de Shankar."

Shankar era empregado da família. Miraculosamente, ele era empregado deles há uma década. Todos os outros empregados – e como ministro, o sr. Ahuja podia ter um séquito de empregados – eram demitidos poucos dias depois de contratados.

O sr. Ahuja interveio. "Não faça uma coisa dessas. E por favor – eu não quero o Arjun fazendo nada hoje. Nada de trocar fraldas, nada de massagem, nada de exercícios para os bebês. Hoje eu preciso conversar com ele."

"Tudo bem, *ji*", disse ela.

Então, hesitando, ela fez um gesto na direção da divindade da casa – a TV – e disse, "Ele morreu."

"HEIN?"

"Ele morreu", disse ela em híndi. *"Wo mar gaya."*

"*Amanhã, kya* o quê?!", disse ele. "Sangita, por que eu diria *amanhã* se estou falando *hoje*? Eu quero conversar com ele hoje!"

A sra. Ahuja desistiu.

CAPÍTULO 3

A NOIVA REPENTINA

O QUE ELE PODERIA DIZER AO FILHO? Perguntava-se o sr. Rakesh Ahuja.

Filho, essas coisas são normais numa família? A sua mãe adora bebês e os quer cada vez mais? As pessoas fazem amor desse modo o tempo todo – de que outro modo poderia ser feito nos povoados? Hum, o que é mesmo uma camisinha?

Ele se reclinou no banco traseiro de seu carro oficial Ambassador, hipnotizado pelos murmúrios constantes e incoerentes do motorista sobre uma partida recente de críquete. Ele estava a caminho do trabalho. Reforçou-se a sua sensação de bem-estar repentino, sem dúvida pela serenidade de Déli às 7:50 da manhã, antes de 10 milhões de pessoas terem acordado, tomado o café-da-manhã e decidido, numa coincidência espantosa, que *hoje* todas elas se dedicariam a pôr a cidade a centímetros da sua completa ruína. As rodovias da cidade a esta hora – na verdade quase à mesma temperatura de uma torrada recém-tostada – pareciam frescas e sombreadas através do vidro fumê. No canteiro central da principal avenida havia uma formação de vasos vermelhos com mudas que ele esperava que fossem florescer no ano em que Rita – a sua segunda favorita depois de Arjun – completaria dezessete anos, e ele seguiu o canteiro com os olhos até ele desaparecer sob a maior sombra permanente em Déli, a face inferior do Viaduto Secretariat, o mais bonito e complexo monumento de arenito deste lado de Rashtrapati Bhavan – seus quatro braços e ventrículos verdejantes e a curvatura geral das vias, desenhadas para parecerem uma lótus gigante vista do alto, de tal modo que quando baixou a janela, o sr. Ahuja pôde sentir na sua garganta seca a concentração e a densificação da vida que o viaduto traria para a área quando fosse aberto ao público dali a três meses.

Ele desfrutava secretamente o fato de o espaço sob os viadutos servir de abrigo para barracos, mendigos, crianças fugidas de casa e gente sem-teto; ele gostava de você poder segurar a grade amarela e andar junto ao tráfego, uma coisa inusitada na Índia; ele viu as colunas curvadas e arcos que sustentavam toda a estrutura e teve consciência de ter recolonizado a cidade.

Ele ficou satisfeito de ter a cidade para salvá-lo das suas dificuldades pessoais.

Não – ele estava feliz de a cidade ainda não ter entrado em colapso.

Ele precisava falar sobre Rashmi com Arjun antes de ele próprio ser absorvido por problemas políticos. Ele vinha adiando a discussão inevitável há anos, mas hoje ele quase jogou o segredo na cara do filho. Isso de nada adiantaria: uma conversa adequada de pai para filho fazia-se necessária.

O sr. Ahuja fechou os olhos quando o carro roncou, acelerando sob a passagem elevada, seu ventre esculpido como o chassis de um 747. Duas asas de folhagens pendiam de ambos os lados; uma umidade fresca, corrosiva fumigou o carro. E então eles saíram do outro lado, e o sr. Ahuja estava olhando para cima por sobre o ombro. Uma bandeira presa à testeira do viaduto tremulava precariamente ao vento, fazendo uma pergunta pungente sobre a AIDS, pergunta esta, na verdade, que acabou se mostrando uma maneira pungente de promover o programa de perguntas e respostas *Quem Vai Ganhar Dez Milhões de Rúpias?*

TUDO O QUE DIZIA RESPEITO ao primeiro casamento com Rashmi estava infestado de contradições – a sua presunçosa recusa do casamento arranjado (ele tinha cabelos abundantes, suíças afiadas como navalha e um diploma do Instituto Indiano de Tecnologia naqueles tempos); o recatado compromisso dos pais ("Bem, conheça então umas moças, não precisa se casar com elas.") e a sua derrota final (o casamento). Ele tinha escolhido a derrota. Rashmi era bonita, uma delicada moça punjabi com faces que pareciam curiosamente cavadas, e um nariz que deitava uma sombra perfeita sobre o seu lábio superior. Encontraram-se na casa de Ahuja, os dois pares de pai e mãe olhando embaraçados enquanto o garoto e a garota interagiam mecânica e formalmente. Depois que eles saíram, ele disse a seus pais: "Não, de jeito nenhum eu vou aceitar esse casamento arranjado sem sentido". Ele sabia que estava partindo seus corações; eles estavam aflitos, queriam vê-lo estabelecido. Mas ele tinha jurado vingança contra os pais e não conseguia lembrar-se o porquê – não seria porque eles próprios tiveram uma vida marital horrorosa, porque o tinham enviado a um internato, porque suas brigas constantes o fizeram sentir-se tão insignificante, tão ignorado como filho?

Mais tarde naquele mesmo dia, porém, ele se aproximou hesitante do telefone cinza e pesadão na varanda e prestou atenção ao barulho de passos. Então ele circundou o telefone. Descreveu arcos amplos, depois menores. Momentaneamente, recostou-se contra a prateleira, assoviando. Finalmente, mergulhou sobre o maldito troço e telefonou para Rashmi, chamando-a para um encontro, e eles se encontraram e continuaram a se encontrar muitas vezes dali em diante (tudo sem o conhecimento dos quatro pais embaraçados) – Rakesh segurando a mão dela com cuidado durante a projeção de *Sharaabi*; Rashmi levando-o a um lugar secreto na tumba de Humayun, onde eles se beijaram sobre o caixão bolorento do falecido cortesão Mughal; ambos se insinuando e fumando no velho antro comunista de Connaught Place. Ele gostou da garota por causa da indignação, da fúria com que via a maneira como os ares coloniais de Nova Déli ocultavam a realidade de suas gigantescas favelas – e da sua relutância em permitir que isso a amargurasse ou entristecesse. Ela era a pessoa mais determinada que ele já conhecera, e algo naquela determinação jogava contra o seu sentimento de trágica ironia, de rejeição, e floresceu em romance.

Ninguém sabia daquele romance, muito menos os pais, que já tinham perdido as esperanças em relação ao filho. Para eles, Rakesh parecia estar perdendo a cabeça. Ele tinha acabado de concluir os seus quatro anos do Instituto Indiano de Tecnologia em Déli, conquistar o seu diploma de bacharel em ciências (com distinção!) em engenharia civil – o mais casável e negociável diploma da sua época – e o que queria fazer agora? Queria entrar para o Serviço Administrativo Indiano, o IAS. O inimaginável: ele queria jogar fora o mundo de remuneração lógica que fora planejado para ele, apostar na loteria intelectual do serviço público, tornar-se um *babu*. Ele queria planejar cidades, ser funcionário do Departamento de Obras Públicas. Os pais de Rakesh pensaram ter perdido tudo e a exaustão de manter seu filho único no bom caminho quando ele se afastou deles os teria matado se ele não tivesse chegado um dia e dito: "*Mama, Papa*. Eu quero me casar com Rashmi."

Contou tudo a eles. A sua vingança o vencera.

Rashmi e Rakesh casaram-se. O casamento teve muitos destaques, embora nada tenha preenchido Rakesh com mais alegria do que sentar no falso trono durante a recepção de casamento e ver parente após parente passar e prestar sua homenagem (e dar dinheiro, é claro) aos atordoados recém-casados. Ele gostou de estar sentado sobre o estrado e de fisgar o olhar dos visitantes com seus olhos e vê-los prosseguir para cumprimentá-lo. Tratava-se de uma ciência benigna e inofensiva, e, contudo – exigia habilidade, manobrar pessoas, para projetar seus destinos de uma maneira que fosse a melhor para todos. Esta era a verdadeira engenharia. Dias mais tarde, ele entrou na sala para o concurso no Serviço Administrativo como um conquistador, sorrindo conscientemente para o monitor. Ao sentar-se à escrivaninha, um homem casado, não mais um virgem, tudo o que tinha eram sonhos de grandeza, imagens de arquitetos magros olhando atentamente projetos de Nova Déli e Chandigarh – seus pés junto aos de Rashmi percorrendo a cidade perfeita a passos miúdos. Ele estava tão apaixonado que não passou no concurso.

Então, academicamente diminuído, ele enviou desesperados pedidos de inscrição de última hora a universidades americanas. Foi aceito pelo Instituto BR, em Vermont, para um doutorado em engenharia civil. Não era o melhor programa, mas ele foi mesmo assim. Rashmi se inscreveu num curso de jornalismo na mesma escola, e Rakesh travou conhecimento com o vasto enfado dos subúrbios e a perfeição vislumbrante do desenho americano. Ele não gostou da América; sentiu-se constrangido por ser o único indiano num raio de cento e sessenta quilômetros; ele desejou poder estar de volta entre os milhões fervilhantes em Déli. Mesmo Rashmi, à vontade em qualquer cenário, sentiu-se só. E então, em pleno rigor do seu primeiro inverno branco, exagerada a sua saudade da Índia, ambos incapazes de lidar com dessecamento do aquecedor central, Rakesh brincou: "É frio demais nesse país para transar com camisinha".

Nove meses depois, eles tiveram Arjun.

Arjun mudou tudo. Se antes Rakesh sentira-se obrigado a permanecer na América (ele queria provar a seu pai que era responsável), em Arjun ele encontrou a razão perfeita para retornar para casa – não queriam eles que seu filho fosse indiano? Não queriam os avós uma participação na educação dele? Como Rashmi ia lidar com isso sozinha? Surpreendentemente, porém, era Rashmi quem queria ficar. Ela queria ar puro para seu filho (Déli tinha feito ela ficar asmática), estradas e ruas seguras, invernos revigorantes, uma idílica infância americana. Rakesh lhe disse que aquilo não tinha cabimento – ela gostar de ser uma estrangeira exótica por tanto tempo. Imediatamente, ele ficou constrangido. Imediatamente, ela lembrou-lhe que, se não fosse por ele, eles nunca teriam se mudado.

"Eu vou dar uma volta de carro", acrescentou ela.

Eles tinham passado o dia inteiro discutindo.

"Olha, me desculpe."

"Pedir desculpas não adianta nada", disse Rashmi. "Você arruinou o dia. É o único domingo bonito que tivemos em meses e está arruinado. Você quer controle total. Se não consegue, vira uma criança. Começa a ter ataques."

"Você tem razão. Desculpe-me. Eu não devia ter dito aquilo. Você não é nada exótica. É uma *garota simples educada em convento com um bacharelado em humanas e uma pele clara e adorável.*"

"Rakesh!"

"Eu só estou brincando, querida!"

"Eu só vou dar uma volta de carro."

Rakesh a segurou galhofeiro à porta. "Olhe, a babá está aqui. O que eu vou fazer? O que um homem deve fazer numa situação assim? Com o quê um homem do século XX deve se ocupar enquanto a babá toma conta de seu filho?"

Ela riu. "Você deve pedi-la em casamento e levá-la de volta para a Índia. Ela é mais bonita que eu. Seus pais vão gostar."

Finalmente, depois de muita adulação, ele fez um acordo com ela para poder ir no carro também. Rashmi concordou sob a condição de que não trocariam sequer uma palavra durante todo o trajeto – se ela fosse fazer compras no *shopping*, ele ia ficar tremendo arrepiado no estacionamento com as mãos enfiadas nos bolsos; se ela parasse num posto de gasolina, ele não tinha de ser em nada cavalheiro e em nenhuma hipótese se ofereceria para encher o tanque, ficando, em vez disso, mexendo nos botões do rádio como um menino distraído. Rakesh concordou com todos esses termos ridículos, pois sempre temera o pior desses passeios solitários de carro de Rashmi (ela era decidida, mas distrai-se facilmente), e ele se sentia melhor, como objeto da raiva dela, estando ao seu lado.

"Você é demais, Rakesh", disse ela. Eles ficaram em silêncio uns bons vinte minutos e estavam diminuindo a marcha perto de um *shopping*.

"Eu sei. Eu sei", respondeu. E deu um sorriso amarelo. "Você também é."

Ele também sabia que aquilo era o fim da discussão: ela pôs a sua mão sobre a dele; o havia perdoado; eles estavam quites. Então Rashmi manobrou o carro para entrar numa vaga apertada na rua estreita com uma habilidade de tirar o fôlego, saiu do veículo do lado do tráfego e, ao fazê-lo, viu-se na trajetória direta de um motociclista que tinha pego o caminho errado pela rua de mão única; e com isto, o tempo de Rakesh na América acabou. O motociclista bateu direto nela, levando embora num aglomerado turbilhonante não só Rashmi e três quartos da porta aberta, mais a pilha de revistas que abarrotava o porta-objetos do motorista, como também conseguiu jogar (à maneira da água forçando uma eclusa) o carro estacionado para longe do asfalto, de tal modo que Rakesh, que saltava do lado do passageiro no exato momento, foi lançado ao chão, a sua cabeça atingida por pedaços do carro, o tímpano esquerdo perfurado por uma lasca de vidro, as palmas das mãos ensanguentadas pelo concreto áspero e frio. O sol no céu estava suntuoso e deslumbrante e Rakesh sentou-se no chão, esperando que alguém ou alguma coisa viesse derrubá-lo também. Nada aconteceu; ninguém veio até ele. Ele já fora derrubado. O sol estava fortíssimo. Por duas horas ele não conseguiu discernir nada com o seu ouvido esquerdo, então os médicos operaram um milagre menor, deixando-o toleravelmente surdo. Quanto à Rashmi, contudo, nada pôde ser feito. Havia morrido na hora.

Seria incorreto dizer que Rakesh parou de funcionar: até pelo contrário, parentes dizem que ele aceitou a morte muito bem, o melhor que podia – o que mais o pobre rapaz poderia fazer? Ele repudiou a América e toda a promessa que ela supostamente representava (o motociclista tinha morrido também, um mês depois, sem jamais acordar do coma) e voou de volta para a Índia com seu filho. Começou a morar com os pais outra vez, na sua casa cavernosa em Greater Kailash, Arjun deixado aos esquemas da avó enquanto Rakesh, cheio de ganas até a borda, lançou-se na política com um fervor recém-encontrado. Ele sabia que não era culpa dos seus pais ele ter se apaixonado por Rashmi, mesmo que eles os tenham apresentado – mas ele os culpava todavia. Ele os culpava pelo seu próprio temperamento desastroso. Ele os culpava pela língua afiada que havia provocado Rashmi e feito ela sair porta afora e pegar o carro. Ele os culpava por sua falta de hospitalidade e pela comida ruim, por não terem uma casa na Índia que pudesse ter deixado Rashmi tentada a voltar. Ele os culpava por seu legado de má sorte, que não era má o bastante. Afinal, por qual motivo teria ele sobrevivido?

Pior, ele se preocupava com a possibilidade da vida de seu filho, a vida de Arjun, também ser arruinada pela inaptidão desastrosa de sua mãe na educação infantil. Ela já não havia conseguido produzir um fracasso?

Então, quando seus pais sugeriram um segundo casamento e Rakesh disse que sim, ele o fez com a ironia e o amargor de um homem que já não se importava mais. Ele o fez porque estava zangado que seus pais pudessem propor um novo casamento tão rapidamente e porque ele queria magoá-los casando-se com uma mulher absolutamente imprópria. Ele o fez pelo garoto Arjun, de três anos de idade. Ele o fez porque queria ser político e políticos precisam de esposas. Ele se recusou a permitir aos seus pais a menor parcela de envolvimento e decidiu tomar ele mesmo as medidas necessárias – a leitura atenta de anúncios classificados, a triagem da possível noiva, as conversações embaraçosas com os pais da moça, a exigência ligeiramente envergonhada de dote – por puro entretenimento pessoal. Mas a moça era bonita e o entretenimento pessoal logo deu lugar a um desejo mais primitivo quando ele foi a Dalhousie (sozinho) para vê-la. Era a casa tradicional de um proprietário de terras do Himachal, a comida servida em travessas reluzentes de prata, e ele observou a moça nada levar exceto o seu reflexo numa daquelas travessas ao ser conduzida pelo pai à sala de estar. Ele olhou ostensivamente cobiçoso para os seios da moça que forçavam o sári, a tensão do seu umbigo exposto, as pequenas moedas das suas orelhas.

Aos seus pais, ele apenas entregou um convite de casamento.

"Você se tornou americano", disseram eles. "Você só está fazendo uma cerimônia. O que acha que seus parentes vão pensar? Nós temos de convidá-los. Nunca ouvimos falar de um filho que não nos apresentaria a noiva antes de casar. Você sequer nos mostrou uma foto de Asha. Não nos desonre."

"Isso é tudo com que se preocupam? A *sua* desonra? Vocês só esperaram um mês depois da morte de Rashmi para começar a me dizer que eu devia me casar novamente. Pois eu estou me casando novamente agora. Fiquem felizes."

Todas as semanas até o casamento, ele se levantaria cedo para se masturbar no banheiro.

No dia do casamento, contudo, sentada ao lado dele na tenda, minutos antes de eles circundarem o fogo, havia uma moça diferente, uma moça feia, uma moça cuja pele era áspera e cujos traços pareciam ter sido esculpidos preguiçosamente em uma peça única de massa, sem curvas, assimétrica e intratável, com um embaraçado sorriso dentuço no rosto. Ele não tinha notado o rosto dela no começo porque estava obscurecido por vários pingentes de ouro; então ela levantou rapidamente o véu e lhe fez uma expressão de censura. Rakesh ficou completamente pasmo. Ele pensou: *E se for a mesma moça? Mas sem maquiagem? Até onde posso ferir seus sentimentos?* Mas não, claramente não era a mesma moça. Essa moça não tinha seios. Rakesh sabia que poderia ter se levantado ali, naquele momento, e posto fim a toda aquela farsa, ele poderia ter se posto no meio da tenda e chutado as chamas com a elegância de uma estrela de cinema enraivecida, perguntando a ninguém em particular: *Que raio de absurdo é este?* Mas ele não o fez. Em vez disso, Rakesh sentiu o olhar de seus pais sobre ele – as camadas de talco rachando medonhamente em suas peles como um sal mal-amanhado – e soube imediatamente que tinha de ir em frente com o casamento.

Afinal de contas, não estava ele se casando para *magoá-los*? Seus pais acreditariam realmente que aquela era uma moça diferente? Ou pensariam que Rakesh tinha simplesmente perdido a impassibilidade no último minuto, renegando a única decisão real que tinha tomado contra o desejo deles?

Ele olhou para os pais da moça em busca de uma reação. *Eles eram mesmo os pais dela?* O pai estava avidamente relaxado com a mão massageando o joelho; a mãe estava sentada ereta, suas costas contra um pilar. Rakesh fora excedido pela curiosidade. Quem *era* a nova garota, esta noiva repentina? Como ela e seus "pais" podiam pensar que iam se dar bem com aquilo? Pensavam eles realmente que ele se casaria com ela e *ficaria* com ela? Teriam eles um plantel de advogados de divórcio alinhados para sugá-lo até o caroço depois da noite de núpcias?

Não sabiam eles que os Ahuja eram um clã muito poderoso?

Então ele ficou à vontade. Ele podia casar-se com aquela moça e divorciar-se imediatamente. Podia reclamar que o casamento não fora consumado. Era esta a vantagem de um casamento subjugado e com poucos convidados: a gente podia tratá-lo como um breve e perverso entretenimento e ninguém mais saberia. Ele tinha se sentido do mesmo modo depois da morte de Rashmi, quando – para fugir dos maliciosos sorrisos das infiltrações nas paredes da casa dos seus pais – ele começou a fazer passeios em mercados lotados em busca do consolo do anonimato, esgueirando-se entre a confusão de corpos. Mas logo ele percebeu que seu rosto chamava a atenção das pessoas. Havia algo no agradável cálculo de músculo, gravidade e tensão abaixo da superfície da sua pele que atraía ambos os sexos e ele começou a gostar do olhar daquelas pessoas, seus olhares não eram de inveja, mas de um tipo de reverência encoberta, uma empatia inconsciente. Ele começou a ansiar por aquela empatia. Ele começou a alterar suas expressões para incitar aquela empatia. Ele começou a atuar para *si mesmo*. Rakesh e a moça circundaram as chamas e estavam casados.

CAPÍTULO 4

A DEMOCRACIA É *ROCK 'N' ROLL*

NA ESCOLA, ARJUN MISERICORDIOSAMENTE conseguiu deixar de pensar na vida sexual dos seus pais. Ele era uma estrela de *rock*; eis a sua revelação; ele compartilhou a notícia com seu amigo Ravi. As palavras em si foram um pouco mais humildes: "Fala, *yaar*, vamos montar uma banda. Eu tô sentindo a onda, *yaar*. Tô a fim de estourar uns amplificadores, cara".

Ravi disse: "Eu te contei o que aconteceu comigo ontem?".

Era uma resposta típica de Ravi. Ele era uma garoto curvado de aparência sarcástica e ombros largos. Seu corpo tinha forma de caixão. Ele coçava a sua barbicha rebelde e atroz enquanto falava, e ele gostava de falar: sempre tinha alguma coisa maluca acontecendo com Ravi.

Arjun ouviu enquanto Ravi narrava uma história improvável envolvendo o novo Hyundai Santro de seu pai, um macaco e um cachorro.

"E aí?", perguntou Arjun.

"Aí eu atropelei o cachorro e buzinei para o macaco."

Outro tema de Ravi: sair das situações vitorioso.

"Legal. Quer entrar na banda?"

"Quero", disse ele.

"Bom. Eu estou..."

"Vamos esclarecer uma coisa primeiro. A gente vai ser uma banda de *alt-rock, alt-country, indie, electro, electroclash, raprock, hard rock* ou *metal*?"

Ravi era obcecado por detalhes e planejamento. Ele tinha arranjado um jeito de tirar vantagem disso. Por exemplo, começava a estudar para provas meses antes de elas serem marcadas, garantindo assim estar relaxado, assim ele até poderia jogar umas partidas de tênis na semana antes de os exames começarem; Arjun odiava isso. Ele também era o primeiro na escola, sempre foi; Arjun também odiava isso. Ainda por cima, ele era um excelente baterista. Ele praticava e praticava e praticava até parecer espontâneo.

"A gente vai tocar *rock*, cara. *Rock*, porra", disse Arjun.

"*Yaar*. Essa porra de *rock* só existe na porra da sua cabeça."

"*Hard rock, yaar*. *Hard rock* da porra."

Nem isso bastou para Ravi. "Certo. *Hard rock* anos setenta, como os Rolling Stones, ou anos oitenta, como Springsteen, ou noventa, como o Oasis..."

"O *rock* da tua mãe."

"Isso não faz sentido", disse Ravi. "Explica pra mim."

"Cara, cala a boca..."

Ravi riu. "Tudo bem. Vamos montar a tal banda. Eu vou colocar isso nos meus pedidos de inscrição nas universidades americanas. Harvard vai ter de engolir. Sabe, a Natalie Portman confere todos esses pedidos."

Juntos eles fizeram o convite para Anurag e Deepak na hora do intervalo.
 Eles foram muito menos suscetíveis. "Uma banda? Quem vai estudar para as provas? Seu pai? A gente não tem pistolão pra dar um jeito de passar", disse Deepak com um sorriso arreganhado.
 "Poxa, *yaar*, vê se escuta pelo menos", disse Arjun. "Eu não tô começando uma banda só pela droga de um passatempo. Meu pai disse que, se a gente quiser, pode tocar na inauguração do Viaduto Indraprastha. Vai ser no mês que vem. Eu pensei em convidar vocês primeiro. Se disserem não, não tem problema. Só convidei porque vocês não têm mesmo outros amigos além de mim. Eu pensei, *yaar*, se não estiverem numa banda, como é que vocês vão fazer pra arranjar mulher?"
 "Interessante", disse Deepak com voz arrastada. "E agora você está atrás de trabalho voluntário, não é? O tio deve ter acabado de te dizer, *ok, filho, eu quero você numa banda*, não foi? Finalmente ele entendeu que você é uma desgraça em qualquer outra área?"
 Anurag disse, "Uma desgraça em qualquer outra área!".
 Anurag era parceiro de Deepak.
 "E também, me diz aí, o seu *Papa*-ministro-*ji* continua a explorar você-sabe-o-quê da sua mãe em nome do Parlamento? Ele está tentando ser o *pai da nação*, né não?", continuou Deepak.
 Ele prontamente começou a enfiar e tirar o dedo indicador direito na sua mão esquerda fechada em movimento lentos. Arjun estava habituado. Ravi, Deepak e Anurag se uniam no objetivo comum de sacanear Arjun a propósito da sua imensa família. Eles o haviam apelidado de Camisinha Furada, distinguindo-o como o primeiro de uma longa linhagem de infelicidades contraceptivas. E eles pensavam que ele *só tinha seis irmãos*.
 "Não, *yaar*, eles são todos filhos de Arjun", disse Anurag, dando um tapinha nas costas de Deepak.

"Vocês querem que eu bata em vocês ou o quê?", resmungou irritado Arjun.

"Por que não canta?", disse Deepak. "Vai ser o mesmo que nos encher de tapas."

Anurag bufou. "Será o mesmo que nos encher de tapa! Porque a sua voz é igual a um tapa!"

"Você é doido, cara", disse Deepak a Anurag. "Precisa mesmo dizer tudo o que pensa?"

Anurag calou-se.

Arjun estava preocupado com coisas mais importantes. "A gente precisa de um nome."

Ravi disse, "Três carinhas e a besta do Arjun."

"É um bom nome de banda."

"Que tal Os Camisinhas Furadas?", sugeriu Deepak.

"Quer levar porrada?", perguntou Arjun.

"O melhor nome de todos os tempos!"

As coisas fluíram bem depois disso. Uma vez que uma banda começa a debater o seu nome, ela já é uma banda. É claro, com o passar do recesso, outras discussões, menores, deveriam seguir-se. Precisavam acontecer. Tudo isso é essencial se a gente quer começar uma banda. Tensão e violência devem estar presentes. A banda é uma questão de sublimação. Por exemplo: em determinado ponto da conversa, enquanto passavam pelo bebedouro e Ravi explicava com grande detalhe os *fills* de bateria que ele dominava, Arjun balançou sobre os calcanhares com irritação e declarou-se o cantor principal.

Tratava-se de uma declaração útil. Ele não tocava nenhum instrumento.

Durante o resto do dia na escola (armando um sorriso inteligente enquanto o sr. Nath ensinava sobre "a importância de concluir o ensino médio o mais rápido possível"), Arjun teve lampejos de memória da última noite – exposições nítidas, extraordinárias, grisalhas. Mas o que perturbou Arjun não foram os lampejos por si só, mas o fato de que ele *quis* imaginar seus pais, do mesmo jeito que gostava de aproximar seu dedo das pás indistintas do ventilador de mesa na sua escrivaninha, a centímetro de entender a dor. Esta foi a sua arrogância; ele não tentou esquecer o que tinha visto na noite anterior – não, ele queria evocar a visão e depois *anulá-la* com uma visão de si mesmo. Se ao menos Aarti passasse de fantasia sexual à possibilidade sexual, nítida o bastante para entrar com ele na armadilha memoriosa da casa, deitar-se ao seu lado, abafar a ofegação dos seus pais com a sua própria...

A viagem de ônibus à tarde expôs a tolice das suas ideias. Ela não era esse tipo de garota. Era inocente e graciosa. Tinha uma ginga discreta e adorável no andar ao aproximar-se no corredor do ônibus. Tinha pálpebras lentamente lânguidas e um nariz arrebitado que desafiava a gravidade descendente do seu rosto. E que cabelos! *Sexy* em todas as direções! Arjun relanceou as saliências rijas dos joelhos dela, então seguiu as dobrinhas espiraladas ascendentes, aquiescendo quando acabou por sorver o resplendor cálido das suas coxas.

Ele pensou que ela estava indo para os bancos na parte traseira. Então os joelhos retrocederam subitamente: ela sentou ao lado dele. Inacreditável.

"Como é que você consegue tempo para ser de uma banda?", perguntou ela, uma vez que o ônibus partiu. "Eu não tenho tempo pra nada. Minha vida é a mais chata possível. Estou sempre estudando para o FIITJEE." O FIITJEE é um instituto que prepara candidatos com boas perspectivas ao Instituto Indiano de Tecnologia. "Eu vou da escola pra casa de ônibus. Aí almoço e assisto *Happy Days* em meia hora, usando o final de *Happy Days* pra ver a hora de acabar de almoçar. Às vezes dá tempo de tomar uma ducha, às vezes não. Aí, vou de carro para o FIITJEE. Fico lá quatro horas.

Volto pra casa de carro. A essa altura já são sete e meia. Meu professor de física vem geralmente às sete e quarenta. Aí eu como macarrão instantâneo. Aí estudo mais duas horas. Às dez, assisto *Friends*. Eu detesto a minha vida."

Um dedo saltou da presilha no cós da sua saia enquanto ela falava. Ela não foi convincente. Pareceu a Arjun que ela estava orgulhosa do seu próprio sofrimento e tédio. Ele respondeu na mesma moeda, e explicou longamente como havia mostrado talento para cantar a uma tenra idade e como, por isso, o diretor da sua escola tinha feito concessões especiais, deixando que ele praticasse num pequeno auditório durante a assembleia antes das aulas da manhã. *Arjun, você não precisa de aula extra; foi muitíssimo bem nos seus exames*, dizia ele, e quando a sua esposa faleceu, pedira a Arjun e à banda para tocarem atrás da pira funerária, para o fogo ficar entre ele e a banda; e Arjun contou que foi a única vez em que não conseguiu cantar, já que sua garganta se viu embargada por lágrimas e fuligem, mas que ele tinha visto o diretor cantar as suas canções através da miragem de calor da pira, que o diretor tinha feito a minha música ser *dele* (ah, você quer saber porque uma esposa cristã estava sendo cremada, bem, ela era hindu, *yaah*), mas tirando isso, a banda só se reunia três horas, duas vezes por semana. No tempo restante, ele estava estudando, estudando e estudando, pois também queria entrar para o IIT. O seu *Papa* tinha sido do IIT – veja bem, tem toda aquela pressão, será que ela poderia entender?

Aparentemente, ela entendeu. Ela acenou gravemente com a cabeça e disse: "Quando é o seu show?"

Qual seria a aparência dele para ela?, imaginou Arjun. Estava o seu cabelo no ângulo certo para cobrir a sua enorme testa? Teria ela notado que o nariz dele tinha uma saliência no meio?

"Não tem data marcada ainda", disse ele.

Aarti pareceu arrasada porque ele não mencionou uma data que ela pudesse ter ponderado, considerado e então negado com uma explicação sobre o quanto estava ocupada.

Agora era a vez de a garota ficar calada.

"Quando você está livre?", perguntou ele.

Ela apertou os olhos e pensou, pensou e pensou. "Só aos domingos." Depois acrescentou, "E mesmo aos domingos, às vezes eu estou ocupada. Minha *Dadi* é muito religiosa, e nós temos que ir ao *mandir* e participar dos ritos *puja* por três horas. Não dá pra dizer o quanto é chato, *yaar*. Primeiro, nós sentamos no chão e o pândita traz *samagri* e óleo. Aí a gente recita *Om Bhur Bhava Swaha* 55 vezes. Eu acredito em Deus, mas é preciso mesmo repetir 55 vezes? Então *yaah*. Mesmo aos domingos, às vezes, eu fico com a minha família."

"Qual o problema?", disse Arjun. "Você pode trazer a sua *Dadi*, a sua *Mama* e o seu *Papa* – quem você quiser. O concerto vai fazer parte da inauguração de um viaduto. O meu pai é ministro."

"O seu pai é ministro?"

"Não é corrupto, eu juro. Até o momento, acho que eu sou o único que leva um troco na família."

Este era o seu bordão para garotas.

"O que você quer dizer?"

"O time de futebol", disse ele. (Ele não era do time de futebol.)

Ela riu. "Qual é o nome do seu pai?"

"Rakesh Ahuja. Ele é ministro do Desenvolvimento Urbano." E acrescentou rapidamente. "Ele não estava envolvido nos distúrbios de Gujarat."

"Não, claro, estou certa que não."

"É. E ele detesta Yograj. Conhece? A Comissão Yograj. O cara que causou os distúrbios de Gujarat."

"*Accha*", disse ela. Ele pôde ver que ela havia gostado da sua franqueza. "Eu também o odeio. Quando aconteceram os distúrbios, pela primeira vez eu tive vontade de entrar na política, *yaar*. Eu achei que era demais, que aquilo era realmente demais. Acontecer um troço desses hoje em dia, na nossa época. Mas todo mundo goza de mim por eu ser idealista. E também, não dá pra entrar na política sem ter tempo e ser bem relacionado. E eu não tenho nenhum dos dois..."

Casa comigo!, pensou Arjun. *Casa comigo!*

Então o ônibus parou e ele deu um passo largo passando por ela e saltou do maldito coletivo para a luz divina e desidradante da tarde.

Tudo que ele precisava agora era organizar um show. Num domingo. Ele andou para casa com excitação crescente. Ele falou com seus irmãos e irmãs. Não podia dizer a eles o que tinha visto na noite passada no quarto das crianças, obviamente não: em primeiro lugar, era repulsivo, em segundo, as pessoas fazem sexo o tempo todo neste país, elas transam nos campos, nas cabanas, em ônibus e *naalis*, e até em dependências de empregadas enquanto seu patrão grita "Raamu, por favor, traga o *chai*", e você o ignora porque está pensando, "Oh! Como seria bom se existissem um bilhão e *cinco* crianças nesse país em vez de um bilhão e *quatro!*", e isso era realmente uma coisa que ele não conseguiria descrever.

Mas ele podia dizer a eles: *Olhem, eu estou numa banda.*

Ele podia reuní-los no quintal e dizer: *Bem, a coisa é um pouco mais complicada que isso: eu tô numa banda com dois carinhas pra impressionar uma garota.*

Ele podia passar a mão no tufo que se adensava dos seus cabelos e dizer: *Olhem, se eu ajudar vocês com o dever de casa de trigonometria, vocês virão ver minha banda tocar trazendo cada um cinco amigos, preferivelmente mulheres já que vocês frequentam escolas mistas e as garotas são as maiores fãs do* rock *tocado por homens? Lembrem-se, cinco vezes oito é quarenta, o que quer dizer que esse é o número de pessoas que irá assistir ao meu concerto se vocês me ajudarem, e também é uma prova de que posso ajudá-los em matemática! E se vocês disserem não, eu vou dizer a* Mama *e* Papa *que você (Varun) quebrou a janela do Ambassador, e que você Rishi quebrou...*

Sim. Ele organizaria um concerto em homenagem a Aarti. Ele caminhou até em casa em meio à poeira abundante.

CAPÍTULO 5

O SR. AHUJA RENUNCIA

O SR. AHUJA, ENQUANTO ISSO, renunciava em respeito a Arjun.

Decidir renunciar foi bastante fácil: o Sr. Ahuja tinha feito isso 62 vezes na sua carreira. Ele aprendera cedo que num sistema político letárgico – atormentado por subcomitês morosos, parlamentos inativos e promessas de cinco anos – a maneira mais rápida de fazer o seu próprio governo tomar alguma atitude era ter um ataque apoplético de fúria. Era fazer vazar os "documentos" de alguém. Era queixar-se à imprensa.

A discriminação das suas renúncias era, a grosso modo, como segue:

Por irritações causadas por colegas no Viaduto Expresso: 37

Por receber oferta de participação em transação corrupta: 15

Por causa de legislações antimuçulmanas (tal como rebatizar ruas de Déli para ter a distribuição de nomes muçulmanos e hindus proporcional às respectivas populações, ou a criação de um

Museu do Holocausto Hindu que declarava que 10 milhões de hindus tinham sido massacrados por invasores muçulmanos): 6

Por *não* receber oferta de participação em transação corrupta (essas eram aquelas raras transações em que absolutamente todos os membros do partido estavam envolvidos – por que ele deveria ser deixado de fora? Não tinha ele treze filhos a educar?): 2

Por observações maliciosas a ele dirigidas sobre planejamento familiar: 2

O QUE IA ACONTECER DEPOIS de enviada a carta era rotina. Ele tiraria um dia de folga. Ignoraria os telefonemas e se recusaria a limpar pastas. A Super Primeira-Ministra – sra. Rupa Bhalla – lhe telefonaria e diria, *Qual é o problema?* Então, uma vez que Rakesh explicasse, ela o lisonjearia e choraria, e o convidaria para jantar, pedindo que ficasse. Vamos chegar a um acordo, ela diria. Ele declinaria. Ela imploraria, a pequena laçada das suas mãos estremecendo sobre as suas coxas gargantuescas. Ele ficaria horrorizado. Ficaria no cargo. Era crucial que tudo tivesse os atributos bater-palmas-até-cair de um bis em um show.

Frequentemente o problema era resolvido.

Rakesh estava então no seu gabinete no Ministério do Desenvolvimento Urbano, remexendo nervosamente na caixa rota de papel machê que continha as suas 62 missivas em papel timbrado. Era a primeira vez que ele estava de fato procurando um *motivo* para renunciar. Ele apenas queria um dia livre para conversar com Arjun.

Ele acionou a campainha.

Houve uma tossidela atrás dele. O sr. Ahuja se virou.

Sunil Kumar, assessor de campainha, zangão símbolo da colmeia burocrática, abastecedor de *chai*: Sunil Kumar estava diante do sr. Ahuja numa perfeita má postura diligente.

"Traga-me *chai*", sr. Ahuja disse.

"Pois não, senhor. E veja, há um despacho para o senhor do ministro das Minorias."

Então, ele desapareceu. Após uns poucos minutos, retornou, sem *chai*.

"O despacho?", perguntou o sr. Ahuja a Sunil Kumar, olhando fixo pela janela.

"O despacho está aqui mesmo no seu gabinete."

Sunil Kumar estava gritando, mas nem ele nem o sr. Ahuja notaram. Anos trabalhando juntos garantiram a ambos uma surdez equivalente.

"Não está aqui, *yaar*. Se estivesse eu não teria te chamado", sr. Ahuja disse, falando na vidraça. Foi como se subitamente ele estivesse num imenso ajuntamento – no alto de um pedestal de quatro andares de altura, suave e sabiamente numa cabine a prova de balas. O único defeito do intento era que ocorria de a audiência estar dentro da cabine com ele. Ele não poderia ser poupado.

"Senhor, o senhor está parecendo triste", disse Sunil. "Além disso, não é bom quando o nariz de um grande homem está encostando na janela, não é?"

"*O quê?*"

"Senhor, está vendo este pássaro sobre a sua mesa?" Ele apontou para um pequeno curió na mesa do sr. Ahuja, um minúsculo pássaro prateado repousando perigosa e quase magicamente, na ponta afiada do seu bico – o restante do torso suspenso no ar como uma gangorra à espera de cair. "Pois bem, senhor, o nariz é igualmente um *centro de gravidade* de um grande homem. Por isso, senhor, se o senhor o está empurrando contra a janela, então talvez isso mostre alguma tristeza mais profunda."

"Você diz cada besteira. Está tentando ser um poeta como Vajpayee? Dê-me logo o despacho."

"Que despacho?", perguntou Sunil.

"Você acabou de me dizer que tinha me dado. E agora pergunta que despacho?"

"Senhor..."

"O despacho do Ministério das Minorias!", sr. Ahuja gritou, virando-se agora. Seu nariz já estava suficientemente congelado.

"Oh, senhor."

"O quê?", perguntou o sr. Ahuja. "*O quê?*"

"Está exatamente sob o bico do pássaro."

Estava. Ele rasgou o envelope com a espátula de seu fino indicador e tirou um documento de uma página, pobremente mimeografado. Tratava-se de um projeto de lei intitulado *Decreto sobre a Diversidade da Pátria*. O projeto de lei, molengo nas suas mãos, fino de cortar a pele, transparente à luz abrandada, era um documento pernicioso quase fascista, que exigia o registro de todos os muçulmanos "por razões de diversidade e segurança nacional" – um documento que o sr. Ahuja reconheceu imediatamente, pois havia se oposto a ele muito veementemente na reunião de gabinete duas semanas atrás.

O autor? Vineet Yograj. O cabeça da infame e epônima Comissão Yograj.

Perfeito. Isso é tudo de que eu precisava. Yograj era a sua nêmesis.

O SR. AHUJA DITAVA as suas cartas passeando de um lado para outro, mas hoje ele sentou-se à sua escrivaninha e saiu matraqueando o teclado.

Caríssima Shrimati Rupa-*ji*

Espero que esta a encontre em plena saúde e prosperidade. Eu decidi lhe escrever nesta décima primeira hora sobre nosso colega membro do partido Vineet Yograf – homem em relação ao qual eu nutro, se a senhora se lembra, o mesmo nível de afeição que sinto pela equipe de críquete do Paquistão, George Bush e o advento da minúscula cunha triangular de pelos que os homens deixam crescer sob o lábio inferior entre a idade de vinte e um e trinta e um anos. Peço desculpas antecipadas por ralhar; mais ralhação virá a seguir; no decorrer desta carta eu posso até renunciar; que os céus nos ajudem se isto acontecer.

Etc. Etc.

Primeiramente, gostaria de tratar do Decreto sobre a Diversidade da Pátria. Estou tão exaltado com este documento comunal antimuçulmano que, como companheiro, sugiro o seguinte – Um decreto para legalizar a especulação sobre o resultado (i. e., taxa de mortes) e a frequência (i. e. quando) dos distúrbios comunais hindus-muçulmanos na Índia e realizá-lo mediante a comercialização de Ações dos Distúrbios. Chamemo-lo de Decreto da Bolsa de Distúrbios. Se vamos matar pessoas, que ao menos ganhemos algum dinheiro com isto!

(anexo)

Quanto ao tema dinheiro, três dias atrás eu descobri que o Ilustre Secretário Vineet Yograj tinha arreado a frouxa moral de vários indivíduos-chave do Ministério Urbano usando correntes de ouro, e que estava adjudicando contratos para construção de viadutos à DharmaLok Company, dirigida, como a senhora sabe, por seu genro Vir Pranam Bakshi, ex-suposto estuprador. A DharmaLok Company é muitíssimo conhecida pelo uso de materiais primorosamente abaixo do padrão, pelo superfaturamento grosseiro dos preços ao Ministério, e uma taxa padrão de divisão dos "fundos" excedentes entre os bons membros do PWD (20%) e a família Vineet Yograj (80%). Pior, parece que eu adquiri uma tal reputação de honestidade e pregação associada que Yograj sequer achou adequado oferecer-me a quota ministerial padrão de 5% (estou brincando, é claro!). Se tivesse oferecido, eu teria aceito o dinheiro sujo, é claro, e não correspondido à expectativa sobre o meu lado da barganha. Além disso, eu teria podido intervir antes de o meu maravilhoso Secretário de Gabinete do Desenvolvimento Urbano acrescentar a bagatela de vinte e cinco viadutos extras ao corredor perto de Rohini – dois a serem construídos por sobre escolas primárias, três por sobre Institutos Cardíacos, e um sobre um – sim – outro viaduto (isto aqui não é Xangai!).

É claro, há também o problema do comportamento social de Yograj, o qual, como membro antigo deste partido, devo admitir que acho perturbador. Quando não está envolvido em corrupção mesquinha capaz de arruinar o futuro de toda uma cidade – a capital do país, ainda por cima – está ocupado com afinco em fazer de si mesmo um completo e rematado imbecil em reuniões sociais, programas de televisão e casamentos. Seu lance mais detestável é se apresentar como o "Secretário Hono" do partido. "Hono", não "Honorário". A senhora ficará surpresa de quantas pessoas conhecem a palavra inglesa para vulgaridade a que furtivamente ora me refiro; um Membro do Parlamento da província de U.P. que é bom amigo de Yograj e cujo nome não vou aqui mencionar foi o primeiro a apontá-lo. Acho uma pena que todo o país esteja às gargalhadas às expensas de um dos nossos porta-vozes.

Há a questão dos Beijinhos de Avô que ele foi visto dando em crianças de menos de cinco anos. Nenhuma descrição adicional de minha parte poderá fertilizar ainda mais a malhação promovida pelos jornais.

Finalmente, a senhora sabe que ele apresentou uma moção para mudar o símbolo do partido?

(A imagem original do Partido KJSZP [H202] era uma barra de sabão com uma chapinha de garrafa pontiaguda de ponta-cabeça espremida sob ela. Era uma imagem de limpeza, improvisação, parcimônia urbana – de manter o sabão elevado sobre a pia para evitar de ele se dissolver lentamente no ponto de contato. Infelizmente, descobriu-se durante a Guerra de Kargil, numa pesquisa aleatória, que a maioria das pessoas pensava que a geringonça fosse simplesmente um tanque de guerra virado, derrotado. Além disso, como as guerras na Índia sempre geram patriotismo universal – nunca houve qualquer hipótese de apregoar a paz com o Paquistão – ao longo dos anos os partidários vinham sendo instruídos a pendurar os pôsteres de cabeça para baixo, de modo a manter os tanques aprumados. Prontos para atirar enquanto andavam sobre suas esteiras ensaboadas.)

    O novo símbolo que ele está sugerindo é <u>um viaduto com uma vaca estacionada embaixo</u>. Isto representa não só uma afronta pessoal à minha pessoa, mas também uma incompreensão grave dos nossos objetivos: um, nós não desejamos estimular vacas a buscarem nenhum tipo de moradia – seja temporária ou permanente – sob viadutos, e dois, terá o sr. Yograj esquecido que 80% deste país vive em aldeias e povoados e nunca viram os tão alardeados viadutos?

    A questão, muito simplesmente, é que o sr. Yograj não é um compatriota.

    Pior, o sr. Yograj não é um homem de partido.

    E este é o motivo pelo qual eu não vou tolerar a presença de Yograj por nem mais um minuto no partido. E espero mesmo que a senhora tome a atitude necessária; há muito isto está atrasado; eu já lhe pedi antes. Há que ser um processo claramente decisivo. Eu tenho <u>provas claras</u> de que Vineet Yograj interferiu no Projeto do Viaduto Expresso. Consequentemente, meu comportamento <u>não chega a ser impróprio</u> ao pedir que uma atitude contra ele seja tomada. Com efeito, estou pronto a <u>abrir mão de tudo</u> em nome desta causa.

    Por exemplo, da minha posição de ministro.

Por favor, aceite a minha renúncia.
Seu Humilde Servo,

Rakesh Ahuja.

Algo tinha acontecido enquanto escrevia: Rakesh sentia-se transformado. Seus sinais vitais haviam disparado. Ele empurrou a sua cadeira azul num violento turbilhão e a observou girar como um dervixe até parar. Ele sabia que a sua carta de renúncia à Super Primeira-Ministra (SPM) tinha escapado um pouco ao controle. Sua fúria tinha suprimido tudo menos as expressões mais diretas de rudeza (*E espero mesmo que a senhora tome a atitude necessária; há muito isto está atrasado; eu já lhe pedi antes.*), o ato de renúncia tinha flexionado a musculatura latente de vingança do sr. Ahuja, acentuando o seu sentido de repugnância não só em relação a Yograj, mas também em relação à SPM, Rupa Bhalla. Sim, era com *ela* que Rakesh estava mais desapontado – Yograj era escória, dele não esperava nada melhor – mas a SPM tinha encorajado as suas tendências mais idealistas e apenas assistido quando o seu Viaduto Expresso foi sumariamente sucateado.

Quando ela chegou ao poder, ela lhe dera a sua pasta de escolha – o Ministério do Desenvolvimento Urbano – e o congratulava rotineiramente pela firmeza e eficiência da sua direção. Rakesh também estava superfeliz, extravagantemente enérgico, estufando o peito em sua estúpida eficiência. Ele passara anos estudando desenho sustentável como passatempo, e seus conhecimentos recalcados de engenharia civil tinham vindo à tona em linhas retas, densas e confiantes desde o lado esquerdo do cérebro quando ele chegou ao poder.

Ele era incomum quanto a isto: um ministro que de fato possuía um conjunto de habilidades que rivalizava com as dos engenheiros sob seu comando. Nos seus primeiros meses, no térreo do edifício do Departamento de Obras Públicas, infestado de mosquitos, ele havia estendido o Plano Diretor de Nova Déli sobre a mesa, prendido o papel previsivelmente amarelo com o peso de dois fragmentos informes de coral, e sobreposto a sua visão com o mais claro dos lápis 2B. Este foi o seu lance para vencer cinquenta anos de planejamento negligente da Autoridade de Desenvolvimento de Déli com um grande gesto; ele transferiu todos os servidores públicos que discutiram com ele; intimidou seu subsecretário forçando-o a escarafunchar os segredos da antiga burocracia. Ele saudou os empregados preguiçosos com gigantescos cortes de salário. Ameaçou renunciar quando alfinetado por interferências políticas. Os jornais e revistas – *India Today, The Times of India, The Hindu* – todas aquelas publicações que tinham esperado por um grande herói intelectual de classe média, alardearam as suas virtudes. Para eles, o educado ministro de cabelos negros era o novo Edwin Lutyens. Ele era um antídoto para o velho sonolento de noventa anos que dirigia o Parlamento. Usava terno e gravata e tinha um diploma do IIT, fazia uso de *e-mails* e Internet e tinha uma impetuosidade americana que o fazia parecer um remanescente do gabinete tecnocrático de Rajiv Gandhi – só que com cabeça mais ampla e mais esperta. Ele certamente tinha um plano. Não estava esperando pelo gatilho forçado de uma edição de Jogos Olímpicos ou Asiáticos para pôr a cidade no papel, fazê-la entrar em forma. Ele não estava amontoando terraços asfaltados indiferentes para fins de prorrogação temporária. Estava construindo um sistema que parecia positivamente futurista e também implementando uma contraparte brilhante para a Rodovia Nacional. Trechos de pistas elevadas que acrescentavam um brio extra aos fatigados Anéis Rodoviários. Gurgaon e Noida a milagrosos vinte minutos do campus do IIT. Recintos compactos zoneavam o espaço deixado livre sob o rugido cacofônico, quiçá entorpecedoramente constante, do tráfego nos viadutos.

Tomados individualmente, cada viaduto era uma obra de gênio arquitetônico (em forma de tigres, elefantes, bicicletas e até de rinoceronte), construídos a uma altura tão extraordinária que sob eles era possível criar pequeninas cidades – alamedas, jardins e feiras sombreadas pelo concreto.

A realidade era o buldôzer supremo. Pressões políticas e gozadores como Yograj tinham distorcido o plano, levando-o a um formato que estava longe de ser perfeito. A maquete de papel no estúdio de Rakesh apresentava uma ideia severamente encolhida dos problemas que esperavam Déli. Sim, o tráfego seria melhorado, mas um número excessivo de viadutos estavam sendo erguidos, a cidade estava sendo aleatoriamente sufocada pelo concreto, o horizonte tinha ruído sob uma paisagem de varandas de segundo andar e varais de roupas íntimas tremulantes, todo político de Déli queria distrair os seus eleitores desapontados com a parafernália gigantesca e barulhenta da modernidade, o viaduto. Por alguma razão, ninguém duvidava da sensualidade de arenito de uma passagem elevada. As pessoas acreditavam nelas com uma inocência pré-industrial. Elas sofriam meses de barulho com paciência e determinação se isso significasse trânsito mais rápido no futuro.

O problema, é claro, é que o trânsito não seria tão mais rápido. Seria apenas de uma cidade mais feia.

Rakesh então examinou amargamente o *e-mail*. Ele havia suprimido a sua decepção quanto ao Viaduto Expresso porque sabia que o idealismo era uma espécie de imaturidade política. Enviar uma renúncia tão inflamada restringiria as suas chances de avançar no partido. A Super Primeira-Ministra não toleraria uma rudeza tão ostensiva. Ela era mais uma deusa do que uma mulher. Era ritual no partido beber a água de rosas que ela usava para banhar seus pés. Nas horas de dança das cadeiras, ministros e membros dos parlamento armavam tendas no seu jardim para salientar a sua lealdade. Pouco importa que o partido esteja mais por baixo do que nunca. Pouco importa que esteja perdendo em todas as pesquisas de opinião e que sua popularidade fosse desalentadora. Ele devia suavizar a sua linguagem. Devia lembrar-se que este *e-mail* fora escrito *especificamente* com Arjun em mente...

Que se dane – ele apertou ENVIAR.

"QUERIDA, EU RENUNCIEI", disse ele a Sangita ao telefone. "Diga às crianças que estarei em casa para almoçar. Mas não diga que renunciei, é óbvio. Você sabe como elas ficam quando eu conto. Elas ficam querendo saber de todos os detalhes. E aí caem no choro. Você criou verdadeiros reis e rainhas do dramalhão."

"Tudo bem, *ji*."

A sra. Ahuja era blasé. Tinha boas razões para sê-lo.

O sr. Ahuja desligou o telefone, sua cabeça girando. Havia a questão do que ele ia dizer a Arjun sobre Rashmi. Há uma década, Rashmi vinha sumindo da sua memória. Ela se tornara um remoinho numa pia, a cálida chama azul que aparecia na estufa a gás, o cheiro de um lenço enquanto removia fios de muco nasal, a estática no telefone celular de alguém, um lápis de memória apontado até o nada. Palavras: *Querido, Kanjeevaram, Olhos Trágicos*. Na noite passada, porém, os cordões do seu pijama bamboleando num arco cômico imenso, Rakesh teve necessidade do *corpo* dela. Ele teve necessidade do seu ser inteiro, que fosse imediatamente transportado para o lado dele – hologramado por sobre e em volta da forma grávida de Sangita, uma dose de beleza para desfazer o seu embaraço – mas ela se fora. E era culpa de Arjun o fato de ele ter tido essa revelação. Foi a negligência de Arjun que matou Rashmi de uma vez por todas.

CAPÍTULO 6

QUEM MORREU?

ARJUN FICOU SECRETAMENTE CONTENTE de ouvir de um guarda que seu pai viria almoçar em casa. Isto significava comer mais tarde e mais tempo para organizar o concerto. Ele chutou os sapatos para tirá-los dos pés e observou as palmilhas saltarem na varanda da frente da casa. A casa – 12, Modi Estate – era um pequeno bangalô indiano que estava sempre com o cheiro da estação das chuvas, os seus muitos toldos e varandas faziam dela um paraíso para ociosos, homens de confiança, *chamchas*, criados, empregadas, vendedores de xales, guarda-costas entediados; Arjun passou direto pelo bando empunhando *walkie-talkies*.

A porta da casa se abria para um maciço túnel de vento de ventiladores e pisos cinzas. A sala de estar estava congestionada de crianças – a sua horrível combinação de tons de castanho lhe dava o aspecto de um esquálido salão de beleza. Nem *Mama* nem *Papa* tinham bom gosto, compreendeu Arjun. Eles não se interessavam por decoração. Em vez disso, um fluxo de presentes tinha sitiado os Ahuja desde que o sr. Ahuja tornara-se ministro, e a casa foi sendo mobiliada por favores – os sofás que não combinavam, as pinturas excêntricas e uma estátua gigantesca de um garoto britânico nu na entrada diziam mais sobre o gosto dos presenteadores do que dos presenteados. Isto porque, como Arjun sabia, o seu *Papa* aceitava tudo. Ele era venturosamente indiscriminado. Finalmente, ele implorou aos papa-favores por artigos descartáveis de primeira necessidade, de modo que produtos e cremes para bebês e roupas começaram a chover como dotes pré-datados. Os brinquedos e roupas para as crianças mais velhas o sr. Ahuja fazia questão de doar aos moradores de cortiços e favelas para que sua prole não ficasse mimada – *elas correm sério risco de tornarem-se umas pestes mal-educadas*, disse ele a Arjun. Obviamente, ele mandava as crianças fazerem as doações; festas gigantescas eram organizadas no quintal, onde varredores e trabalhadores locais recebiam enormes conchas de comida de cinco panelas gigantescas, servidos pelas crianças Ahuja – basicamente, a refeição dos Ahuja em larga escala.

Arjun se perguntou se o sr. Ahuja só queria filhos para poder continuar absorvendo o suprimento infinito de presentes, doces e comidas.

Ele achou a teoria altamente plausível.

Ele estava cantarolando uma canção e lavando as mãos no banheiro quando *Mama* bateu na porta, olhou para dentro, e disse, "Você viu? Ele morreu".

E saiu. Seria essa a sua maneira de pedir desculpas pela noite passada? Arjun fechou a torneira e se olhou no espelho ao cuspir a espuma branca. Todo mundo sempre dizia que ele era parecido com seu pai, mas hoje ele estava a cara de Sangita, a vistosa espinha na sua testa parecendo uma *bindi*, seus lábios imprecisos e taciturnos. Ele estava quase achando engraçada a ideia de a sua mãe ser uma criatura sexual: ele sempre pensou que o número de filhos de *Mama* e *Papa* era igual, senão maior, à quantidade de vezes que eles tinham tido relações sexuais (eles tiveram gêmeos). Assim, a noite passada despedaçou completamente a parte dele que havia aprendido – principalmente na América – que o sexo era uma transferência espontânea de fluidos corporais entre pessoas louras muitos atraentes, nuas. Estava claro, *Mama* e *Papa* tinham (ainda!) tesão um no outro. Estava claro, o sarcástico desinteresse que eles mostravam um pelo outro era magnetismo reprimido. Estava claro, na noite anterior ele interrompera um ato de paixão.

Isso, contra todas as marés, ele podia aprender a respeitar.

A questão que restava agora – a questão que podia alterar completamente a sua ideia de quantos anos era possível levar uma vida dupla, mentir, escapar impune dos riscos que vinham junto com a licença certificada de *Adulto* – era esta: quem é que tinha tesão? *Mama* ou *Papa*?

Ele cuspiu um jato fleumático na pia.

ARJUN ENCONTROU SANGITA sentada taciturna no quarto das crianças com um jornal. Ela estava usando o seu apertado sári cinza.

"Ele morreu", ela disse, sem oferecer nenhum contexto. "Estava aqui há um minuto e, de repente – tchum – assim, morto."

"Oh não, que pena, *Mama*", disse Arjun, parecendo triste. "Mas acho que eu não... o conhecia. Quem era?"

"Era um homem tão bom. Dava *tea-shee* aos seus empregados sem nenhuma razão especial. Doava muitas coisas para casas de caridade. Esses pneus que a gente vê os meninos pobres brincarem nas estradas, todos, foi ele quem deu. Há tão poucos homens bons hoje em dia."

"Oh, eu sinto saber", disse Arjun. "Quando vai ser a cremação?"

"Que cremação, *bhai*, eles nem lhe dão essa honra esses dias, tão pouco tempo", respondeu ela.

"Ele era muçulmano?"

"*Arre*, por que tantas perguntas? Você não está vendo? Como ele pode ser muçulmano e ir ao templo fazer caridade? Você conhece algum muçulmano que faça caridade?"

"Não", admitiu Arjun.

"E conhece alguma mulher muçulmana que dirija uma empresa?"

"Ele foi assassinado?", perguntou Arjun. "Geralmente, se a causa da morte for desconhecida, então eles precisam do corpo para fazer testes para ver…"

"Ele morreu porque usou o telefone celular na banheira", disse ela, suspirando. "Mas não foi culpa dele, *naa*. Eles o mataram."

"*Eles*? E saiu nos jornais?"

"Na Zee-tv, né, onde mais?"

Arjun ficou confuso, embaraçado. Voltou para o seu quarto.

RITA ESTAVA DANDO RISADINHAS no corredor. "*Yaar*, é Mohan Bedi, de *A nora vingativa*. Acho que o contrato dele acabou, então eles, você sabe como é, eles o mataram. Ele era o favorito de todos, então só Deus sabe porque eles o mataram. *Tão* bom, *tão* charmoso, *tão* elegante, *tão* bonito, *tão* justo, *tão* talentoso, *tão* marido, *tchão tchentil*…"

CAPÍTULO 7

QUID PRO QUO

ARJUN DEVIA SABER QUE era assim que ele ia fazer as pazes com *Mama* – oferecendo as suas condolências pela morte do personagem de televisão. Tendo feito o que era necessário, ele estava pronto para pedir um favor aos seus irmãos. Um favor sobre o concerto. Não era uma tarefa fácil, Arjun sabia. Em primeiro lugar, eram duas e meia da tarde num dia de semana, tempo de fome; *Papa* logo estaria em casa. Em segundo, a casa era uma calamidade em suspensão. A casa era a revolta de 1947, as crianças massacrando umas as outras com um desrespeito sereno por fronteiras pessoais. Ou, em outros momentos, como *Mama* gostava de dizer, a casa era o Manicômio de Agra. Ou como *Papa* gostava de qualificá-la: estava em chamas. Nenhum montante de analogia ou louvor poderia bastar, de qualquer modo. Uma família de treze na Índia moderna era um desastre, um quebra-cabeças com peças faltando, um *Titanic* vertiginoso ansiando por seu *iceberg* final, uma matilha de lobos sem nenhum Mogli para criar, um grupo de *jihadis* tão entediados que declararam guerra santa um contra o outro.

Como *Mama* disse um dia, "Do que esses americanos estão sempre reclamando, aqui todo dia é 11 de setembro!".

Ela havia dito isso, ou gritado, com especial referência a uma série de aviõezinhos de papel *kamikazes* que se chocaram contra os *pixels* inimigos da tela da televisão numa esplendorosa manhã de domingo, interrompendo os *Bahajns* que Sangita gostava de ouvir.

Varun, com suas mãos ainda ágeis de dobrar as gaivotas, gritou da sala de estar, "*MAMA*, O SAHIL TE CHAMOU DE OSAMA-MA!"

Mas Sahil era inocente e lá estava sentado em silêncio. Num sofá. De pijamas. Com um ovo frito no colo. Ovo este que supostamente não devia estar no colo dele, mas num prato que agora estava caído no chão.

Sahil gritou, "*MAMA*, NÃO FUI EU! SHANKAR, PEGA A TOALHA! O VARUN ESTÁ MEXENDO COMIGO!"

Tanya pôs o seu *Harry Potter* de lado e interveio. "*Arre*, Varun, o que foi que o Sahil fez com você? Por que você fica maltratando ele?"

Varun estava indignado. "Ele chamou a *Mama* de palavrão."

"Chamou, nada", bocejou Tanya. "Foi você."

"Você disse que a *Mama* era Osama!", disse Sahil, esfregando furiosamente o joelho sujo de ovo com um pedaço de torrada e chupando a gema."

Varun não se impressionou. "Então? É engraçado, não é? Quando foi que você brincou na vida?"

"Mas Varun, quer dizer, *bhaiya*..." *Bhaiya* é o termo respeitoso para irmão mais velho.

"Você me chamou de Varun?", berrou Varun. "Meu nome é Varun ou *Bhaiya*? Hein, tá vendo isso aqui?" Isso aqui dizia respeito ao punho cerrado de Varun. Claro.

E assim Sahil aprendeu. Ele não tinha lançado os aviões, mas deveria levar a culpa. A família funcionava num sistema de respeito mafioso, uma confusão constante de serpentes e escadas onde quanto mais velho você fosse, mais podia chocalhar a cauda e perturbar os pequenos subindo no degrau da experiência. Mas ser uma cobra velha e astuta tinha as suas desvantagens. Significava que você não podia pedir favores sem enrolar-se armando botes, atar-se em nós que podiam levar anos para se desfazer.

Arjun compreendia que pedir um favor significaria anos de servidão fraternal, uma dívida que seria saldada em pequeninos pesos de carne – carne que era completamente desnecessária, pois, ostensivamente, a gente tem a mesma carne que os irmãos. E era isso que fazia tudo ser tão pior. Era carne em nome de carne.

Mas uma família não deve ser regida por um sistema de favores, disse uma voz enérgica dentro de Arjun. *Todo mundo deve favorecer todo mundo.*

Que delírio! As únicas ocasiões em que tais delírios eram remotamente verdadeiros eram o *Diwali*, o *Holi*, o *Rakhi* ou as partidas de críquete indo-paquistanesas, festas que dependem do coletivo. Por um dia, cada inimizade ou trama de vingança seria enterrada e uma fidelidade aterrorizante assumiria. Aterrorizante por ser tão viciosa. *Você jogou um balão d'água no irmão? Tudo bem, eu vou jogar dez mil em você! Você comprou uma bombinha de dez mil explosões para assustar minha irmãzinha? Pois vou jogar um balão d'água na bombinha TAMBÉM! E mais! Vou comprar também uma bombinha de dez milhões de explosões, uma que você vai ficar ouvindo até o dia da sua morte!*

Arjun também era parte dessa família. Ele sabia como ela funcionava e sabia que ia encontrar resistência, friccionando a cabeça do fósforo do seu pedido contra as respostas ásperas dos seus irmãos. Cada um deles ia precisar de uma estratégia separada de pacificação. Por exemplo, ele teria de perdoar Varun por suas transgressões, por sua negligência no críquete no quintal e pela valeta atrás da casa. A forma austera de uma bola de críquete zunindo no ar causaria um galope de batimentos cardíacos na casa de Arjun. E, ocasionalmente, uma vidraça quebrada. Mas Arjun havia pegado Varun no seu pior e mais humilhante momento – quando ele tinha mandado a bola direto na bicicleta Atlas estalando de nova do criado Shankar, arrebentando os raios da roda traseira. O pobre empregado chorou sem saber a causa do dano. Ele havia comprado a bicicleta com seu próprio dinheiro (tendo insistido com Rakesh que queria ser independente) e estava ansiando pelo momento em que ia andar nela com seu celular colado ao ouvido (o telefone ele tinha aceito de Rakesh, mas com a condição de pagar os custos com descontos no seu salário). Mas agora a roda ia quebrar como uma costela toda vez que ele sentasse no banco. Varun tinha sido caracteristicamente cruel para acobertar a sua má ação. Cada vez que ele visse o esqueleto de um metro e meio de Shankar curvado sobre a roda, ele diria, "O quê? Cê tá começando a pensar que é o Gandhi-*ji* girando a roca? Vai fazer roupa com ela sentado aí?".

Varun não sabia que Arjun tinha presenciado toda a cena da janela, que Arjun tinha dado o dinheiro do conserto a Shankar da sua própria mesada. Shankar tinha recusado. "Eu vou pegar o incestuoso comedor de irmã que fez isso. Ele acha que pode chegar na frente da casa do ministro e ir arrebentando uma bicicleta dele."

Uma manhã, no ponto de ônibus, Arjun finalmente contou a Varun o que tinha visto.

"E daí? Ele é um empregado", disse Varun.

"*Yaar*, ouça o que você vai dizer antes de pronunciar as palavras", repreendeu Arjun. "Quer que eu conte ao *Papa*? Ou pior, eu posso contar a Shankar, e ele vai ficar louco para encher a sua garrafa d'água toda noite com litros de saliva. Ou cortar as unhas no seu *milkshake* de manga. Apenas pare de bater na bola de críquete cegamente pela casa, certo? Limite-se a tacadas *straight*, experimente pra ver no que dá."

"Com todo o devido respeito, sr. Juiz. Juiz *Bhaiya*, se me permitir, talvez o senhor esteja me dizendo tudo isso porque, hum, é ruim em críquete. E todas as vezes que você fez Shankar jogar *badminton* com você sabendo que ele detesta?"

"Tudo bem, Varun, é isso. Estou te pedindo para não ser cruel com uma pessoa que tem menos dinheiro que você, isso é tudo, mas, agora, você me deixou sem escolha."

"Não…", assustou-se Varun.

"Sim. De agora em diante…", disse Arjun.

"Não, você sabe que eu…", implorou Varun.

Mas Arjun foi inflexível. "De agora em diante, você vai ter de jogar críquete com bola de tênis."

Bola de tênis era coisa de maricas. Quer dizer, Varun tinha sido emasculado. Mas mesmo isto era melhor do que *Papa* lhe dizer que estava proibido de jogar críquete. Eis o quanto ele tinha medo de *Papa* (*Papa*, que raramente ficava zangado, mas que, quando ficava, era capaz de doutrinar a casa toda contra a gente), mesmo ele, Varun, um exemplo másculo que levantava o colarinho da camisa da Modern School para esconder o ioiô gigante do seu pomo-de-adão.

Então, Arjun agora sabia, Varun ia sem dúvida pedir a revogação da sua sentença de *softball*. Ele afirmaria estar sentindo falta do som do bastão na cortiça, da vibração fantástica da madeira do bastão atravessando todo o seu corpo, parando o seu coração por um instante.

Coisa que ele fez: Arjun condescendeu.

O MESMO ERA VERDADE para as outras crianças, com exceção de Rishi. A resposta de Rishi às táticas geralmente maldosas dos seus irmãos era reagir com pedidos de desculpas. Ele já havia sido tão completamente atormentado por Varun, Rahul, Tanya, Rita e, sim, mesmo pelo supostamente bom Arjun, que buscava refúgio no frescor alegre da expressão inglesa *desculpa*.

A frase típica de Rishi era mais ou menos assim: "Desculpa. Desculpa. Desculpa. Diiscuuulpa. Diiiiiscuuuuulpa.

E então, quando você pensava que tinha acabado, ele desfechava o seu golpe de mestre, a rajada de desculpas: "Desculpa desculpa".

"Tá bom, tá bom, tudo bem, tá certo, cale a boca, cale!"

"Desculpa desculpa."

"Tá na hora do jantar, seu maldito desgraçado!"

E eles iriam para a mesa. "Desculpa desculpa desculpa, é que eu sinto muito mesmo, *bhaiya*, então desculpa, me passa um *chappati*, por favor, desculpa desculpa desculpa desculpa…"

"O que você está fazendo, filho?", Rakesh perguntaria.
"Desculpa *Papa* desculpa desculpa desculpa desculpa desculpa desculpa desculpa…"
"Ué? O que ele está dizendo, Arjun?"
"*Papa*, ele está dizendo desculpa desculpa desculpa desculpa desculpa desculpa desculpa…"
"ISSO É O MESMO QUE ELE ESTÁ DIZENDO. DIGA DE NOVO!"
"Eu pensei que era o que o senhor queria saber – o que ele estava dizendo."
"Por que diachos ele não para! Filho! Hein?"
"Papa, mais uma vez, deixe-me repetir, RISHI AHUJA, SEU FILHO, está dizendo: DESCULPA DESCULPA DESCULPA DESCULPA DESCULPA DESCULPA DESCULPA DESCULPA DESCULPA."
"Arjun, desculpa se *Papa* está fazendo você dizer o que eu estou dizendo. Não, ouçam, eu sinto muito mesmo, desculpa desculpa desculpa desculpa…"
Com Rishi, era toma lá, dá cá, a gente tinha de calibrar o tom para não parecer acusatório porque, se parecesse, que os céus tivessem piedade dos nossos ouvidos.

As regras de conversação na casa deixavam pouco espaço para Arjun ficar sondando sem ir direto ao assunto. De uma coisa Arjun sabia: se quisesse chegar a algum lugar, você tinha de fazê-lo enfaticamente. Havia pouco sentido em esconder a sua dor ou esperar que alguém percebesse as sutilezas da sua tortura pessoal. Se olhasse para os próprios pés e ficasse de rodeios, era muito provável que outro trem de conversação passasse diretamente por cima de você, achatando a sua determinação "de massinha". Você tinha de agir rápido e agir intensamente, e fingir, o tempo todo, que a pessoa com quem estava falando era (a) alguém que vinha do Manicômio de Agra e (b) estivera lá por pelo menos dez anos, tendo sobrevivido, portanto, à terapia de eletrochoques.

De Tanya – a irmã que usava suas características mais carregadas para apresentar-se como uma tempestade emocional – Arjun esperava raios. "Por que não pergunta a Rita?", provavelmente diria ela. "Ela tem tantos amigos." E, lamentavelmente, isso era verdade. Rita e Tanya tinham quase o mesmo rosto – o botão esperto da boca em contraste com narinas equinas e bochechas bojudas – mas Rita era agradável e portanto bonita sem precisar fazer nada. Tanya reagia a este favoritismo passando a maior parte do tempo presa na armadilha de um perigoso circuito de toalete pessoal – passando maquiagem para esconder as espinhas mesmo que a maquiagem só agravasse as suas espinhas, fazendo-a aplicar mais.

O que ela precisa mesmo, Sahil, de sete anos, um dia cometeu descuidadamente o erro de dizer, *o que ela precisa mesmo é de creme Fair and Lovely*.

Foi um erro muito grande. A família experienciou esse dia não tanto como uma zona de guerra, mas antes como uma fortificação estremecendo dentro de uma zona de guerra, todo mundo amontoado num denso ninho de membros enquanto a calamidade rolava por cima. Uma calamidade chamada a choradeira perpétua de Tanya.

Assim preparado sobre as paixões de Tânia, Arjun procedeu com cautela.

"Uma banda, né?", disse Tanya, mascando chicletes. "Como vai chamar? *Reprovados no Ensino Médio*?"

A Tanya recém começara a descobrir o sarcasmo, então Arjun deixou passar. "O nome é Radiohead", disse ele. Arjun não se deu ao trabalho de explicar que já existia uma banda com esse nome.

"*Radiohead*?", guinchou Tanya.

"Radiohead!"

"Rahul", disse Tanya, "A banda de *Bhaiya* se chama Radiohead!"

"*Bhaiya*", disse Rahul, soltando os soldados americanos com que estava brincando. "Isso quer dizer que você vai usar um turbante. Como um *sardar*?"

Arjun olhou penetrantemente para ele.

Mas Rahul estava repleto de perguntas. "*Bhaiya*", a sua banda tem dezoito pessoas?"

"Dezoito? Por que?"

"Porque você se lembrou que abaixo de dezoito não é permitido entrar em *show* de *rock*!"

"Boa, *yaar*", disse Tanya, ligeiramente apaixonada pelos encantos afeminados de Rahul.

"Não estou entendendo", disse Arjun, embora estivesse.

"Eu estou!", disse Tanya, embora não estivesse.

"Me explica, então, Tanya", disse Arjun.

"Explique a ele", repetiu Rahul.

"Por que você não explica? Era uma brincadeira?", lamuriou-se Tanya.

"E daí?", perguntou Rahul. "O *Bhaiya te* perguntou primeiro. Além disso, eu sou mais velho e os mais velhos ganham. Não é, *Bhaiya*?"

Aquilo era típico, pensou Arjun. Todo mundo estava determinado a ferrar todo mundo.

"Chega de piadinhas! Agora escutem."

"Não grite, *Bhaiya*", disse Tanya, sentindo-se pronta para o ataque, como frequentemente fazia.

"Bem, eu quero pedir – mesmo a você, Rahul – a ajuda de vocês. Eu quero promover um show da minha banda no domingo que vem. Estava pensando se vocês não poderiam trazer alguns amigos aqui em casa nesse dia, e pedir a eles para assistirem a minha banda sem ficar rindo nem criticando. Topam?"

Arjun tinha esperado que as negociações fossem temporariamente interrompidas nesse estágio, com Rahul e Tanya usando a sua vantagem para ameaçar inação, dizer "não", mas em vez disso, eles só tiveram uma resposta desnorteada a dar: "Por quê?"

POR QUE, POR QUE, POR QUÊ? Por que atravessar tão longas distâncias para cortejar uma mulher? Exatamente? Por que não parar a mentira onde estava, deixar Aarti pensar que você estava numa banda, chamá-la para ir à sua casa e não se incomodar com a formalidade amadorística de realmente tocar? Por que não persistir apenas nas lentas cadências de diálogo no ônibus, conquistá-la com as cansadas queixas sobre a escola que unem as pessoas na viagem de volta para casa? Por que não tocar um dia os seus cabelos quando ela enfiasse a cabeça para fora da janela no forno quente do dia? Sentir uma mecha da sua crina negra lustrosa zunindo como uma corda de guitarra? E então saber, caramba, isso não tem nada a ver com uma corda de guitarra, não é teso, metálico ou dá calos, por que me incomodar com *isso* se podia ter tido *aquilo* o tempo todo? Sim, por que ter uma banda e um concerto e esse tumulto medonho com seus irmãos e irmãs?

Seria porque você era tímido. Seria porque quanto mais você falava com a garota, mais estava se expondo a exame. Você não queria que a garota soubesse que você estava concentrando todas as suas energias no vórtice magnético dos seus olhos. Você não queria que a garota se sentisse tão especial que então seria superior a você e, consequentemente, não iria querer mais nada de você. Mesmo assim ela era superior a você: você, que era apenas um mentiroso rezando para não ser apanhado, um menino que inventou uma banda para ser especial – em seu interesse, não no de Aarti, se você a tivesse desejado simplesmente teria saltado em volta dela como um fio desencapado, querendo enfrentar o risco de se expor a uma eletrocussão emocional. Não revestido com o plástico da prevaricação. Essas mentiras egoístas.

"Não digam a ninguém? Prometem? Só estou contando a vocês dois. Não digam a ninguém, certo? Não, *yaar*, sério? Vocês juram pela *Mama*? Eu quero impressionar uma garota do meu ônibus", disse Arjun a Rahul e Tanya. Isso não era mentira, mas tampouco era toda a verdade. Ele queria ser o centro das atenções, era isso, e seria um imenso bônus de acréscimo se esta atenção incluísse o olhar arrebatado de Aarti.

ARJUN FICOU CHOCADO com os resultados. Todos os irmãos concordaram prontamente, telefonando para seus amigos. A única outra coisa em que as crianças eram tão unidas era em seu respeito pelo *Papa*, construtor de viadutos, salvador de eleitores, próximo de primeiros-ministros e presidentes, os quais todos o visitavam ocasionalmente. Cada criança pensava (e isto só duraria pouco tempo mais, Arjun sabia) que ele ou ela era o único ou a única a saber porque *bhaiya* Arjun estava organizando o seu concerto. Cada um ficou tocado que uma pessoa numa tal posição de poder (o mais velho!, por quatro anos!) arriscasse tamanha vulnerabilidade. Afinal de contas, a perspectiva de namoradas e namorados era geralmente tratada com rodadas de provocação na casa dos Ahuja. A provocação era um fenômeno newtoniano, uma reação igual e oposta ao modo taciturno como as crianças lidavam com os membros do outro sexo. Se você não dissesse que tinha uma namorada e alguém descobrisse, muito bem, isso queria dizer que você merecia ser sacaneado até romper a relação com ela, como não!

A admissão de Arjun foi diferente, contudo – mais solícita, mais madura, um segredo sem máculas que valia a pena partilhar.

CAPÍTULO 8

GORDURA ACONTECE

Rakesh nunca contou para ninguém o que aconteceu na noite do seu segundo casamento.

Eles circundaram a fogueira, e então Rakesh levou a moça embora e quase a jogou na traseira do carro nupcial à espera. No banco de trás, ele a olhou fixo muito zangado.

"Desculpa. Houve um engano", disse ela. "Eu devo sair. Desculpa, é que eu fui obrigada, mesmo. Ela me obrigou."

Ele interrompeu: "Quem diabos é você?"

Ela possuía uma postura alerta, o rosto em forma de lua, cor parda e maçãs do rosto e sobrancelhas que pareciam permanentemente erguidas e corajosas. Em outras palavras, ela parecia um gato preto. Depois ele percebeu que estava errado. Nada havia nela que desse a impressão de malícia.

"Desculpa, *ji*, eu tenho de ir embora", disse ela. "Desculpa, por favor. Apenas deixe-me ir. Desculpa." Ela estava chorando. O motorista continuou a olhar direto para a frente, mas Rakesh pôde ver os músculos na sua nuca tremerem ligeiramente; seu cérebro estava ocupado estenografando a fofoca.

"Não seja dramática", ele a silenciou. "Nós estamos casados, agora. Você é a minha boa esposa. Eu sou o seu bom marido."

Ela compreendeu. Sorriu fingidamente, virou a cabeça para o outro lado e levantou ambos os braços para permitir que as gigantescas argolas dos seus braceletes descessem até os cotovelos. Quando chegaram ao hotel, ela continuava de braços para cima, como se Rakesh a estivesse aguilhoando com uma arma.

No quarto do hotel, ele gritou com ela. "Quem diabos é você?"

Todo o seu rosto de lua se retraiu e vacilou, como se ela estivesse esperando que ele fosse lhe bater. "*Ji*, eu sou só a irmã de Asha", disse ela. "Eu sinto muitíssimo, de verdade. Por favor, expulse-me. Eu fui obrigada. Ela me obrigou. Divorcie-se de mim. Eu me ajoelho aos seus pés."

Ela caiu aos pés de Rakesh num grande estrépito de ouro.

"Não seja histérica", disse ele. "Sente-se."

Ela sentou-se na cama, ambas as pernas cruzadas. Parecia um pagode.

"Você: O que você estava fazendo lá?", rosnou ele. "Você chegou a pensar que...?" Aí ele começou a repetir de memória a grande lista de desgraças que se abateria sobre a família dela. Ele se divorciaria dela. Ele espalharia rumores na alta sociedade de Déli. Ele tinha contatos nos jornais. Ele venderia o escândalo para o *Times of India*. É claro, a opinião deles seria favorável a ele.

Compreendeu que ele próprio estava histérico. Para encobrir, repetiu: "Não seja histérica."

"Desculpa", disse ela. Ela parecia entediada. Começou a roer as unhas. Suas sobrancelhas a abençoavam com uma aparência constante de condescendência. Isto enfadou Rakesh, e ela deve tê-lo percebido, pois acrescentou, "*Ji*, por favor, perdoe. Eu não pensei que você... que fosse deixar o casamento acabar. Eu pensei que você..."

"Isso não importa", estourou ele. "Primeiro, diga-me. Que *merda* você estava fazendo lá?"

Ela ficou em silêncio.

"Está certo, tudo bem. Faça como quiser..." Ele ficou satisfeito de ver o quanto estava parecendo americano. "Então pelo menos vamos fazer sexo."

Ele pensou que isto a faria contar sua história, mas em vez disso ela concordou. *Que tipo de armadilha era aquela?*, perguntou-se ele. Que tipo de boa virgem indiana concorda tão facilmente? Ou talvez ela estivesse louca para se livrar dos pesados adornos de ouro sob os quais estava suando. Independente disso, ele não podia acreditar na coragem daquela mulher. Em segundos ela estava nua, de pernas cruzadas na frente dele. Só os seus impressionantes braceletes continuavam enfeixados nos seus cotovelos.

Ele não admirou nada. Nada havia para se admirar no corpo dela.

Ele tirou as roupas numa coreografia despreocupada: numa espécie de você-não-me-deixa-escolha. Ele chutou as calças para o lado; a jaqueta Nehru escorregou com uma flexão dos seus ombros.

Porém, ao sentar-se com as pernas cruzadas na frente dela, desajeitado, não conseguiu alcançar uma ereção. A moça e ele pareciam duas pessoas nuas fazendo yoga; dava para ver no espelho lateral. A visão do seu fracasso deixou Rakesh duplamente exasperado. *Já que a mulher vai me enganar, podia ao menos ser atraente.*

Foi quando Rakesh lhe deu um tapa.

Ela começou a chorar outra vez: ele se sentiu brutal, feio, medonho.

Ela estava soluçando em grandes espasmos maláricos; suas joias farfalhavam e rilhavam como uma máquina velha; ela levou as costas da mão direita aos olhos, mas a mão estava tremendo sozinha, inútil, e Rakesh ficou olhando com fascinação perversa quando ela botou a língua para desviar o visco de lágrimas, maquiagem e muco que lhe escorria pela face. Então, ele a salvou. Estendeu as mãos para ela e a puxou por seus ombros nus para a cama. Ele se deitou ao seu lado, acariciando seus cabelos. Ambos ficaram olhando fixo para o teto. No espelho lateral, parecia que Rakesh estava limpando a poeira de um paletó em vez de acariciando os negros cabelos de sua repentina noiva.

Essa é a coisa mais terrível que já fiz com uma mulher, pensou ele. Creio que jamais serei perdoado por isto.

Ele nunca mais bateu nela. Ele sussurrou nos seus ouvidos: "Agora diga-me."

"Ela me obrigou a usar as roupas dela e a ir para a tenda. É uma mulher muito difícil. Como posso explicar? Como?", mais do que falando, ela estava se lamuriando.

"Quem é ela?", sussurrou ele asperamente. "Não use pronomes."

"Minha mãe, *ji*: ela não quer que nenhuma de nós se case. Sim, há pessoas assim no mundo também. Ela quer que a gente envelheça ao seu lado. Fique com ela sempre. Ela é uma hipocondríaca, está sempre doente. Quer que a gente cuide dela até ela morrer. Mas ela não vai morrer nunca. Gente tão doente quanto ela nunca morre."

Ela se sentou e encrespou os cabelos de um jeito surpreendentemente viril; os dedos forçando o couro cabeludo da frente para trás.

"Para mim, que sou a mais velha e não muito atraente, ela sempre buscou encontrar um rapaz que fosse bonito *demais*. Resultou que nenhum rapaz me disse sim. Eu até fiquei habituada. Pensei que jamais me casaria. Mas Asha, minha irmã..."

"Sim", disparou Rakesh. "Eu a conheço. Eu sei que ela é sua irmã. Era com ela que eu devia me casar. Talvez você se lembre?"

Ela ignorou a provocação. "Asha é muito bonita. Para ela, Mamãe pensa que nenhum rapaz é bom o bastante. Durante cinco anos, nós estivemos procurando. Aí você apareceu. Nós ficamos todas muito impressionadas com o seu retrato. Você é tão bonito. Tem uma altura tão boa. Belos ombros. Todas nós gostamos da maneira como divide o seu cabelo de lado, e o modo como deixou crescer as costeletas como uma estrela de cinema. Você também tem um par de olhos muito bonitos. Eles não são exatamente castanhos."

"Então Asha disse sim. Mas aí o que sempre acontece, aconteceu. A Mamãe começou a envenenar o espírito de Asha. Ela começou a dizer que tinha falado com o astrólogo e que ele dissera que as estrelas não eram boas. Que você era viúvo e sempre sentiria falta da sua ex-esposa. Que era muito estranho que seus pais estivessem tão doentes que sequer tenham podido nos conhecer." (Foi essa a desculpa que Rakesh usou para justificar a ausência deles.)

"Então, dez dias atrás, Mamãe quase telefonou para a sua casa para dizer não. Foi aí que eu fiquei muito zangada. Nós começamos a gritar uma com a outra. E eu disse, assim, só por falar, *Tudo bem, se Asha não vai casar com ele, eu vou.*

"Foi isso. Aí ela me obrigou, *ji*. Eu só falei por falar. E ela me obrigou. Ela me obrigou a usar as roupas de Asha e a me casar com você."

"Mas você não parece do tipo que se deixa forçar."

Ela deu de ombros. "Eu sei o que minha mãe estava pensando. Ela estava pensando que você ia me denunciar e trazer a desgraça para a família. Então ninguém mais ia querer se casar com Asha ou Raghav. Raghav é o meu bom irmão."

"Então porque você fez isso?"

"Eu fui obrigada."

Ela começou a roer a unha de novo, mas Rakesh tirou a sua mão da boca e segurou os seus dedos forte. "Você não parece do tipo que se deixa forçar. Admita. Você também queria. Está inventando essa história. Secretamente, você queria que acontecesse. Queria que eu não expusesse vocês. Agorinha mesmo você está feliz. Você se vingou da sua família, da sua mãe. Admita – você está feliz."

Quando olhou para trás, dias depois, era óbvio que ele estava falando consigo mesmo. Aquela moça – aquela moça que jazia nua ao seu lado – era pura vingança contra as expectativas dos seus pais. Foi por isso que ele meteu na cabeça a ideia estúpida de que devia ficar com ela, de que devia fazer amor com ela. Ela não era tímida. Era feia, assertiva. Casar com aquela mulher seria uma verdadeira proclamação da sua individualidade, uma afirmação de que ele não devia nada a ninguém, menos ainda aos seus pais. Ele mal podia imaginar a expressão na cara dos seus pais quando perguntassem amanhã – *É a mesma moça que você conheceu? Nós pensamos que ela era mais magra? O que aconteceu com o rosto dela?*

Gordura, Mamãe! Gordura acontece!

Todas as suas revoltas antes disso tinham sido falsas, Rakesh compreendeu. Ele fazia as coisas ao seu modo, mas sempre com o objetivo inconsciente de agradar seus pais. Ele havia escolhido sozinho Asha para o seu segundo casamento, mas ela era exatamente o que seus pais teriam desejado: bonita, da casta certa, nenhuma ameaça para a sua mãe em termos de sofisticação. Ele só a tinha escondido deles por ela ser tão perfeita.

E ninguém poderia ser mais perfeita que Rashmi.

Sua cabeça voou para a sua época na América. A lareira aconchegante da casa deles no subúrbio, os dois carros na entrada prontos para serem ligados. Frio de rachar. Como Montpelier, em Vermont, cheirava no outono como uma lâmina gelada diante do nariz. E sob o furor de folhas vermelhas, seus pés sobre o cascalho enregelado. Como a gente se apinhava por calor, o grande abraço, a pequena família.

Rakesh, Rashmi e Arjun.

Ele abriu os olhos chocado com a imagem, a clareza sensual que teve.

Ele não tinha sentido nenhuma falta da América até então. Somente durante a sua primeira viagem de volta à Índia, quando tinha acabado de deixar as peculiaridades cultivadas pela neve de Vermont, ele tinha comparado a Índia com a América – e também isso, inconscientemente. Rakesh gostava de pensar em si mesmo como um populista educado – *dê-me uma axila suada e eu lhe darei um nariz bacharel para cheirá-la!* – mas ele também era um homem cujo constrangimento na América tinha levado a uma obsessão com cheiros. Antes de festas, quando Rashmi se vestia em *Kanjeevarams*, ele perfumaria as próprias axilas – um cego seria perdoado se confundisse aquelas axilas com algum peludo *pot-pourri*. Certa vez, as partículas brancas de seu desodorante sólido começaram a chover de seus braços enquanto ele gesticulava freneticamente. "Isto não é caspa!", explicou ele aos americanos chocados. "É desodoraspa!"

Aqueles americanos cheirando a sabonete o aceitaram e riam de seus gracejos tolos – só Rashmi o censuraria com seus olhos trágicos. Ele entraria em pânico nesses momentos, esqueceria o fim da piada, agitaria os braços embaraçado, e afundaria ainda mais na ignomínia do grupinho das piadas. Tudo o que ele queria, afinal, era impressionar a sua mulher; ele a amava tanto. Assim, quando ela morreu e ele perscrutou o futuro interminável sem ela, pensou: o que haveria ele de fazer em encontros, em festas, sem Rashmi?

Com quem iria ele para casa e riria da tola ingenuidade desses americanos tão amigáveis?

Uma célebre pergunta da qual eles passaram a noite rindo, um travesseiro esmagado apertado entre os dois, foi a seguinte: *Se não* se importar de eu perguntar; eu nunca estive na Índia, perdoe-me, por favor, eu posso estar pensando no animal errado, mas, sra. Ahuja, é comum as pessoas lá terem elefantes como nós aqui temos cavalos?

E Rashmi dissera à velha senhora: *Ora, é claro, de que outro modo eu chegaria ao aeroporto?*

Quando ele e Arjun estavam tomando o avião para a Índia para a cremação de Rashmi, esta foi a fala que pareceu resumir a América para ele.

Ele odiou tanto a América. Ele a odiou por ter lhe tirado Rashmi, e depois a US Air lhe serviu uma panqueca com um pequeno pacote de líquido ao lado que tinha *exatamente* a mesma aparência que xarope de bordo, mas na verdade era molho de soja, e molho de soja mais panqueca é a receita perfeita para uma bela vomitada em pleno voo – ele odiou a América tanto que sua mente explodiu a frase oca por excelência *Você tem um elefante?* num plano de ridicularizar a América por toda a sua vida. Ele dedicaria a sua vida doravante a possuir um elefante em sua casa em Déli, e nele passear impudentemente pelo Kahn Market, o GK Market, a South Extension, Paranthe Kee Gulley – na verdade, qualquer direção em que o vento soprasse as orelhas de Dumbo da criatura. E acrescente-se a isto, Rakesh se vestiria exclusivamente em amarelo-laranja, nunca tomaria banho e faria questão de exalar um odor terrível. Ele deixaria que seu elefante esculpisse montanhas de bosta onde quer que desejasse, de modo que os curiosos turistas americanos pudessem seguir sua trilha e fotografar *a bosta extremo-oriental!* Se fosse convidado a uma festa, ele diria: "Só se vocês convidarem o meu elefante e se recusarem a mencioná-lo em qualquer ponto da conversação. Pois se trouxerem o assunto à baila, isto sugerirá aos americanos que elefantes são com efeito inusuais no cenário urbano indiano, o que partiria os seus corações. Então, o que você preferiria? Manter um silêncio gélido – ou mandar os americanos de volta gritando, de coração partido?". Em restaurantes, ele teria um ataque em defesa do consumidor se o patrão perguntasse: "Gostaria de uma quentinha para o cachorro, senhor?". *E por acaso eu tenho cara do tipo de homem que tem um cachorro! Estas são mãos de quem conduz um cachorro?* À noite, ele deixaria o elefante descansando na entrada para carros, o esfregaria como um mecânico apaixonado e se referiria a ele como MINDINHO. Mas do que Rakesh mais gostava era de imaginar-se indo até seus pais e dizendo *Estou me dedicando a comprar um elefante* e desfrutar suas expressões desconcertadas.

Você quer um pouco de chai?, eles diriam.

Vocês estão desviando o assunto em pauta.

Mas filho, nós não fomos bons pais? Não levamos você em toda terceira lua cheia ao zoológico de Déli com passe especial de entrada?

Não, vocês me fizeram nascer e me levaram à tristeza, e agora a única coisa que posso dizer é que preciso de um elefante na minha vida.

O que acha de uma outra esposa?

Outra esposa?

Elas são melhores, não? E podem ser conduzidas, também. Além disso, menos excremento, menos manutenção.

Ele acordou de sua visão para o choro de dois anos de Arjun – todo enroladinho num pequenino berço no avião – e ficou envergonhado de a sua visão não ter feito menção a Arjun e de ele já estar pensando numa nova esposa. Ele precisava permanecer solteiro, casado apenas com a sua memória de Rashmi. Ele tinha de viver para o último vestígio sobrevivente de Rashmi – seu filho. Ele tinha de ganhar dinheiro para o bem de Arjun, e não cair em depressão.

Mas o que poderia fazer agora que tinha abandonado o doutorado?

Rakesh Ahuja se curvou no assento do corredor do Voo 232 da US Airways e chorou.

Pensando em Rashmi, Rakesh sentiu um arroubo cálido percorrer seu corpo. Todos os seus instintos sexuais foram reativados. Ele queria fazer amor com aquela moça estranha, feia e corajosa deitada ao lado dele na cama do hotel. Ele a fez virar-se para o outro lado, pôs a mão em seus seios e entrou nela precisamente; ela não disse nada, embora ele pudesse sentir-lhe pequeninas e tenras pontadas ao longo da espinha. Ele pensou em Rashmi o tempo todo que eles fizeram amor. Vez por outra, disse uma palavra de conforto.

O resultado final de tudo isso – quando eles se deitaram lado a lado outra vez, completamente vestidos, depois de terem se lavado, um de cada vez no banheiro, sem ter nada a dizer – foi remorso. Ele não tinha usado um preservativo, e esta era uma maneira horrível de fazer uma moça perder a sua virgindade; o que ela pensaria dele? Ele tentou ser carinhoso outra vez, mas o corpo dela reagiu com rigidez. Ela ajeitou espalhafatosamente o travesseiro. Virou-se num safanão, afastando-se, como se estivessem casados há anos. Rakesh se perguntou: teria ela o visto como ele a estava vendo agora, como um monstro? Ou estava feliz pelo fato de que agora eles estavam presos um ao outro – de que agora não havia mais hipótese de ele deixá-la? E se ela estivesse grávida? E se eles estivessem presos, sabia ela no que estava metida? O tipo de pessoa que ele era?

"Eu acho que você é muito bonita", disse ele.
Lá vamos nós.
"Obrigada", resmungou ela.
"Foi bom?"
"Foi."
"Você se sentiu bem?"
Ela estava sentada agora, os braços jogados em volta dos joelhos.
"Senti."

"Tem certeza?"
Ele pensou em virá-la e beijá-la.
"Tenho."
"Bom", disse ele.
"Boa noite", disse ela.
"Boa noite."

Logo ela tinha pegado no sono, encolhida longe de Rakesh. Ele ficou acordado uns poucos minutos, fitando as estrias espiraladas deixadas pelos braceletes nos seus braços. Ele seguiu pensando com uma mistura de excitação e piedade: *Este é o casamento mais estranho de todos os tempos. Estamos a caminho de uma horrível vida em comum. Certamente se tornará pior com a idade. Eu provavelmente a engravidei, e agora perdi todo o poder e vou passar minha vida tentando reconquistá-lo. Vou culpá-la por tudo, como culpei meus pais. E então um dia, eu não serei mais um viúvo angustiado. Eu serei apenas um horroroso marido. A vida desta moça,* disse a si próprio, *está acabada.*

Ele tinha dado crédito demais a si mesmo. De manhã, quando acordou, ela havia partido.

CAPÍTULO 9

BRYAN ADAMS EXPLICA TUDO (INFELIZMENTE)

O SR. AHUJA NÃO DEMOROU A SABER da banda do seu filho mais velho. Passava da hora normal de almoço e todos estavam morrendo de fome. Ele estava sentado à cabeceira de uma mesa retangular de teca, que fora reforçada com duas mesas menores nas extremidades. Essas duas mesas eram pelo menos sete centímetros mais baixas que a mesa principal, e por isso, para compensar a extensão provisória, os Ahuja mais altos sentavam-se nas extremidades, passando cuidadosamente os pratos de aço sobre o desajeitado desnível. Hoje, contudo, todos estavam concentrados na cabeceira do sr. Ahuja. Enquanto isso, a sra. Ahuja estava ausente, provavelmente cuidando dos bebês no quarto das crianças. A meninada mastigava ruidosamente. Eles pararam um instante em reconhecimento à presença de Arjun quando ele entrou deslizando de meias nos pés, o último a chegar. Então devoraram a comida. Este era um traço que a família compartilhava: eles eram um pelotão de comilões, consumindo rápido a comida, com o prazer de quem a busca.

"Oi, Arjun", disse o sr. Ahuja, sem levantar os olhos do prato.

"Tá vendo o que eu disse, *Papa*!", falou Rahul. "Ele está sem um bolso na camisa do uniforme."

"Mas *era uma vez* estava lá", afirmou Varun do outro lado da mesa.

"Dirija-se a seu irmão mais velho como Arjun *bhaiya*, não *ele*", disse o sr. Ahuja.

"Desculpe, *Papa*", disse Rahul. "Mas acho que uns *goondas* devem ter arrancado o bolso dele. Ouvi dizer que era isso que eles estavam fazendo em escolas bobas como St. Columba's. Todo mundo sabe que a Modern School é a melhor escola. Não é, Varun?"

Varun e Rahul estudavam na Modern School (na sucursal da Humayun Road).

"Pelo menos na Modern a gente nem tem bolso na camisa, né? Muito mais esperto. Por que fazer uma coisa se é pra ser arrancada por aqueles valentões estúpidos?", perguntou Varun.

Rahul continuou: "Eu me pergunto se ele foi à sala do diretor e disse: 'Padre, por favor, rasgaram o meu bolso'".

"Então o Padre diz: 'Vou lhe fazer uma caridade. Tome aqui um dinheiro.'"

"E daí?"

"Aí o *bhaiya* deve ter dito, 'Mas senhor, onde eu vou pôr o dinheiro se não tem mais bolso?'"

Os dois caíram na gargalhada.

Arjun, porém, não estava escutando. Ele pegou um prato no aparador girando o corpo, enfiou-se num espaço entre Rita e Tanya ("Cuidado, Arjun!", elas gritaram) e pilotou o objeto de travessa em travessa ("Cuidado, Arjun!", elas gritaram). O seu prato estava agora pesado de comida, Arjun andou, com uma afetação completamente desnecessária, até parar na frente de seu pai do outro lado da mesa, intensamente consciente da sua abrupta teatralidade.

Sentou-se. Ele engoliu a comida num ritmo regular. Não falou com ninguém; ninguém falou com ele. Ele queria que o silêncio continuasse até alguém notar a sombria beleza dos seus movimentos e iniciasse uma conversa; ele queria que a multidão de crianças visse como as coisas são feitas na vida real, com silêncio, determinação e ritmo sincopado, que homens de verdade sequer levavam em consideração as multidões a avolumar-se à sua volta, eles sabiam que as mulheres se sentiam atraídas por silêncios altivos sensuais, que...

Ele se inclinou sobre a mesa e gritou: "*Papa*, eu estou numa banda de *rock*".

O sr. Ahuja disse: "É mesmo? Que bom, se estiver gostando de estar nela."

"Obrigado, *Papa*", disse Arjun. Ele não foi capaz de conter a sua incredulidade. "Muito obrigado por suas palavras gentis."

Ele enfiou sua colher num monte de arroz e levantou-se da mesa ofendido.

OBSERVANDO ARJUN IR EMBORA, o sr. Ahuja sentiu-se frustrado. O que ele tinha dito agora? A mistura das vozes das outras crianças não era diferente daquela de um rebanho moribundo. O seu duro dia encontrara uma regurgitação apropriada na comida informe e sem gosto que a sua esposa sempre servia – e ela sequer cozinhava! Tudo o que tinha a fazer era dar ordens aos empregados! Os vendedores de verduras e hortaliças vinham direto até a porta! Todos queriam vender para o exército Ahuja! Não obstante, a comida – *aalu-ghobi*, *tinda*, *daal* – era uma mixórdia amarela gosmenta, um pântano de *masalas*, que não oferecia nenhum conforto visual às maltratadas papilas gustativas. Seus filhos pareciam gostar assim mesmo – pobres coitados. Eles não conheciam nada melhor, como poderiam? A sua mulher era o mais alto índice de qualidade que eles tinham experimentado. Ele os tinha deixado nas garras dela. Era um pai ausente intruso, um transmissor de genes, uma nódoa de poder na vida deles. Ele sequer tinha lhes dito que havia renunciado – notícias desse tipo eram muito pesadas para eles, pobrezinhos, que tinham memória curta, choravam doridamente em nome do pai, maldiziam seus rivais políticos, uma vez Varun foi hospitalizado com uma febre escaldante.

Graças à comida, o sr. Ahuja sentiu-se ele mesmo um pouco enjoado; ele lamentou ter enviado a mensagem peremptória à SPM – a sua chefe! – *a* pessoa que tanto tinha feito por sua carreira política. Entretanto, o que estava feito, estava feito. Ele estava aqui para falar com Arjun. Largou sua colher na tigela de iogurte e decidiu seguir o garoto pela casa apertada.

Arjun estava de pé na frente da sra. Ahuja, balançando furiosamente o berço de Gita com um braço.

A sra. Ahuja, é claro, estava tricotando.

"*Mama*", disse Arjun. "Eu não posso lhe ajudar a dar comida hoje. Tenho de ir ensaiar com a minha banda."

Arjun sabia que o sr. Ahuja estava ouvindo, então emitiu a informação o mais vigorosa e dramaticamente que pôde.

"Passe-me a lã", disse ela. "Este suéter tem de ser em duas cores."

Arjun teve um vívido lampejo da sua infância: uma prisão com grades feitas de lã, imensas teias fluorescentes tricotadas em volta da casa. À noite, os dois quartos – cada um dos quais com cinco crianças – pareciam recifes resplandecentes de coral, veias de lã envolvendo cada criança. A mãe deles perpetuamente escravizada pelos enjoos matinais, indo de gravidez em gravidez com tanta pressa que quase não havia lugar na casa onde ela *não* tivesse parido. Felizmente, Arjun só tinha de dividir um quarto com Rishi, de dez anos, e Varun, de doze.

"*Mama*! Eu não posso ficar em casa hoje para dar de comer às crianças", gritou Arjun.

"Está ouvindo o seu filho?", disse a sra. Ahuja. "Nenhum sentido de família ele tem. Um dia na semana ele deve ajudar, e nem isso pode."

O sr. Ahuja se virou para a sra. Ahuja. "Sangita! Ele está chateado porque você está obrigando-o a usar *shorts*. Olhe como está crescendo! Talvez você devesse tricotar para os seus filhos mais velhos, já pensou nisso? Ele não tem um bolso na camisa. E está usando *shorts*. Os outros garotos devem estar debochando dele na escola. Correto?"

"O quê?", perguntaram ambos.

"Você não está de *shorts*?", perguntou o sr. Ahuja.

"*Papa*, eu estou numa *banda de rock*. Uma *banda de rock*."

"Está vendo, o jeito de animal como ele já está falando", disse a sra. Ahuja, perdendo um ponto. "Logo ele vai estar de cabelo comprido e cantando em Rishikesh com aqueles *babus*."

Como a *Mama* sabia dos Beatles? Isso alucinou Arjun.

O sr. Ahuja ficou menos impressionado. "*Arre*! O garoto quer fazer alguma coisa, você deixa?"

"Me passa a lã, Arjun", disse ela.

Arjun ficou perturbado e fez o que lhe mandaram. Mas o modo como entregou à mãe o novelo de lã – deixando-o cair no colo dela, desenrolando no ar – foi a sua maneira de dizer: *Por que você não pode conversar mais sobre isso comigo? Por que não implora para eu ficar? Por que não diz a ele – não posso educar tantas crianças sozinha, eu preciso de Arjun?* Afinal, no passado ele estava *diariamente* ocupado. Era o guardião chefe, responsável pela manutenção da paz. Ele vigiava as crianças enquanto Sangita adormecia sob o feitiço do seu *massagem-wali*; aprendeu a pegar as crianças no colo antes de aprender a segurar um bastão de críquete; jamais usou uma camisa que não tivesse sido encharcada ao ácido da baba amarela; sempre concordou em se esparramar no tapete e ficar brincando de carrinho no distraído campo de visão de um bebê; ensinou cada uma das crianças a chupar o seu respectivo dedão (ele o demonstrava por horas a fio, glug-glug-glug, dizendo que dedões tinham gosto de chocolate) a fim de permitir um pouco de silêncio na casa; instilou medo de fantasma para mantê-los grudados nas suas camas à noite; assumiu a culpa por Sangita quando ela pôs fogo num dos berços (sem bebês) com uma vela que estava levando para seu santuário improvisado; e até teve conversas educadas com ela sobre seus programas preferidos de TV.

Então, inexplicavelmente, um ano atrás, ele foi dispensado do seu posto, aposentado compulsoriamente, substituído por Varun e Rita, e agora sentia saudades de ter a responsabilidade. Se a *Mama* queria que ele a ajudasse somente uma vez por semana, então ela não deveria contar com ele em momento algum.

ARJUN SAIU DE CASA DEPRESSA, a porta de tela batendo atrás dele. Seus pais sequer se preocupavam por ele ter uma vida secreta. Eles jamais ficariam chocados a ponto de perderem a sua complacência. Ele poderia ter se tornado o ídolo de *rock* mais famoso do planeta, ele poderia ter três sucessos no primeiro lugar da parada, um álbum indicado ao Grammy que os críticos chamassem de "furiosa encarnação da vida adolescente indiana no começo do milênio" – ele poderia até ter brilhado numa grande turnê pelo interior do país (neste momento, ele parou e imaginou-se num palco com uma montanha de amplificadores empilhados até o céu atrás dele, o palco num cinza brilhante que logo seria empanado por uma chuva torrencial de calcinhas cor-de-rosa, o microfone estremecendo com toda a delicadeza de um falo cativo em felação, o gigantesco mar de cabeças flutuando abaixo dele como algas peludas, entre elas só um rosto visível, um rosto amendoado radiante) – o rosto de Aarti. Ele era o ídolo de *rock* mais famoso do mundo e Aarti sabia disso. Ele imaginou Aarti de pé na primeira fila de um concerto, ambos se olhando afetuosa e intensamente.

Mantendo sempre a visão diante de si (ele a via como o espectro de uma lâmpada elétrica, em púrpura), ele pegou um ônibus para a casa de Ravi e segurou o corrimão com força. Minutos depois que chegou, Anurag e Deepak chegaram inesperadamente à entrada da garagem num Santro, guitarras penduradas às costas em ângulos diametralmente opostos a fim de produzir um malvado efeito de simetria. Eles foram para o minúsculo quarto de Ravi para uma conferência.

"Vocês não vão acreditar no que aconteceu hoje, *yaar*", disse Ravi.

"O que, *yaar*?"

Ele contou uma história improvável envolvendo um sorveteiro, um semáforo e uma menina gostosa.

"E aí?"

"Ela piscou claramente pra mim."

"Legal. Podemos começar com 'Summer of '69?", perguntou Arjun.

"Bryan Adams?", disse Deepak. "Você é metrossexual agora?"

"A gente só toca músicas do Metallica aqui", ecoou Anurag.

"Mas eu sou o cantor principal!", disse Arjun. "Sou eu que passo a emoção. Não posso passar emoção de gente que come... que come ferrugem só pra curtir."

"Oh, este é um bom verso para uma canção. Ou título. *Curtindo Comer Ferrugem*", disse Ravi, defendendo Arjun.

"Exatamente!", disse Anurag. "Um bom título para uma música do Metallica!"

Eles fecharam em Bon Jovi como um acordo aceitável.

Nos primeiros dias, as canções da banda foram espasmos melódicos fugidios, fragmentos de música originários da interseção (claramente aleatória) dos instrumentos. A batida parecia pulsar abaixo das guitarras, mas quando as guitarras atravessavam, a batida era tudo que a gente ouvia, a música virava nada mais que os gritos de Arjun por cima do martelar da percussão, e era preciso começar tudo de novo, e você parava de cantar e as guitarras não iam mais, e só a estúpida bateria, a estúpida sanha masoquista de Ravi, continuaria a esculhambar. É como se ele já tivesse decidido, obviamente, que *ele* era o centro da banda, e senão o centro, pelo menos a espinha dorsal e, você sabe, o tempo, as marés e a bateria de Ravi não esperam ninguém, então era só ficar meio sentado ali até o rapaz ter curtido o seu quinhão de exibição. A casa era dele. Eles não podiam dizer nada.

Em vez disso, eles suaram o mesmo suor e colidiram um com o outro; censuraram um ao outro por não terem usado desodorante suficiente; num determinado ponto, Ravi entrou vindo do banheiro e enevoou o quarto com desodorante, deixando um resíduo úmido nas paredes que se dilatava e contraía com a mesma intensidade agourenta das infiltrações de monção. Quanto aos garotos, seus olhos ardiam quando eles se inclinavam sobre o PC e tentavam surrupiar umas cifras e acordes na Internet. O que era banda-larga senão a extensão da experiência que uma banda podia cortar e colar da Internet? O que era evolução senão deixar-se guiar pelas músicas mais fáceis? Clapton estava fora; também The Eagles; e Metallica. Bandas como Staind, Oasis, Bryan Adams e Steppenwolf foram rebaixadas a uma mera progressão de "acordes" de força, só duas notas, suas mágicas de músicas inteiras fissionadas em fragmentos minúsculos que Deepak bombardeava mais e mais com a sua Stratocaster, seus pés marcando a saída de um sem número de efeitos do amplificador. Em particular, ele se concentrou no silvo do pedal UNDER WATER.

Como qualquer banda real em seu primeiro ensaio, cerca de três quartos do tempo foram gastos afinando nervosamente as guitarras e apertando os pratos soltos da bateria. Isso deu a Arjun bastante tempo para estudar as letras. Ele entrou na Internet para buscar inspiração. Ele queria ir ao encalço de toda e qualquer bagatela de

Bryan Adams que o Google.com pudesse passar em revista. Os pulsos tensionados em paralelo, ele se viu perturbado ao descobrir que todos os endereços americanos debochavam dele – em primeiro lugar, pensou Arjun, muito injustamente, por ser canadense, e em segundo, por ser "brega". Uma sonata de solidariedade chispou das mãos de Arjun para dentro do teclado. Ele procurou seletivamente por sites de fãs. Buscou o significado de *brega*. A palavra não existia no WordLocator. (Ele havia escrito errado.) Ele perdeu o respeito pelos denegridores de gírias. Mas os indícios continuavam a acumular-se. Bryan Adams figurava no 49º lugar de uma lista das "100 Razões Mais Comuns para a Separação de Casais". Havia um site de um sueco que fora resgatado à beira do suicídio pelo álbum de sucessos vivificantes de Bryan *So far so good* ("Corta como faca / *oh yeah* / mas a sensação é boa paca" sendo, no caso, os versos operativos), mas agora, com o conhecimento resultante de "tantos anos, tantas lágrimas e tantos medos", ele compreendeu que talvez fosse melhor *cometer suicídio* que ser fã de Bryan Adams. "Certamente, a pessoa ganha mais respeito quando escolhe a primeira opção em vez da segunda", afirmava a última linha da página de abertura.

Paródia de mau gosto, pensou Arjun. Ele postou alguns comentários zangados na janela de mensagens do site.

> 1ªmente ñ acredito q vc eh sueco. Suecos são pessoas respeitáveis, cometem suicídio c/ ou s/ música. Vc é americano. 2º, pq cometer suicídio? Pfv mande seu endereço/tel que uso o carretel da minha fita arrebentada de *18 Til I Die* pra pescar seu intestino pela boca, tá? Morte garantida, prometo.
> Além do +, antes de cometer suicídio p/ acabar com a sua vidinha inútil, eis uma foto minha.

Ele postou a foto de uma criança africana subnutrida. E depois outra mensagem.

Desculpa pela msg anterior, brincadeirinha!!!!! Mas a foto é OK.
PS>>>Vc já amou uma mulher de verdade?

Ele postou um foto da atriz Aishwarya Rai.

MAS NÃO TINHA CHEGADO sequer a ler as críticas.

O sucesso de Bryan Adams "Everything I Do" ocupou a 1ª posição na UK Charts por dezesseis semanas. A melhor maneira de descrever a canção é: uma balada-pra-acabar-definitivamente-com-o-gênero-balada. Com seus vocais constipados eu-sou-Rod-Stewart-no-café-da-manhã, um desejo imperturbável de rimar *desire* com *fire*, *night* com *right* (como em, I am going to do [something sleazy] with you tonight / how could something wrong / feel so right, construção que ele usou vinte e uma vezes na carreira), *liar* com *desire*, *fire* com *higher* (*ire*, *mire*, *choir*, *dire*, *sire* são consideradas verbosas demais para a sua obra) e uma habilidade verdadeiramente impressionante de insinuar sua merda reverente a Deus em quase tudo que é trilha sonora, Bryan Adams AINDA é o melhor cantor-compositor a surgir no Canadá em anos.

Racistas! É preconceito contra os canadenses!
O comentário de um cliente na Amazon disse:

O problema de fato é que Bryan Adams não tem fio, gume. Ele é meloso demais até para ser um prazer culpado.

Essa agora simplesmente acabou com ele. Prazer culpado? O quê? É claro, as pessoas no Ocidente tiveram uma overdose tão grande de luxo, que começaram a ter necessidade de uma arte que fosse nociva, desafiadora, difícil, cortante. Talvez devessem passar um dia na Índia. Dar um passeio numa favela. Ser atropelado por uma lambreta e perder um par de membros enquanto a multidão reunida oficia a sua carteira. Dar de comer a alguns lavradores suicidas. Ou melhor, espere: não seria melhor o lavrador cometer suicídio de uma vez, em vez de ser rico e ouvir Bryan Adams? Sim, claro. Tolos idiotas. Eles iam logo apreciar os seus assim chamados "prazeres culpados" se vivessem em meio a uma tragédia.

Apesar, porém, da sua tirada de espírito, Arjun estava abalado. Ele tinha chegado à conclusão que Bryan Adams era o seu último amigo remanescente, e descobriu, para sua grande consternação, que ele também era o único amigo de Bryan Adams.

EM SEGUIDA, BRYAN ADAMS o traiu. Aconteceu no corpo de uma entrevista que foi postada *on-line*.

> ENTREVISTADOR   No tocante a "Summer of '69", até que ponto a canção é autobiográfica?
> ADAMS   Algumas partes são autobiográficas, mas o título vem da ideia de 69 como uma metáfora para sexo. A maioria das pessoas pensou que era o ano de 1969.

"Você viu isso?", perguntou Arjun. "Você viu essa porra?!"

Ravi não estava interessado. "A gente devia estar ensaiando, cara – a gente devia estar ensaiando."

"Desculpa aí, cara."

"Não, não, tudo bem, cara", disse Ravi, "mas nós temos de decidir com que dez músicas vamos começar. Aí eu garanto que vou entrar no tempo certo com Deepak. E nós também precisamos de equilíbrio, cara. Equilíbrio. Quantas músicas acústicas, quantas baladas, quantas porradas? Sabe como é? E também, a gente tá fazendo *covers* ou originais?"

Ninguém deu ouvidos a Ravi. Ele começou a ficar puto. Enfatizou casualmente que seus parceiros de banda eram umas bichas, e tangeu sua bateria com um leve toque feminino para mostrar que não estava tão emocionado de eles estarem ensaiando na sua casa.

Arjun concedeu: "Vamos nessa, então, Ravs. Você pode escolher as músicas, certo? Qualquer canção que quiser."

Grande erro.

Logo eles estavam tocando "The End" do The Doors, uma odisseia de oito minutos durante a qual os membros da banda fizeram várias descobertas desconcertantes, como fazem frequentemente os homens durante as viagens longas. A mais monumental de todas foi que Anurag na verdade não sabia tocar baixo. Isso tinha passado despercebido no começo porque Anurag tinha gasto obviamente um tempão estudando o *ângulo* em que o instrumento tinha de estar pendurado no ombro da pessoa para parecer infalivelmente indiferente, e sabia que Dó Maior e Ré nunca soavam mal. Não verdade, se não fosse por Deepak, que tirava a sua confiança de sacanear os outros, eles podiam jamais ter notado.

Mas, agora, até Arjun caiu de pau em Anurag. "Anu, você é um belo filho da puta."

Eles o remanejaram, numa decisão histórica, para o controle do sintetizador – decisão que entristeceu Ravi, mas que, como ele mesmo reconheceria meses mais tarde, acrescentou uma dimensão ao som deles que nenhum dos seus compatriotas, especialmente aqueles babacas do Orange Street e do Pinkrama, podia reivindicar.

E ASSIM ACONTECEU. Dos quatro – Ravi, que perguntou pungentemente porque os indianos não tinham garagens; Deepak, usando geralmente o seu bem disposto sadismo para ridicularizar os seus companheiros de banda; e Anurag, que já não fingia mais tocar o baixo – só Arjun continuava a se divertir. Ele estava gritando. Ele estava cantando num estojo de lápis. Ele estava abrindo e fechando o estojo de lápis, parodiando seus próprios lábios. Ele ia ao banheiro enquanto rolava um grande solo. Ele roubava um trechinho de

2Pac quando parecia conveniente ("All Eyez on Me"). Atirava-se em rituais esotéricos ("Chamando Onion Transit, Chamando Onion Transit, Rádio Delete Europe") enquanto morria de vontade de tomar uma limonada. Num momento, ele fazia serenata; no seguinte, ele lembrava um *Dobermann* amarrado ao portão latindo para o tráfego contínuo.

A questão é: como ele estava cantando?

"Como é que eu estou cantando?", perguntou Arjun como quem não quer nada.

"Certo. Bem. Legal", disse Ravi. "Mas tente não gritar. Na verdade... não grite. Meu *Dada* e minha *Dadi* estão dormindo a dois quartos daqui. Você tá gritando sem parar. Enfim, melhor controlar; senão vai ficar sem voz. Não existe uma maneira boa de tratar esse troço. Você pode beber água, chocolate quente, mas..."

"Mas gritar é o que todos eles fazem."

"É verdade. Mas..."

Silêncio embaraçado.

"Vamos suicidá-lo", disse Deepak.

Segundos depois, eles estavam empilhados em cima de Arjun, e dessa vez seus gritos eram reais. A banda tinha alcançado o seu ideal homoerótico.

QUANDO COMEÇARAM A CANÇÃO SEGUINTE – depois de terem afinado e afinado e afinado – a luz acabou. Até então os quatro rapazes não tinham reconhecido como era grande e importante o papel que os cortes-de-luz-como-efeito-sonoro iam desempenhar no som histórico rumo ao qual eles estavam, centímetro a centímetro, progredindo; como o som da companhia elétrica Delhi Vidyut Power Board falhando era o som de um milhão de pessoas bocejando numa síncope, o sumiço gradual da guitarra... só a voz de Arjun e a bateria flutuando sobre os restos do que outrora fora uma música.

Mas os guitarristas *unplugged* improvisaram. De algum modo, Anurag e Deepak foram capazes de fazer vibrar seu baixo e seu ritmo, e aí a voz de Arjun começou a coaxar, ele fechou os olhos e os acordes foram entrando aos cliques em seu lugar – e ele não podia mais. Ele não conseguia obrigar-se a imaginar Aarti e a música ao mesmo tempo. Quando cantou, perdeu Aarti. O quarto pequeno, silencioso, o fez ficar constrangido, como se estivesse cantando para uma parede de ouvintes críticos. Como se estivesse num túmulo, num útero, tentando gritar uma saída.

"Não consigo cantar num lugar tão apertado", admitiu ele, falando na parede. E lambeu sensualmente o papel de parede.

Os membros da banda aprovaram a sua histrionia.

"Cara, isso foi muito legal", disse Ravi. "Igual a comoémesmo-onomedele – Jim Morrison? Kiss?"

"Você pode até usar uma máscara."

"Não, eu não posso mesmo cantar", insistiu Arjun.

A sra. Metha – mãe de Ravi – tendeu a concordar. "O que vocês estão fazendo, crianças?", perguntou ela, entrando no quarto. "Todos os vizinhos estão me telefonando e perguntando coisas. Por favor, não façam mais isso. Aqui tem quinhentas rúpias, vão para o mercado e façam lá essa sua bandidagem ociosa inútil."

E eles foram, embora não sem um ar de abatimento. Seu primeiro ensaio tinha fracassado. Eles tomaram sorvete e olharam cobiçosos para as garotas no GK Market. Arjun sentiu-se um pouco aliviado de ninguém ter atribuído o fracasso da banda à sua completa incapacidade de cantar. Enquanto andavam para o mercado, ele expressou o seu desejo profundo de gritar e a impossibilidade de exercer visceralmente o seu talento na companhia de vizinhos tão mesquinhos. Ele exaltou as virtudes de usar camiseta branca e calças *jeans* apertadas (as quais ele conseguiria para todos os quatro, é claro). Ele falou longamente sobre a sua visão da banda, uma interseção de valores tradicionais indianos (liricamente transmitidos) com uma tradição distintamente americana associada a Bryan Adams (transmitida pelos *jeans* apertados).

"Mas ele é canadense, porra, tá maluco?", disse Ravi.

Arjun olhou para Ravi e respondeu solenemente: "Nós precisamos de um lugar melhor para ensaiar."

Eles estavam sentados na Barista, tomando cafés gelados animados por nuvens em remoinho de açúcar. De algum modo tinham perdido a noção da hora, distraídos jogando *videogame* na United Arcade e pondo os pés sobre a mesa de todos os cafés novos que tinham sido abertos no GK.

Ravi disse: "E na sua casa? O jardim de vocês é grande. A sua luz nunca acaba. Seu pai faz discursos lá – então deve haver amplificadores. A gente também pode subir no seu telhado. Se houver barulho, a gente vai de acústico."

TUDO ISSO ERA VERDADE, mas Arjun queria dizer: os problemas são numerosos também. Para começar, ele dizia sempre que só tinha seis irmãos, não doze. Usando uma rota especial através da casa – uma que o levasse além da cozinha, com seu guincho constante de liquidificadores e panelas de pressão, e que desse a volta no quarto das crianças – ele podia evitar que seus amigos notassem pelo menos cinco dos seus irmãos e irmãs, que estariam em cacho em volta da TV no quarto de *Mama*, jogando no velho e obsoleto console do Mega Drive. Mas depois disso: o pacote de escovas de dentes no banheiro. A prolongada fila de fotos 12 × 30 da família na parede. Os quinze panos americanos sobre a mesa. A sapateira que era mais sapatos que prateleiras. Os arranha-céus de roupa dobrada no afloramento peninsular da tábua de passar roupa. O quarto de hóspedes abarrotado com pacotes de papel higiênico e linimentos e tampões e fraldas descartáveis, e aqueles antiquados frascos herméticos contendo sabonete Lifebuoy, semente de linhaça, dentes de alho assados, goma *gond*, conserva de manga, biscoitos *Parle G* – uma história das ânsias de *Mama*. Em *anos* ele nunca tinha convidado os seus amigos para irem à sua casa.

E depois havia Shankar, aquele empregado abelhudo e tempestuoso que existia num estado oscilante entre ser demitido e demitir-se, estar bêbado e sóbrio, ser brincalhão e intrometido e assim sucessivamente, *ad infinitum*. Da última vez em que foi demitido, ele escreveu uma carta para a sra. Ahuja – aquela torturadora de criados – dizendo que esperava renascer como cachorro na casa dos Ahuja, porque um cachorro, suspeitava ele, seria melhor tratado que um empregado (no que ele estava certo). Felizmente, o sr. Ahuja pôs as mãos na carta também, teve piedade do pobre homem cuja caligrafia estava borrada pelas mesmas chuvas que haviam destruído a casa dele em Ranikhet (dizia ele), deixando-o sem nada, só o telefone celular que ele comprara a prestação, o qual de qualquer jeito de nada servia no Himalaia, de onde ele tentara telefonar (disse ele) antes de escrever a carta sobre as perspectivas da *vida de cão na casa dos Ahuja*. A questão era que Shankar tinha uma influência estranha sobre todos. Ele era como uma estação do ano, retornando sempre mais ameaçadora que antes, globalmente aquecido pela televisão na cozinha. Ele tinha opinião sobre tudo. Insistia em cantarolar, por exemplo, a canção do Offspring "Pretty Fly for a White Guy", que tinha ouvido Arjun tocar no *repeat*. Esta cooptação horrorosa – o cantarolar por um homem que não tinha a menor ideia do que era a canção (Arjun tampouco, ele pensava que era sobre um zíper belamente desenhado numa par de calças) – só era aceitável porque ninguém mais conhecia a música.

O próprio Arjun estava cantarolando a canção. Ele aquiesceu balançando vagamente a cabeça para Ravi e imaginou o que todos estariam fazendo em casa. Já eram cinco da tarde. Arjun quase nunca ficava tanto tempo fora sem permissão (mesmo tendo dezesseis anos! dezesseis!); ele ardeu de orgulho ao imaginar a ansiedade dos seus pais, seus telefonemas desesperados para as casas dos amigos.

Ou vai ver, compreendeu ele, que eles nem notaram a sua ausência.

É perfeitamente plausível numa casa com treze crianças.

"E então?", perguntou Ravi. "Na sua casa?"

"Vou pedir a meu pai", disse Arjun.

CAPÍTULO 10

O SR. AHUJA MANIPULA AS PESQUISAS

O SR. AHUJA NÃO IGNOROU a banda de *rock* de Arjun. Não podia ignorá-la. Ele seguira Arjun até a soleira do quarto das crianças e o perdera pela segunda vez em um dia. Abaixou-se e pegou o bebê Vikram em seu berço, trouxe-o ao ombro, arrotos e tudo o mais, e tomou consciência subitamente da imensa distância – o cordame esticado do tempo e do espaço – que o separava de seu filho mais novo, o número incondicional de meninos e meninas intermediários que ele tinha gerado para empreender – mesmo – as exigências da paternidade, os anos de treinamento na educação infantil deles podando lentamente os minutos cumulativos que Rakesh passou trocando fraldas de Vikram e arrulhando bobagens amorosas ajoelhado ao lado do berço. Questões prioritárias – Arjun, por exemplo – podiam nos manter ocupados para sempre. Imergir no sistema era sentir, às vezes, como se uma inteligência estivesse sendo desperdiçada, era sentir que um comando uma vez dado ou uma lição uma vez ensinada se transmitiria automaticamente em concentração acumulativa, como DDT no corpo humano ou riqueza numa economia ou cada-um-ensina-um, para o bebê sem voz desprivilegiado. O que era um bebê senão um pacote multimembros de estímulos? O que era uma bebê comparado à primeira menstruação de Rita ou à tentativa de Varun de pôr fogo no jardim frontal ou a descoberta de Sahil de que a Coca tinha sido tão adulterada que estava com gosto de tinta? O que estava ele fazendo beijando seu bebê quando devia estar conversando com Arjun?

O pensamento – seus esforços de análise de custo-benefício – o aborreceu.

"Vou contar a Arjun sobre a mãe dele hoje", disse ele, sem virar-se para encarar a sra. Ahuja, "quando ele voltar."

"Bom", disse ela.

O sr. Ahuja disse, "Bom? *Bom?* Você não acredita em mim ou o quê?"

"Acredito", disse a sra. Ahuja. "Eu acredito."

Mas o sr. Ahuja sabia que ela não acreditava. Ele já havia ameaçado contar o segredo a Arjun cerca de uma centena de vezes no seu casamento.

"E então?", disse o sr. Ahuja.

"*Haan-ji?*"

"Só isso?"

"Só."

"Cruzes, Sangita, é cem por cento *inútil* falar com você."

NA SALA DE ESTAR, os filhos do sr. Ahuja o saudaram com mais entusiasmo: disseram a ele que Arjun estava numa banda de *rock* para impressionar uma garota.

"É mesmo, e quem é a garota?", perguntou o sr. Ahuja.

"Ela pega o ônibus com ele, acho", adiantou-se Aneesha. Ela tinha oito anos e ainda chupava o dedo. Dizia que tinha gosto de *tutti-frutti*.

"Ela pega *em quê*?", perguntou o sr. Ahuja. Ele soltou a correia dos chinelos. Nessa hora a casa parecia particularmente insossa e deteriorada – as mesas e cadeiras pintadas de um branco rudimentar, as pinturas tortas na parede, um par de pegadas turvas tomando lentamente a cor do anoitecer, a poeira nos armários dando a tudo uma aura de conservação negligente.

O sofá – coberto de plástico – crepitou alto quando o sr. Ahuja se apoiou para erguer-se a plena altura. As crianças se abaixaram para tocar seus pés, mas recuaram ao se depararem com o campo de força de odor que os protegia, e disseram: "Ela e Arjun pegam a mesma condução."

"Ah, ela enxerga a situação? E ainda quer vir a esta casa? Essa casa de loucos? Olhem só pra vocês. Como vou fazer pra casar vocês, crianças? Hein? Você podem imaginar a gente vivendo como uma *família extendida*?", o sr. Ahuja bateu na coxa.

As crianças gargalharam.

"Vocês querem sorvete?", perguntou o sr. Ahuja. "Vamos. Vamos dar um pulo no Khan Market."

Eram quatro horas da tarde, e foi emocionante o sucesso com que eles atravessaram a rua para o Kahn Market. Dois guardas saíram da sua cabana cônica, bloquearam a via com gigantescas barreiras amarelas e providenciaram passagem segura para as crianças (para a tristeza dos carros buzinando) por todo o percurso até a Barista. A Barista era a cadeia de lanchonetes preferida da família Ahuja. Velhas livrarias empoeiradas e lojas extravagantes de produtos importados ficavam espremidas entre pequenas pilastras de cimento; a maioria das portas estava caindo aos pedaços. Pequenas galáxias de poeira giravam no pavimento. Enormes letreiros brancos com letras vermelhas se espalhavam em toda a extensão do mercado como dentes podres prestes a morderem o chão.

O atendente na Barista perguntou se era uma festa de aniversário. Eles tinham um bolo especial.

O sr. Ahuja disse que não.

Excursão escolar?

"Não", disse o sr. Ahuja. "Traga oito cafés gelados. E junte quatro mesas."

Ele não previu a terrível devastação de cafeína e açúcar sobre os seus filhos já agitados. Em vez disso, sentou-os em volta das mesas – Sahil e Aneesha no seu colo – e disse, "Olhem. Eu quero contar uma coisa a vocês sobre Arjun. Vocês lembram que eu já tinha sido casado antes de casar com a *Mama* de vocês, correto?

Ele viu sulcos de confusão em seus rostos; eles pareceram Ahujas velhos, exagerados. Incidentes de dedos no nariz se multiplicaram. Canudos viram-se sugando copos vazios; rosnando rudemente com o ar. As crianças se olharam e coçaram a orelha.

Então disseram: "Correto."

"Correto."

"Sim, *Papa*."

"Sim."

"Sim."

Só Sahil, Aneesha e Rishi ficaram em silêncio, limpando a sujeira das suas unhas por cortar. O sr. Ahuja apontou para eles com as costas da mão. "Vocês, pequenos, provavelmente não se lembram."

O sr. Ahuja atuando de novo! Dividir para ganhar!

Sahil, Aneesha e Rishi protestaram. "É claro que lembramos, *Papa*!"

"O que vocês estão *dizendo*?", escarneceu Tanya. "Vocês eram pequenos demais."

"Sim, *beta*, a Tanya tem razão. Foi há muito tempo. Antes de vocês nascerem, na verdade. Antes até de eu me casar com a mãe de vocês. Quando eu era mais moço, fui casado com outra mulher. Vocês sabem. Mas ela, que Deus a tenha, morreu num acidente de carro. Vocês se lembram de eu ter contado, correto?", perguntou ele rudemente. "Uma verdadeira tragédia. Como num filme. Inesquecível."

"I-nes-que-cí-vel", disse Rahul.
"Claro, sim."
"Cem por cento."
"Sim, *Papa*."
"Muito triste."
"Tchão tchriste."
"Foi um Contessa, não foi, *Papa*?"
"UM O QUÊ?", disse o sr. Ahuja.
"O carro, um Contessa."
"Oh, sim – Contessa. Não importa. Como vocês sabem, *ela* é a verdadeira mãe de Arjun. Vocês sabiam, não sabiam? Por que estão parecendo tão surpresos?"

Surpresa não era a palavra, não – eles todos pareciam que tinham sido segurados à força e tomado dez injeções nos bumbuns.

O mata-moscas no balcão crepitava com mais e mais moscas a eletrocutarem-se nos seus quatro neons brilhantes paralelos.

"Não estamos surpresos, *Papa*", mentiram todos.
"Sim, *Papa*. A gente sabia do Arjun."
"É por isso que ele não gosta quando o mocinho nos filmes diz ao bandido, *Você bebeu o leite da sua mãe?* Ele se sente como o bandido quando está com a *Mama*."
"*Izatamente!*"

O sr. Ahuja não se sentiu bem de os estar enganando – mas que opção ele tinha? Era melhor mesmo eles reprimirem a sua surpresa e fingirem maturidade. Melhor para eles iludirem-se numa certa familiaridade com notícias chocantes – gastarem suas energias vasculhando a memória em vez de ficarem fazendo perguntas agressivamente.

"Sim. Certo. Muito boa memória", disse o sr. Ahuja. "Todo aquele tempo dando óleo de fígado de bacalhau a vocês acabou funcionando, seus patetas, não foi? Claro que sim. Nós nunca falamos sobre isso porque Arjun só tinha três anos quando a mãe de vocês virou a mãe *dele*. Vocês se lembram de alguma coisa de quando tinham três anos? Não, não é? Então, é isso o que eu queria dizer. O Arjun ficava um pouco chateado porque ele era o único que não tinha nascido da *Mama* e nem se lembrava da *Mama* verdadeira dele. Ele se sente de fora. Pensa que a *Mama* e vocês todos agem de maneira diferente em relação a ele."

Agora os meninos estavam presos. Tendo concordado com a cabeça durante todo o discurso manipulador, eles não podiam mais emitir uma negação. Não podiam dizer que não tinham a menor ideia do que *Papa* estava falando. Em vez disso, eles tentaram agir com calma. Tentaram fingir que se lembravam e que tinham mesmo maltratado Arjun. Eles respiraram pesadamente pela boca.

"Quer dizer, em resumo, ele é um enteado, né", disse Tanya, traduzindo para as outras crianças. Aos doze anos, ela se considerava a representante deles. Estava ganhando tempo.

"Enteado, sim", disse Varun. "*Izatamente.*" Ele estava secretamente imaginando quanto Arjun ia ter de lhe pagar para manter segredo.

"Eu já sabia", mentiu Rahul. Ele se coçou para colocar a novidade nos arquivos.

"Hein?", disse o sr. Ahuja. "O que vocês estão dizendo? Não, *beta*. Arjun não é um enteado! Ele é meu filho. Ele tem o meu sangue. Se um mosquito me picar e depois picar vocês e picar Arjun, ele ficaria tão confuso quanto uma pessoa que bebe uma Pepsi Diet e depois uma Coca Diet. Ele é meu filho, ora. Tão meu filho quanto qualquer um de vocês…"

"Mas eu sou menina", disse Rita.

"Sim, sim, *beta*. Tão meu filho quanto você é minha filha. Só que ele vem de uma mãe diferente. Então ele é *meu* filho de verdade e enteado da *Mama* de vocês. Isso é tudo o que vocês precisam saber."

"Então ele *é* um enteado", disse Tanya, balançando gravemente a cabeça para o ajuntamento.

"Como na Cinderela?", disse Varun excitado.

"Não, seu burro", repreendeu Rita. "Ela era uma *enteada*."

Parem com essa besteira de *enteado*", disse o sr. Ahuja. "Tecnicamente, ele é um meio-irmão."

"O que é tecnicamente?", perguntou Sahil.

"Quando é com um *tratado especial*", disse Rita. "*Tecnicamente*, a Grã-Bretanha dominou a Índia. Uma coisa desse tipo..."

"Não, sua burra", disse Tanya. "Quer dizer *segundo a lei*."

"E o que é um tratado exatamente, Tanya? Me diz?"

"Você é a verdadeira enteada!", guinchou Tanya. "Você, sua bruxa!"

"Quem é enteada?", perguntou o sr. Ahuja.

"*Haan-ji?*"

"Quem é enteada?", repetiu o sr. Ahuja. "Diga, por favor!"

"Não, *Papa*", disse Tanya, "o que eu estava dizendo... o que eu estava dizendo é que *Mama* trata Arjun *bhaiya* como uma ente*ada*. Foi por isso que eu disse enteada. Ela nos diz: não deixem ele pegar bebês no colo. Não deixem ele trocar fraldas. Ele não pode brincar com os brinquedos de vocês. Em vez disso, digam pra ele fazer seu dever de casa."

"É verdade?", disse o sr. Ahuja, fingindo surpresa. Suas próprias ordens estavam sendo atribuídas a Sangita, mas ele não tinha intenção de esclarecer isso. "Bem, então vocês todos têm de defender o seu *bhaiya*. Vocês têm de dizer à *Mama* que *bhaiya* é igual a vocês. Digam a ela – se *bhaiya* for enteado, então vocês também são enteados!"

"E se vocês alguma vez o tratarem como *enteado* ou disserem alguma coisa..." Ele apontou comicamente para o seu punho fechado.

"Mas *Papa*. A gente não faria isso. Ele é nosso *bhaiya!*"

"Sim, a gente ama o nosso *bhaiya*."
"Ele é o nosso *bhaiya* favorito."
"Sim. Ele me enxuga com toda a força."
Enxuga com toda força?
"Ele me ensina matemática."
O sr. Ahuja olhou em volta os seus filhos. Eles estavam tão ansiosos por agradar; seus pequenos membros pardos mostravam-se agitados; relógios digitais de plástico barato subiam e desciam nos seus punhos; batalhas de chutes da maior gravidade estavam em curso debaixo da mesa. Ele franziu as sobrancelhas e disse "Mas e se eu morrer e a *Mama* de vocês disser que vocês têm de ser maus com ele? E daí? O que vocês vão fazer? Vocês vão esquecer tudo o que eu disse?"

Era uma pergunta marota. Eles responderam de acordo.

"*Papa*, você nunca vai morrer", disse Sahil. Uma lágrima rolou no rosto dele.

Então todo mundo começou a chorar. Lágrimas brandas e silentes. Lágrimas falsas.

"*Papa*, não morra. Nós amamos mais você."
"Sim, *Papa*. Nós ouvimos você, não a *Mama*."
"Eu te amo *Papa*."
"Eu te amo *Papa*."
"Eu te amo mais do que a *Mama*."

O sr. Ahuja os abraçou um por um, aceitando os cumprimentos educadamente. "Não, não, *bacha*. Não faça isso. Eu só estava dizendo. Eu vou viver por muitos anos. Vou garantir que a *Mama* não seja má."

Foi uma vitória tão fácil – ele era um chantagista emocional, eles eram reis e rainhas do dramalhão – mas mesmo assim ele estava em êxtase. Aquilo era tudo o que ele queria da vida: um voto de confiança. Prova de que pelo menos à taxa de uma hora por dia ele podia superar Sangita em popularidade, que, não importa o que ele fizesse na sua vida política, eles o amavam. Eles eram a razão de ele permanecer na política – eles santificavam a sua corrupção e confirmavam o seu carisma. Mesmo os seus filhos mais novos, aqueles que ainda não tinha aprendido os logros da linguagem, que não podiam falar e portanto não podiam cair no engodo das suas frases gregárias, confiavam nele incondicional e completamente. Ele fora feito para ser confiado (sua cabeça moveu-se delicadamente adiante). Ele era uma trombeta apontada para o alto de honestidade (suas mãos estavam sempre erguidas em júbilo). Ele tinha poderes tão bestiais de telepatia (ele ouvia tão mal quanto necessário). Seus dentes incisivos mergulhavam tão maravilhosamente na carne (ele os ensinou a amarem galinha *tandoori*). Ele podia dizer que eles o amavam quando ele os sustinha estendendo miticamente os braços; quando eles comiam nos seus joelhos; quando eles lhe contavam um segredo; quando respondiam às longas mensagens de e-mail que ele lhes enviava nas viagens, cada uma delas nervosa e exibicionista com a memória do sr. Ahuja para detalhes.

Sim, pensou o sr. Ahuja: se eles tinham rancor de Arjun por causa da sua proximidade com o *Papa*, eles provavelmente também o valorizavam por isso. O sr. Ahuja relaxou. Tudo o que tinha de fazer agora era falar com Arjun. "Uma última coisa", disse ele. "Vocês todos têm de prometer que *nunca* – eu estou dizendo *nunca* – vão dizer a Arjun nada do que eu disse aqui hoje. Vocês *nunca* vão chamá-lo de enteado ou de meio-irmão ou nada parecido. Vocês vão se comportar exatamente como têm se comportado, certo? Compreenderam? Senão eu mando vocês para um albergue. Mesmo se só um de vocês contar qualquer coisa a Arjun, eu mando todos para um albergue, entenderam? Eu estou falando sério. Muito, muito sério."

CAPÍTULO 11

A METADE AMARGA

UMA CABEÇA DE VANTAGEM não significa nada se você não deseja escapar, e Sangita – a sra. *Ahuja*, santo Deus – não havia desejado escapar. Ela estava com vinte e seis anos e perdida demais por sua súbita iniciação sexual na noite anterior para ir muito além da porta do hotel. E lá ela ficou à luz clara do sol, tirou o véu dourado e agitou o seu monstruoso *dupatta* para ventilar a pele febril. Ao crescer, Sangita pensava que era tão horrenda que tinha certeza que nunca tocaria um homem na vida, muito menos que dormiria com ele, então o sexo tornou-se para ela uma obsessão clínica, um fenômeno a ser procurado em livrinhos, filmes e fofocas, sua consciência física do ato era tão frágil quanto as asas de uma borboleta presa entre os dedos antes de escapar. Na sua noite de núpcias, ela sentiu como se estivesse pairando acima de si mesma, flutuando, orando. Sua mãe não tinha lhe dito nada sobre as formalidades do intercurso. Ela não trouxe nenhum dote sexual para o casamen-

to. Ela concordou prontamente quando Rakesh disse, *Então pelo menos vamos fazer sexo*, porque, bem, *Por que não?*
De que outro modo ela saberia?
O prazer fora momentâneo – uma ilha isolada numa noite de horror – mas foi prazer. Ela despertou diante de um homem babando e de questões práticas urgentes. Estava casada *e* excitada *e* desgraçada, e uma pilha de problemas aguardava por ela, a menos que alertasse a sua família, os enfiasse num trem com suas trouxas terríveis batendo atrás de si e desaparecesse para sempre nas saturadas alturas nebulosas de Dalhousie. Lá, ela daria à luz o filho de Rakesh – que ela não tinha dúvida de estar carregando (as superstições rampantes de Sangita sobre sexo e gravidez só seriam sobrepujadas pela sua fertilidade) – e aí estava a tragédia: Rakesh nunca saberia. A mãe dela, a famosa Mamãe, jamais permitiria que a criança se encontrasse com o pai. Em vez disso, ela seria criada por todo o patético grupo de Mamãe Papai Sangita Asha Raghav. A família unida para sempre, a completa realização do plano de sua Mamãe.
Tudo que ela havia contado a Rakesh sobre a sua família na noite anterior era verdade.
Infelizmente, assim que Sangita se viu expulsa no calor de empastelar paisagem do estacionamento do hotel, ela compreendeu: Déli era uma cidade estrangeira. Não havia lugar aonde ir. Ela lhe dissera a verdade, e agora estava à mercê do marido.
Além disso, ela queria fazer sexo de novo.
Então ela esperou atarantada, exercitando um olhar desesperado nos motoristas que passavam a flanela nos seus carros luxuosos. Eles responderam com olhares perplexos – como fez Rakesh, que tinha corrido atrás dela numa rajada arenosa de vento.
"O que você está fazendo?", perguntou ele.
Ele estava ofegante. Ela, parada. Foi o quanto admitiu. "Eu estou aqui parada. Eu não queria incomodá-lo logo de manhã…"

"Tudo bem, tudo bem." Ele pareceu ligeiramente irritado, mas logo pôs isso de lado com um olhar ardente de gravidade. "Olhe", disse ele, "sinto muito pela noite passada. Espero que você não pense que eu sou esse tipo de pessoa. Eu fiquei muito surpreso, obviamente. Mas acho que nós devemos continuar casados. Pode parecer estranho, mas eu gostei do que você falou. Gostei da maneira como foi honesta comigo. Você foi muito corajosa."

Nada havia a dizer sobre aquilo. Ela não conseguiria entender. Sua barba por fazer era escura, aveludada, estava um pouco suada nas bochechas e era esparsa em volta da boca. Era como se ele tivesse apanhado e depois feito um curativo de gaze preta.

"Eu acho que nós devemos continuar casados", repetiu ele. "Eu acredito em destino."

Destino! Há! Sangita podia ter morrido de rir.

Seu destino, afinal, era ser denunciada. Sem saber mais o que fazer, ela acompanhou o marido até a casa dos sogros.

Os pais do marido disseram: "É um prazer conhecê-la, Asha."

"Você também, né, *Mama*, você é tão confusa", engasgou-se Rakesh. "O nome dela não é Asha. É..." Ele não sabia o nome dela. Incrível.

"Sangita, *ji*", disse Sangita. "Asha era meu apelido."

Houve uma consternação, pobres pais. Eles ficaram pedindo desculpas. Pareciam tão embaraçados que estavam para morrer.

"Eles são muito amáveis", disse Sangita quando entraram no carro. "Que pessoas agradáveis eles são."

Ela espantou-se: *Será que eu fui boa na cama? Ele está me levando para casa? Esse é mesmo Arjun sentado no meu colo? É possível que Rakesh me ache atraente?*

Rakesh balançou a cabeça. "Amáveis, nem pensar. Sabe o que eles provavelmente estão falando agora? Não sei onde Rakesh foi arranjar essa mulher. Ela nem sabe falar inglês direito."

Ele deu a impressão de sentir imenso prazer na descrição.

O problema desde o começo foi o sexo. Ela queria fazer sexo e queria que o mundo soubesse que estava fazendo sexo. Recusada. Rakesh jamais a tocou novamente até ela estar significativamente grávida. Ele ficava de carinhos com Arjun e caía duro à noite, cansado, sobrepujado por reuniões. Seus pés e seus braços se contraíam durante o sono, como se para afastar qualquer contato com Sangita. Sangita exauriu rapidamente todas as suas técnicas: atar seu *dupatta* de modo a cair espertamente abaixo do mamilo, usar uma blusa fina com o botão de cima quebrado, brincar com Arjun junto com Rakesh.

Esta última "técnica" era a que mais irritava Rakesh, e certa noite, ao retornar de atividades de campanha em Himachal, virou-se ele para Sangita e disse: "Solte-o."

Sangita estava segurando Arjun pelas axilas para Rakesh e dizendo, "Diga oi para o seu *Papa*. Oi, *Papa*."

Rakesh repetiu, "Solte-o. Não está vendo que ele quer ficar no chão? Isso não tem a menor graça. Eu vou perder a eleição. Tenho perdido o meu tempo. Você também tem perdido o seu tempo. Ele não é seu filho. Ele não vai ser seu filho. Quando ele puder falar, eu vou contar sobre a mãe dele, aí ele não vai gostar de você nem lhe agradecer por essas coisas que você está fazendo, entende?"

Mas ela não queria agradecimentos. Ela sentia uma imensa afeição pela criança. Tinha passado o dia todo fazendo *kheer* para Arjun, cantando para ele e lavando seus deslumbrantes cabelos cacheados com xampu, e ela tinha feito tudo aquilo feliz da vida, mesmo sem a promessa de sexo.

Eu entendo a sua dor, ela quis dizer. *Mas por favor não faça isso comigo. Por favor, compreenda. Amo o seu filho como se fosse meu.* Mas como ela poderia dizê-lo? Em vez disso, Sangita observou Rakesh deitar-se sem camisa no chão de mármore, sua cabeça batendo espasmodicamente na dura superfície fria. Mais tarde naquela noite, ele deslizou para debaixo da cama e chorou, e mesmo lá de cima, meio acordada, ela pôde sentir o trovão baixo da sua garganta tentando controlar outra explosão de lágrimas. A mão do marido despontou das sombras como o punho de um bebê, irracionalmente apertado. Volta e meia, a sua cabeça bateria no estrado e haveria silêncio, como se ele tivesse morrido por uns poucos minutos, reconhecido a sua própria comédia de avestruz e ficado constrangido em silêncio. E Sangita, que estava encolhida de pesar, presa à cama, pensaria então: *Por que você não me deixa te ver? Por que, por que, por quê?*

DEUS CONCEDEU A ELA o desejo de o ver da maneira mais infame: Rakesh venceu as eleições. Ele se tornou obcecado por si mesmo. Não conseguia mais parar de falar dos seus sucessos. "Nunca pensei que um homem com a minha bagagem pudesse estar na política. É engraçado, não é? A maioria dessa gente nem passou do ensino médio. Você completou o ensino médio? Que bom. Às vezes eu me sinto constrangido de o meu híndi não ser tão bom. Mas então comecei a dizer o quanto a América é horrível, e todos aqueles velhacos me deram ouvidos – porque eu morei na América! Porque como sou um estranho no meio deles, todos confiam mais em mim!"

Orgulhosa e obedientemente, Sangita divulgou a informação para as duas amigas que tinha feito na vizinhança.

O que ela não podia suportar e nem divulgar, contudo, era a reverência de Rakesh por Rupa Bhalla, a líder do Partido SZP. Ela era a mentora dele. Ele estava positivamente perdido de amores. "Rupa Bhalla – que mulher extraordinária ela é. Seu marido morreu e um mês depois ela está levando o partido à vitória. Realmente. Você ouviu, né? Ele foi esmagado por uma máquina colhedora de árvores. Que mulher brilhante, eu lhe digo. Ela é como uma segunda mãe para mim. É possível conversar com ela sobre qualquer assunto. E também, ela é tão consciente de si. Ela me disse: 'Rakesh, desculpe-me de você também ter de beber a água-de-rosas em que eu banho meus pés, eu me sinto como se fosse líder de um culto religioso.' E eu disse: 'Madame, é exatamente assim que a senhora deve parecer!'"

Esta última fala evocou uma vingança verbal da sra. Ahuja. Ela disse. "Eu não sei o que está acontecendo – o cocô que o Arjun está fazendo esses dias está parecendo banana verde, aquelas bem baratas. Você sabe explicar, *ji*?"

Se ele podia falar sobre o seu dia de trabalho, ela também podia falar do dela.

Essas descrições dos movimentos das entranhas de Arjun tornaram-se cada vez mais vividamente descritivas, até um dia em que a imagem que ela mesma fez ("O Arjun fez *susu* cinco vezes, uma vez estava branco, a outra vez amarelo e cheirando igual a *aalu-ghobi* velho") a fez vomitar. Eles descobriram que ela estava grávida.

Rakesh assumiu todo o crédito por isto, como sempre. "Não dá pra acreditar que fiz com você só uma vez e…"

MAS UMA COISA ESTRANHA ACONTECEU. Seja porque estava enamorado da sua própria virilidade, ou porque sabia que a mãe de Sangita não estava por perto para distribuir consolos, ou porque os mamilos dela começaram a escurecer e o seu rosto a se encher – Rakesh sentiu-se subitamente atraído por ela.

Sangita pensou que eram os seus seios crescentes. Ela tinha certeza que eram os seus seios. Era no que ele tocava e o que ele admirava primeiro, mesmo antes da barriga.

A obsessão sexual que sucedeu foi financiada por uma série de cortes de luz no mais quente e úmido dos outubros, o quarto tão viscoso e corrompido pelas sombras que nada havia a fazer exceto participar do clima, acrescentar a ele, *dar uma agitada nas coisas*, por assim dizer. Rakesh a Sangita se entregaram à coisa cada qual a partir do seu respectivo ápice. Em todos os lugares do quarto, roupas voaram para o chão, ali jazendo em pilhas desordenadas, o criado ganhou entradas grátis para o cinema, lá fora, um vendedor de xales pôs todo o peso do seu corpo na campainha, e ainda assim o único som que se ouvia do lado de dentro era o de uma curiosa incubação, o despojamento de Sangita de assexuada a *sexy*, o som agudo da campainha (a luz tinha voltado) como uma chaleira cujo fogo você escolheu de propósito não apagar, a água perdida para a evaporação, o fresco secar-se depois de ter feito amor. Ela deita-se de costas, resplandecente. Fica em seu lado da cama, observando. As mãos dele estão em volta dela, uma grinalda espasmódica sobre a sua barriga, que ela podia rejeitar a qualquer segundo. Substituir por um acesso de raiva. Chutar e chorar como o bebê dentro dela. Mas então Rakesh, nu, ficaria de pé na cama e passaria por cima dela, a sua cabeça a ponto de ser decepada pelo ventilador no teto, o seu pé de soslaio na barriga arredondada de Sangita, apertando como se cutucasse a vida – ele ia esmagar o bebê? Apagar a prova de amor que ela carregava dentro de si? Por que ele estava perguntando o nome do bebê? O pé dele era um caranguejo na cabeça-de-praia da sua barriga que a brisa varria. Esse suspense enviou formigamentos até os pontos mais extremos do corpo dela: os "Vs" dos seus dedos do pé, a ponta avermelhada do seu queixo, o recesso das suas costas. Aquele suspense era uma série de formigamentos ásperos que subiam pela coxa de Rakesh. Aquele suspense sempre acabava (e eles já estavam na cama novamente, as mãos dele sobre os tornozelos inchados dela) em sexo.

Arjun ainda era criança demais para abrir a porta.

A sra. Ahuja nunca tinha sido tão feliz. Ela logo pariu.

A gravidez e o nascimento foram surpreendentemente indolores (nada de enjoos matinais, ou de algum desejo peculiar de uvas), mas ver o bebê a deprimiu completamente: ele parecia um ator de cinema fatigado que acabara de emergir do seu útero numa rápida pausa para fumar. Era pardo e tinha a testa enrugada. O nome *Varun* ela havia escolhido porque era o mais perto que conseguira chegar do nome de *Arjun* sem escolher *Arun*, que era parecido demais.

A depressão dela aliviou-se um pouco quando pessoas de toda Déli vieram cumprimentá-los. Ela extraía um prazer profundo dos elogios de Rakesh ("Ela era tão tranquila o tempo todo, uma esposa tão boa"), e dos cumprimentos dos convidados, e do modo como Rakesh proseava ("Yograj, *saahb*! Como vai sua boa esposa?!") com homens que ele havia afirmado detestar com toda a sua vontade represada de vingança ("Se algum dia você ler que Yograf foi assassinado, diga a polícia para expedir um mandato de prisão contra mim."). Parecia que ele era incapaz de ser mau pessoalmente. Sua imaginação era violenta, isso era tudo, e o seu constante fracasso em transformar esse traço numa personalidade ameaçadora era o que o tornava irritável: Sangita finalmente entendeu.

Depois que todos saíram, Rakesh disse: "Tenho uma surpresa para você, querida. Espere um pouco."

Sangita esperou que fosse a sua mãe. Ela não recebera notícias dos pais desde o casamento, e finalmente não aguentou e escreveu uma carta muito sofrida, descrevendo como era uma empregada na casa, mas depois ela amassou essa carta e enviou uma outra dizendo que estava "muito feliz".

E agora tudo o que ela queria é que sua mãe visse a verdade daquela afirmação.

Rakesh introduziu uma senhora idosa no quarto. "Esta é a mãe de Rashmi", disse ele.

UMA TRANSAÇÃO TERRÍVEL foi impingida a Sangita. Ela devia chamar a mãe de Rashmi de *"Mama"*, e permitir que ela fosse a avó, *Nani*, das crianças. O que Sangita ganharia com isso? Uma espécie de madrasta e apoio para criar as crianças.

Rakesh pareceu perceber a crueldade desse arranjo, pois naquela noite na cama, começou a compartilhar com ela, pela primeira vez, os seus sentimentos por Rashmi. "Sangita, foi muito triste. Eu a amava muito e, de repente, numa manhã, eu acordei e ela não estava mais lá. Por vários meses eu pensei: se tivéssemos estacionado o carro diferente, se eu não tivesse discutido com ela naquele dia, aquilo não teria acontecido. Você entende? Obrigado por estar na minha vida."

Aparentemente, ele não via a crueldade ao falar de Rashmi.

Foi então que Sangita decidiu que não valia a pena perder seu tempo tentando conquistar a afeição do marido; ele nunca deixou de sofrer, e talvez nunca deixasse de fazê-lo. Em vez disso, concentrou-se em Arjun. Sangita tinha de conquistar o amor de Arjun antes de ele descobrir que ela era madrasta. Eles já eram muito próximos um do outro. Ele era o seu conselheiro-chefe, o seu calmo Rasputin, seu vice-primeiro-ministro, seu burocrata zeloso — já uma madura criança de seis anos, enquanto Varun seguia perplexo o seu caminho ainda aos dois. Arjun a ajudava muito. Juntos, eles falavam de questões cruciais: como assistir um monte de televisão *e* não ficar doente *e* sem ter a casa infestada por hordas de crianças tentando abrir caminho a dentadas em todos os cantos? Como manter a casa compartimentada em bolsões de ar-refrigerado, as portas muito bem fechadas, nenhum choro de bebê perdido nos fossos de ar quente estagnando entre os quartos? E quando Rakesh dizia aos filhos para irem passear no jardim durante uma das suas grandes recepções políticas, apresentando-as a todos os dignitários, como poderia ela impedi-los de lançarem bombas de refrigerante na grama, de ficarem com a roupa completamente encardida, de ararem o gramado com os calcanhares para pôr a terra para descansar?

Rakesh, porém, que só via os seus filhos em seu melhor comportamento, poucas horas por dia, não queria que Arjun fosse uma ama-de-leite. Ele não compreendia que isto era simplesmente necessário. "Ele já tem onze anos; devia estar praticando esporte com outras crianças na colônia", diria, apresentando o bastão de críquete que trazia escondido atrás das costas.

Mas Arjun não tinha nenhum talento para o esporte; ele sempre acabava sendo o juiz.

"Olhe, Arjun, eis aqui uns romances."

Mas os Wodehouse e Christies não eram lidos, suas páginas eram improvisadas como babadores.

"Arjun, por que não vem comigo a uma festa?"

Mas Arjun não ficaria à vontade até ter pelo menos três irmãos mais novos para fazerem os pedidos e encurralarem coletivamente os garçons que, se assim não fosse, jamais serviam lanches e bebidas às crianças.

Sangita sentia-se orgulhosa de conhecer tão bem o seu filho mais velho – seu filho – e sua obsessão por multidões, tanto que nem ligou quando Rakesh a repreendeu por "transformá-lo numa empregada", "não lhe ensinar nada", e certamente não se importava de Arjun ser muito mais mimado que as outras crianças, ganhar mais comida, presentes de aniversário melhores; ele era quatro anos mais velho – como podia não ser mimado?

Houve outro desdobramento desses excessos de atenção do sr. Ahuja; Arjun tornou-se rebelde. Ele começou enfrentando o pai. O sr. Ahuja o mandava fazer o dever de casa, Arjun respondia mal e ficava zangado. Quando o sr. Ahuja pedia a Arjun para conhecer um convidado importante na varanda, Arjun se instalava diante da TV para jogar *videogame*. Não havia jeito de dizer o que Arjun ia aprontar em seguida.

Rakesh estava desnorteado. Ninguém jamais tinha lhe respondido. Na falta de outra pessoa para censurar, ele culpou Sangita.

"Eu vou contar a ele", disse Rakesh um dia, do nada. "Eu vou contar sobre a mãe dele."

Ele não falava nisso há cinco anos, e Sangita entrou em pânico. Ela pensou que poderia barganhar uma saída usando o sexo. Eles agora tinham nove filhos e nenhuma privacidade; eles haviam regredido do sexo às carícias amorosas – sim, quando foi a última vez que fizeram amor? Foi tarde da noite no quarto das crianças, as crianças estavam dormindo, e Sangita inovou. Ela se levantou da esteira, foi de berço em berço e empurrou cada um deles com o quadril, de modo que os bebês dentro deles se agitaram e despertaram. Eles viraram sobre as suas pequeninas costas rechonchudas e deram início a uma arenga de gritos agudos e choros. Um bebê gritou, então os outros abriram os olhos, e aí todo o quarto estava chorando, o pranto ganhando volume no quarto em perfeita sincronicidade noturna. Ela conhecia bem os filhos mais velhos: eles jamais se levantariam no meio da noite para acalmar os bebês. Ela esperou Rakesh vir procurá-la. Ele ficou diante dela do outro lado do quarto, examinando a cena como se não tivesse nenhum papel quanto a sua cria, como se estivesse ali pela primeira vez – em pânico. Ela voltou para a esteira junto à TV e esperou. Lentamente, ele começou a abrir caminho entre os berços, costurando delicadamente, como se um movimento em falso, por meio de alguma inversão do processo do universo, pusesse os bebês aos berros para dormir e arruinasse o momento. Então, não pôde mais se conter: veio para ela correndo.

A SATISFAÇÃO DO SEXO, PORÉM – aquele estranho e ruidoso intercurso camuflado por choros de bebês – não o mudou em nada. Mais uma vez de manhã ele disse: "Eu vou contar a ele."

DESSA VEZ SANGITA LEVOU a ameaça a sério. Ela se afastou do seu filho. Ele o afastou de todas as responsabilidades relativas aos cuidados com os bebês. Ela seguiu as ordens de Rakesh e desamarrou Arjun, então com doze anos, da árvore da família, a distância entre ele e sua família crescendo como as suas marcas ascendentes de altura na parede do banheiro, suas tardes passadas no calor fluorescente das quadras de tênis ou compartilhando saliva com o populacho ordinário da piscina do Gymkhana Club, o seu dever de escola a esperá-lo sôfrego sobre a sua escrivaninha quando ele chegava em casa, sem tempo para um banho, só a umidade nas axilas quando ele apertava a caneta no papel e não sabia nada, ajustava os *shorts*, comprimia as pernas, sentia uma coceira de uma década na pélvis. É claro, ele era péssimo no tênis e sempre voltava da piscina se queixando de que alguém tinha mergulhado acidentalmente em cima dele enquanto ele dava uma volta na piscina, e que a única coisa boa que resultava do seu tempo livre era a pergunta:

Mama. *Como é que você e* Papa *têm filhos? O Varun ficou na sua barriga por quatro anos? A gente tem bebês quando vive com alguém por muitos anos?*

Ele seguiria Sangita para todo lado fazendo a pergunta, e ela diria, *Por que você não pergunta ao* Papa*?* Mas ela sabia que *Papa* só era bom para banalidades, para retórica caramelada, promessas que não podia cumprir (ela o imaginou dizendo: *Eu devo agradecer ao povo – ao povo! – por ter feito minha esposa engravidar.*), que o relacionamento entre mãe, pai e filhos era tal que as crianças aprendiam tudo que era importante da mãe e fingiam ser amadurecidos e competentes diante do pai.

Mas agora ela ignorava Arjun. Partiu-lhe o coração ser curta e grossa com ele quando ele tentou ajudar, mas ela sentia que o relacionamento só iria piorar se ele soubesse que ela não era a sua mãe de verdade. Depois de todos esses anos e uma dúzia de filhos, ela ainda não se sentia digna de ser amada.

Então ela mergulhou nos problemas organizacionais da administração dos seus filhos. Delegou tarefas. Dividir e conquistar. Apelou até mesmo a terror. Engajou as suas filhas em elaboradas missões de espionagem (O que a empregada come quando eu não estou olhando? Que bebê precisa de fraldas novas?) inteiramente remuneráveis em tempo de televisão. Ela seria completamente impotente sem o Cartoon Network, o seu modo preferido de subornar. Era quase divertido.

Então chegaram notícias de Dalhousie de que a mãe de Sangita tinha falecido.

Sangita ficou arruinada. Carente do afeto de Rakesh e de Arjun – as duas pessoas que mais podiam validar a sua existência porque na realidade nada lhe deviam por dever de sangue – ela ficara secretamente obcecada quanto a convidar sua mãe para admirar-se com a vida que estava levando. Ela queria mostrar à sua mamãe controladora no que ela havia se tornado. Toda a sua vida tinha sido um teatro para a mãe, e agora a sua mãe tinha, de repente, deixado o espetáculo.

A ROTINA DOMÉSTICA DE SANGITA tornou-se totalmente sem sentido. Ela não sentia prazer em nada. Passava dias a fio vendo televisão. Ela viu sua ninhada de filhotes pelo que realmente eles eram: uma clientela desmazelada que apoiava Rakesh incessante e indefinidamente. Ela ficou obcecada com o seriado intitulado *A nora vingativa*. Ela deixou de fartar-se de mangas, como era seu hábito durante a gravidez. Submeteu-se ao sexo no quarto das crianças com uma lúgubre expressão de desinteresse; nem mesmo o risco de ser pega de surpresa a excitava.

E quando Rakesh ralhou com ela sobre as notas baixas de Arjun na escola, ela simplesmente respondeu: "Diga a ele, por favor."

"Dizer a quem?", disse Rakesh, fazendo estalar uma cortina. "Dizer ao criado para fazer chá? Dizer ao carteiro para trazer o correio? Dizer ao bebê para tomar o leitinho? Sangita, você está sempre usando pronomes. Dizer o quê? A quem?"

"Por favor, diga a ele", disse ela. "Diga a Arjun sobre mim. Conte a ele sobre a sua verdadeira mãe."

"Não", ele disse.

Finalmente, Rakesh ficou tão frustrado que a levou ao médico.

O médico fez o que ele sempre fazia. Pediu para ela não ter esse filho, seu décimo segundo. O risco de síndrome de Down aumentava a cada criança, e havia uma boa chance de que este bebê fosse de alguma forma prejudicado, malformado.

Rakesh falou com ela no carro: "Nós podemos parar esse aí, se você quiser. Me desculpe."

"Não", ela disse.

"Você é muito corajosa", disse ele, com um suspiro.

Sim. Ela não carecia de coragem.

Foi por isso que não teve vergonha quando Arjun os pegou? Foi por isso que ela praticamente tinha deixado acontecer?

Eles estavam no chão do quarto das crianças, tarde da noite. Todas as crianças estavam dormindo, e ela podia ouvir todos os estalidos do anoitecer quando Rakesh deitou-se sobre ela e soltou o cordão do pijama, quando ele ficou passando a mão sobre toda a extensão da sua barriga e disse, "Tudo bem, Sangita, tudo bem", ela podia ouvir tudo – o choro começa-para quase fingido dos bebês, laringes recém-nascidas vibrando em corpos recém-nascidos, a maneira como os berços sempre balançavam ao mesmo tempo, o ventilador de teto a desparafusar-se sozinho no teto, até o suave *plop* do pênis ereto contra a sua própria barriga depois que ele arriou as calças. Nesta noite em particular, porém, houve um outro ruído: o rangido de uma porta, passos. Ela poderia ter avisado Rakesh, ela poderia tê-lo forçado a rolar de cima dela rápido, mas ela não o fez, por que não?

Ele não podia ouvir nada a não ser a sua própria ofegação.

Aí Arjun abriu a porta e deixou escapar uma breve exclamação. Era tarde demais. Rakesh saiu de cima dela abruptamente, envergonhado. Olhou fixo para o espaço vazio acima da cabeça de Arjun.

Sangita reconheceu aquele olhar instantaneamente – recordava-se dele da primeira noite do seu casamento, a maneira como aquele rosto pulsou incertamente entre piedade e vingança, como se não houvesse diferença entre as duas coisas. Ela soube que definitivamente algo estava prestes a acontecer. Ela soube que algo estava chegando ao fim, e mesmo assim não conseguia se deixar entrar em pânico. Arjun tinha visto tudo, retirara-se para os vazios da casa, e Rakesh continuava de olhar fixo no vão de entrada, ossificado em cima dela, apoiado nos seus quatro membros, a cabeça terrivelmente virada para trás, como um animal. Mas isso não tinha que acontecer algum dia? Não tinha ela dito tantas vezes e por meses, nós estamos assumindo um risco, não podemos continuar fazendo assim, alguém vai ver?

Sim, uma parte dela desejou ter podido compartilhar a vergonha do marido, ter podido recolhê-lo ao seu colo para consolá-lo como a uma criança. Mas justo naquele momento, tudo o que pôde sentir foi alívio. Ao ver o desespero florescer no rosto de Rakesh, tudo em que pôde pensar foi *Sim, finalmente, ele encontrou outro a quem culpar.*

CAPÍTULO 12

UM VIADUTO, FINALMENTE

Eram seis e quarenta e cinco da tarde quando os quatro rapazes começaram a descer o viaduto.

Antes, eles tinham estado na Barista e discutido a possibilidade de encontrar um novo espaço para ensaiar. Vinham em velocidade de cruzeiro pela mesma rua que Arjun havia percorrido no ônibus escolar; a paisagem a desenrolar-se o fez lembrar-se de Aarti, ele podia ligar as suculentas frases da conversa deles e cada árvore retorcida, os semáforos piscando neuroticamente entre vermelho e amarelo, as grandes extensões de restaurantes chineses agrupados sob cartazes amplos cuja sucessão serpeante totalizava um dragão, e quando passaram pelo misterioso e incompleto Viaduto Godse Nagar, Arjun pediu a Ravi para diminuir a marcha. As duas rampas do viaduto terminavam em pleno ar, sem jamais tocarem-se. Um sem número de máquinas de construção atemorizantes – trituradores, empilhadeiras, misturadores – modorravam sob o viaduto. O carro parou num sinal vermelho e Arjun abaixou sua janela. "Aqui", ele gritou.

Ravi desligou o carro com ceticismo. O Viaduto Godse Negar em construção – particularmente a sua face inferior exposta – não chegava propriamente a ser um grande espécime. A estrutura era mantida no alto por uma série de colunas gêmeas e arcos na forma de barcos de cabeça para baixo. Feias barbas de poeira pendiam do teto, e o conjunto do complexo – a cerca cor de laranja, as pequenas palmeiras peladas, as lajotas esmigalhadas do piso, as crostas de cartazes de filmes B colados nas colunas – era queimado por uma fina camada de fuligem que brilhava sob os raios altos do sol que soçobrava. O cenário era sereno: dois pedintes deitados em esteiras cinzas, uma criança se alimentava no seio de uma jovem, um velho olhava zangado de uma tenda, talvez contemplando os fios de água que abriam caminho na poeira, desesperando-se porque o aspersor diurno tivesse sido desligado. Excluindo o barulho – as milhares de almas infladas irrompendo dos seus veículos com buzinas enlouquecidas – aquela poderia ser a superfície avermelhada de Marte.

Arjun limpou as duas placas HOMENS TRABALHANDO à base do viaduto. Esfregou as mãos nos seus *jeans*. Então começou a andar lentamente para o alto do viaduto, a respiração de Ravi muito alta a segui-lo, agora extremamente consciente dos mecanismos ósseos que mantinham o corpo confinado à terra, Arjun incitando-o a continuar, os pés deles apanhando a rodovia nova com um sentido de desespero. Não havia barreiras laterais de proteção. Em questão de minutos, eles tinham chegado ao topo, quinze metros no ar, a via dando lugar a compridos vergalhões de aço à frente, as luzes iluminando a porção de nada pendurada entre os dois extremos da estrada incompleta. Ravi segurou uma viga mestra e arquejou. Anurag gritou atrás deles.

Arjun andou suavemente sobre o asfalto fresco. "Meu pai construiu isso", sussurrou ele para Ravi.

"Você está louco", disse Ravi.

Para demonstrar que Ravi estava, de fato, certo em seu diagnóstico, Arjun andou até a pontinha da passagem e ficou parado, um único centímetro de estrada separando a ponta dos seus sapatos da total escuridão. E então ele chutou, ele chutou furiosamente, ele não sabia por que, seria impossível sabê-lo, e começou a chover entulho do parapeito, e Arjun recuou amedrontado sobre os calcanhares, a atmosfera de abril sussurrando à volta com um frescor inesperado, e da cavidade projetou-se um ímpeto singular, que logo ele viu: a revoada de pombos que fazia ninho na pontinha dos vergalhões fora enxotada num voo repentino, os pássaros mergulhando no vazio turvo abaixo deles antes de saírem flutuando de debaixo do viaduto, todos poeira e asas. O entulho tinha asas! Ele voltou-se para a banda e encarou os rapazes. Eles o encararam em resposta. Foi a primeira vez que eles o viram com uma certa medida de admiração (que não duraria muito).

"Peguem as guitarras", ele disse.

Eles pegaram, agruparam-se em semicírculo em volta de Arjun enquanto Ravi pegou uma chapa de metal descartada para fazer a percussão. Então, imerso em seu drama pessoal, Arjun deu as costas à cavidade e começou a cantar. Ele urrou com paixão exagerada do alto do viaduto; e os tanques de pensamentos individuais – aquelas câmaras que na sua cabeça vibravam em desacordo – pareceram conectar-se por meio do complexo sistema de tubos vocais, e de tal modo que, no momento em que alcançava a nota mais alta, era ou todo pensamento ou todo vácuo (todo vácuo, geralmente), e a nota tinha a qualidade de um primeiro vazamento numa barragem maciça, aterrorizante pois prometia algo muito pior. Mas não importava. Ele não podia se preocupar com o que os outros fossem pensar naquele momento. Ele estava cantando, extraindo som de todos os orifícios silenciosos do seu corpo da maneira como o coração extrai o sangue, evocando fisicamente a melodia de "Living on a Prayer" sem uma letra ou vaga ideia da canção original, fazendo-o do nada, sem microfone, sem guitarras elétricas, somente, como ele gostaria de dizer anos mais tarde, com Arjun Ahuja *Unplugged*. Foi nesse momento que ele finalmente ficou livre de Aarti, uma mistura de medo e confiança tomando o seu corpo. Era assim que ele experimentaria o sexo quando fizesse pela primeira vez, de algum modo esquecendo a garota, o seu nome e rosto – sobrepujado por uma implosão drástica dos seus próprios sentidos enquanto tentava fingir que estava tudo bem, que não era o fim, que ele ficaria bem.

Ele virou de costas para a sua banda e cantou para a fenda. Então parou abruptamente e deixou a música continuar retinindo sem ele num epílogo interminável. Ele tinha tido uma visão. Por um breve instante, o instante antes de ele ter parado no meio da frase, ele tinha imaginado o sr. Ahuja dirigindo na rampa oposta do viaduto e deixando o seu Toyota Qualis cantar pneus ameaçadoramente à beira do precipício, os faróis do veículo iluminando a banda como projetores enquanto as oito crianças no seu interior gritavam encantadas – aquelas crianças eram a sua plateia, os seus fãs, os seus terríveis irmãos. A família em sua mais aprazível configuração: assistindo a distância enquanto você afundava em si mesmo, implodia, estava finalmente vivo.

CAPÍTULO 13

SURFANDO NA MULTIDÃO

OS QUATRO RAPAZES ENTRARAM NO CARRO com um sentido de camaradagem recém-adquirido: Ravi, acelerando o seu Hyundai Santro com mudanças abruptas de marcha; Anurag no banco do passageiro com o cotovelo perigosamente em "V" para fora da janela; e Deepak insistindo em parecer entorpecido e confuso ao lado de Arjun. Todos eles eram menores e estavam em situação ilegal; a idade para dirigir era dezoito. Eles entraram na fila infinita de carros, abaixaram as janelas, juntaram-se à lenta peregrinação em busca de câncer de pulmão.

Arjun estava de excelente humor, agora. Ele deu um tapinha no ombro de Ravi e disse, "*Yaar* – nada desse troço de usar *shorts* quando fizermos o concerto, certo? Ninguém quer ver as suas pernas cabeludas, viu? A gente vai se vestir de preto. Pois a gente é *dark*. Vamos todos usar calças pretas. E talvez a gente possa botar os bolsos para fora?" Ele demonstrou. "Tá vendo? Parece legal, né? Toda banda tem de ter um estilo específico de vestir. O Bono tem aqueles óculos escuros maneiros. Metallica, as roupas de couro. A Shania Twain tem o umbigo."

"Ela também tem uma xoxota", observou Anurag. "Bem que isso eu..."

"Você também?", perguntou Deepak, solicitamente. "Ela não se dá ao respeito."

Arjun pediu silêncio. "Calem a boca, seus idiotas. Vocês tão ouvindo? Os bolsos têm de ficar pra fora. Vai parecer que as pernas da gente têm orelhas. Ou que nossos quadris estão cagando."

"Desde quando *você* começou a proteger a Shania, *yaar*?", perguntou Anurag com seu modo pachorrento de falar. "O que ela é sua? Ela é sua irmã?"

"Muito bonito cantar Bryan Adams", resmungou Ravi. "Sabia que Shania Twain e o seu gracioso Bryan Adams têm o mesmo produtor? E que Shania é casada com esse produtor? A Shania é comida pelo Mutt Lange."

A narrativa tão detalhadamente lasciva da história do *rock* oferecia um estranho contraponto à cena completamente assexuada que se desdobrava do outro lado do Anel Rodoviário quando eles se aproximavam do Viaduto Moolchand. Todos os quatro garotos se viraram para olhar. Três imensas formações de mulheres vestidas de sári e *salwar-kameez* – devia haver pelo menos umas cinquenta ao todo – zanzavam eufóricas como se estivessem num bazar de sábado; imensas nuvens de poeira manavam do entorno das suas pernas para o entardecer terrivelmente quente de abril. A concentração de mulheres era particularmente densa sob um solitário laburno ao lado da rodovia, com suas flores amarelas queimando luminosamente por sobre elas numa espécie de vigília crepuscular. Uma rápida separação na massa formada por seus corpos revelou um retrato gigante de um jovem de faces rosadas. O retrato estava encostado no tronco do laburno. As mulheres se aproximavam uma a uma, abaixavam as suas cabeças cobertas com respeito, e então penduravam cuidadosamente guirlandas e cravos-de-defunto na moldura.

As outras senhoras cantavam e batiam no peito, derramando gordas lágrimas na calçada.

Anurag abaixou a sua janela e vaiou.

"Não faça isso, seu panaca", disse Deepak.

"Alguém importante morreu ou o quê?", perguntou Anurag.

"Você é mesmo um idiota", disse Deepak. "Mesmo que não seja importante. Você vaia quando alguém morre?"

Arjun deu de ombros. "Aquele artista de televisão morreu, *yaar*. Mohan Bedi, *yaar*. Acho que é ele."

"Quem diachos é Mohan Bedi?", perguntou Ravi.

A resposta veio na forma de repentino tranco de quebrar pescoço no carro, tanto Ravi quanto Anurag foram lançados de cabeça (eles não estavam usando cinto de segurança, eram machões demais para isso) contra o para-brisa, enquanto Arjun e Deepak foram cuspidos para frente num encolhimento fetal, a cabeça dos quatro rapazes já doendo pelo o que tinham visto: uma garota, uma garota qualquer, batendo na frente do carro e literalmente *voando* – braços e pernas feito um borrão de hélices em volta dela – a três metros da ilha na qual ela estava, antes de erroneamente sair atravessando a via. Felizmente, enquanto a garota estava imóvel, deitada no chão, sua bolsa e seu celular quican-can-can-can-do no chão mais adiante, nenhum carro lançou-se para completar o trabalho. Era hora do *rush* e, miraculosamente, nenhum veículo foi em cima dela. Ravi tinha freado no momento exato. Isso o havia salvo de rachar o seu crânio; bem como o de Anurag. Eles saltaram do Santro com as mãos massageando os próprios pescoços. A rodovia estava quente e sem sangue; a garota não estava sangrando! Ela era da idade deles, observou Arjun ao sair do carro. Ela estava deitada sobre as costas, as calças *jeans* rasgadas, condutores de motonetas desviando da giesta dos seus cabelos – mas ela não estava sangrando! Todos, Arjun inclusive, aproximavam-se da garota com um rogo absurdo de *merda merda merda*. Olá, moribunda, merda merda merda! Ele sequer notou que todos os homens e mulheres do outro lado da rua tinham corrido para ver, e que ele, Arjun, estava prestes a ser esmagado por um estouro da boiada com proporções de Jurassic Park. Ele foi empurrado para fora do caminho. A menina foi erguida e levada como uma surfista de multidão num concerto; uma centena de mãos descarregando-a sobre a calçada, duas outras mãos, as caridosas mãos de alguém, pousaram a sua bolsa e o seu telefone celular junto dela. Aquele era um país pobre, mas as pessoas te surpreenderiam reiteradamente com a sua falta de ganância: Arjun e Ravi e Anura e Deepak, riquinhos, jovens, tão centrais para a tragédia, tinham se tornado espectadores.

Eles estavam parados no Anel Rodoviário com cinco carros buzinando em cima, pedindo para saírem da frente, *o que estão fazendo, por favor tirem o seu Santro daí, não estão vendo que estão no meio da rodovia?* De fato, Arjun *viu*, e foi atravessado pelo pensamento de que, por cada segundo que ficou no Anel Rodoviário feito a porra de um palhaço, a dilação estava enviando espasmos para trás por toda a cidade, inflamando os humores nos semáforos, de modo que o homem que saiu do trabalho às seis horas para retornar para a sua esposa, filho e filha, ia levar uma hora a mais para chegar – uma hora em que tudo poderia acontecer – você poderia perder alguém que amava, órgãos vitais poderiam falir. Mas a garota não estava morta.

Tampouco estava bem. Ela estava numa apavorante situação intermediária: consciente, meio sentada, a palma das mãos sujas, ainda soluçante, com o rosto inchado. Morte ou ferimentos graves para a garota teriam significado ofensas físicas para os garotos; a multidão, pobre e compreensivelmente ressentida para começar, teria levado a cabo algum tipo de justiça de rua, xingando-os, linchando-os do parapeito de um viaduto (ou pelo menos Arjun imaginou). Mas as mulheres que estavam aconchegando a garota em seus braços eram mães. Elas eram fãs de *A nora vingativa*, a série de televisão. Elas sentiam uma mistura de carinho maternal e de raiva em relação à garota: *O que estava pensando quando atravessou a rua desse jeito, menina, você está bem, não chore, querida, prometa que nunca mais você vai fazer uma coisa dessas?* Elas compreendiam que ela precisava de um médico imediatamente. Concordaram em deixar os quatro rapazes levá-la para o Hospital Moolchand, a cinco minutos dali.

Arjun nunca tinha abraçado uma garota chorando antes – não uma da sua idade. Ela jazia num ziguezague de membros por cima dos colos de Anurag e Arjun dentro do carro, chorando, escorrendo muco. Arjun fazia *psss* e a acalmava como se ela fosse um bebê.

Ravi, no banco da frente, ficava dizendo: "Puta merda. Estamos fritos. Merda. Eu não posso contar pro meu pai. Ele vai me matar. Eu não quero ir pra cadeia. Merda."

"Cala a boca, meu", disse Arjun. "Você tem de telefonar pra ele. Ela está chorando. Depois a gente se preocupa." Ele olhou para a garota. "Você está bem?"

"Tudo bem com você, gracinha?", perguntou Anurag.

"Gracinha? Cala a boca Anu."

CAPÍTULO 14

DIWAAN-E-KHAAS

O SR. AHUJA ESTAVA DE PÉ na sala de estar da Super Primeira-Ministra – ainda quente e enfumaçada de uma cerimônia religiosa – e estudava cuidadosamente a linguagem corporal de Rupa Bhalla enquanto ela lhe indicava uma desconfortável cadeira de junco com um discreto açoite do seu *dupatta* amarelo-laranja. A Super Primeira-Ministra tinha a forma de um daqueles colchonetes enrolados nos quais a gente vê pessoas descansarem nas estações de trem – altamente instável, dando, ao andar, a impressão geral de estar sendo empurrada – e sentou-se numa cadeira acastanhada com uma sensação palpável de alívio. Então, com uma pausa, ela mandou ele tomar um *lassi*, perguntou que tipo de *lassi* ele gostava, gritou chamando o criado, disse que sabia que ele gostava de *namkeen* por causa do casamento em que eles tinham ido – o que Rakesh pensou, que ela havia planejado bem o casamento? – mas justo agora o tipo de *lassi* escapava a ela, era *namkeen*, não era?

Rakesh se pôs imediatamente em guarda. Disse-lhe que o casamento tinha sido corrupto, ostentatório e teatral.

Ela riu e disse: "Obrigada."

Não obstante, estava sendo formal, distante. Ela não perguntou imediatamente sobre a sua família – conforme era seu hábito – e agora estava fingindo ter esquecido o tipo de *lassi* que ele gostava.

Aquilo era absurdo. Todo o país sabia que ele bebia *kesar*.

"Eu gostaria de *namkeen*, sim, a senhora tem razão", disse Rakesh escrupulosamente. "Então, *ji*, eu vim para explicar minha carta..."

Rupa pareceu aliviada, "Fico tão satisfeita", disse ela, dando um tapinha teatral na própria testa. "Eu pensei que você tivesse vindo *também* para renunciar!"

Ele protestou "Rupa-*ji*, mas eu *já* renunciei. Eu só vim para falar sobre isto."

"*Renunciou?*", disse ela, praticamente espirrando a palavra. "Oh, sim! Está certíssimo." Ela bateu na testa. "Rohini me disse que havia um *e-mail* seu. Como é que eu podia saber que era uma renúncia? Se ao menos ela tivesse me dito, eu teria visto em primeiro lugar, *baba*. Afinal de contas, um *e-mail* é só um *e-mail*. E hoje em dia até eu estou recebendo um monte de *spam*. Você sabe como se livrar de todo esse *spam?*"

Sua boca, um ninho de bebês pardais, sua voz a de uma menina de escola. A sua grande *bindi* vermelha – aquele ponto onisciente – tinha hoje sido substituída por uma *tilak* oleosa. Ela se inclinou sobre a mesa para pegar um porta-guardanapo de prata, apertando as finas barbatanas de papel amarelo para elas pararem de estalar sob o sopro do ventilador. Ela falava com as pessoas como se seus rostos fossem os receptores de uma aparelho telefônico, mantendo você tão perto que dava para sentir o cheiro do leve toque de noz-de-areca em sua boca, seu sorriso perverso gotejando dos cantos dos seus lábios como o de um comediante aposentado, os olhos tão separados pelo nariz que a gente não conseguia olhar para os dois ao mesmo tempo.

Rakesh estava grato à mesa que os separava.

"Você disse que pensava que eu *também* tinha vindo para renunciar, *ji*", disse ele, cruzando as pernas e balançando o corpo da cadeira de junco branca em volta dele. "Quem mais renunciou?"

"Bem", disse Rupa, serpeando a cabeça de um lado para o outro. "É uma bela pergunta! Oportuna!"

"Sim?"

"Todos em nosso querido partido, menos você", disse ela, batendo palmas para o criado.

"Mas, *ji* – é isso que estou dizendo – eu também renunciei!"

Eles deram uma gargalhada genuína por causa disso.

"Certíssimo, certíssimo", disse Rupa, olhando pela porta, distraidamente, para a cozinha. "Krishan! Traga *lassi* para o *saahb*! *Hen-ji*. Desculpa. Por que está renunciando outra vez?"

"Como? Credenciando *quem* fez? O quê?"

"Eh?"

"Eh?"

O mal-entendido permitiu um suspense de cinco segundos de silêncio. Tanto Rupa quanto Rakesh sentavam-se eretos. Rakesh ainda estava digerindo a notícia dessa renúncia em massa e, pior, com o fato de que o estado de agitação de Rupa não era meramente resultado da sua visita. Ser ministro, afinal de contas, era ser o centro de um universo espumante de favores e adulações – para qualquer lugar que você se virasse, havia sempre guardas Black Cat, lacaios, diretores-gerais, interesses especiais, jornalistas disfarçados – mas com Rakesh o sentido de centralidade tinha se tornado particularmente agudo, muito estressante. Com efeito, desde a noite anterior o universo parecia ter se condensado num ponto em sua cabeça; uma terceira esfera de melancolia girava por trás dos seus olhos. Para todos os lugares que olhava, havia sinais da sua ruína iminente – sinais que ele notara pela primeira vez quando ele e Arjun saíram para passear à meia-noite no dia em que Arjun completara dezesseis anos, Rakesh no banco do motorista, Arjun ao seu lado, o Toyota Qualis deles voando através do dióxido de carbono exalado pelo cinturão verde de Déli, deixando para trás um comboio de caminhões e os mendigos tiritantes para chegar ao primeiro grandioso sítio de um viaduto, um pedaço de rodovia isolado por cordões, ocupado apenas por colunas de concreto de aparência romana e pedaços salientes de aço, e entre as colunas, homens de rosto sujo de carvão carregavam balde após balde de pedras para jogar no poço de fundação, a ruidosa descarga de um imenso triturador atrás dos homens arrotando gazes acinzentados contra a noite escura, e então chuva, chuva desenhando o contorno da cidade com o seu barulho, pai e filho sentados no carro a três metros de distância, Rakesh tentando dizer a Arjun, *Sempre pense na gente pequena por trás das coisas grandiosas*, por que era esta a sua mensagem preferida? Como pode ele ter se enganado, imaginado que fosse o décimo sétimo aniversário de Arjun? Mas o que ele queria realmente dizer era: *Pense em mim, eu te amo*, e então Arjun tinha aberto a janela e diagonal após diagonal de chuva vinha rebentar no seu colo, e Rakesh soube: Arjun não estava escutando. Arjun era uma criança num mundo adulto. Arjun não se importava com os tratos políticos ou filosóficos do seu pai; possuiam entre si apenas o vínculo instintivo compartilhado por pai e filho.

De modo que Rakesh não teve escolha senão manter tudo ao alcance dos braços para proteger seu filho, pegar o mundo por seu eixo e apunhalá-lo em seu próprio coração. E quando Arjun deu com ele na noite anterior, ele entregou o único segredo além de Rashmi que tinha conseguido guardar.

O eixo do mundo girou mais um grau dentro do seu peito. A pressão nas suas cavidades era imensa.

"Minha renúncia, é claro, é outro assunto...", aspirou Rakesh.

"É claro que sua renúncia é diferente!", disse Rupa, embargando um bocejo com a mão. "É porque você é educado e de uma boa família e tudo o mais, e não iria renunciar por causa de uma coisa tão boba. Sabe, nenhum desses homens que tão jovialmente estão renunciando hoje sequer *assistia* ao programa. Se você me perguntar: é muito maçante, isso sim. Em primeiro lugar, ninguém ia se preocupar se uma *mulher* virtuosa da televisão morresse, não é? Talvez Tulsi, a noiva virtuosa, ninguém mais. Você sabe como é esse sexismo-vexismo. Em segundo lugar, o que me deixa mais zangada, realmente, é que todas essas *mulheres* estão pedindo para trazerem ele de volta! Se não trouxerem, vai haver uma greve hoje! Em toda a Índia! As três faces e meia dela!"

Um programa?, Rakesh pensou. *Um programa de televisão? As três faces e meia dela?*

"Você sabia", continuou Rupa, "que as cartas de renúncia que tenho em minhas mãos foram escritas pelas esposas dos nossos bons parlamentares e ministros? O que há de errado com esse grupo de homens, diga-me? E como suas esposas – e não eles – escreveram as cartas, todas elas estão dizendo que, se eu não fizer Mohan Bedi voltar ao seriado, nós vamos exigir a sua renúncia! Imagine! Super Primeira-Ministra não é sequer um cargo real e elas já querem extingui-lo."

Rupa riu à socapa e Rakesh estremeceu. Ele ainda não fazia a menor ideia do que Rupa estava falando. Se tivesse dado ouvidos à sua esposa pelo menos uma vez durante as suas raras tarefas juntos – conter um cogumelo atômico de cocô florescente numa fralda para dois anos, fazer boiar lado a lado os corpos tenros dos bebês na banheirinha, etiquetar cuidadosamente cada mamadeira na geladeira – ele teria não só sabido o nome da série de TV, *A nora vingativa*, mas também a história de vida, o histórico dentário, as desventuras intestinais e o volume geral das refeições da fictícia família Bedi.

Mas ele nunca tinha lhe dado ouvidos; ele detestava os passatempos tolos de Sangita; tudo que ele tinha em mente era a primeira sugestão de familiaridade. Mohan Bedi era um nome conhecido, mas uma quantidade desconhecida.

Mas tudo bem: o que realmente irritava o sr. Ahuja era que ninguém no partido tinha se importado em informá-lo da renúncia em massa. Sim: por que *ninguém* lhe disse nada? Ele se sentiu abandonado, preterido, por fora, traído. Ele *realmente* pensou em seus colegas como família – tão intensamente, de fato, que sua alienação era a de um adolescente. Superfamiliaridade era a única maneira que Rakesh conhecia para fazer amigos; ele era tão profundamente pessoal na amizade quanto na vingança. A coisa tinha começado quando ele disse à SPM: *Olhe, meus filhos não têm ninguém exceto os pais. Toda a minha família morreu. Eu era filho único. Meu pai era filho único. Não há avós de nenhum dos lados. Eles a amam. Querem que seja a* Dadi *deles.* Com o tempo, as crianças se tornaram um culto; o partido de Rakesh tinha se tornado uma família. Governadores, chefes de governo, secretários de partido, membros de movimentos de resistência e juízes eram conhecidos não por nome mas por prefixos: Mama, Mami, Dada, Dadi, Chacha, Chachi, Taiji, e assim por diante. Eles iam aos aniversários das crianças, bebiam todas, amassando seus pratinhos de papel empapados de bolo em meias-luas, arrancando torrões de grama com seus chinelos de salto duro, suando até tranformarem-se em sombras dissecadas. Eles faziam-se de bobos falando como bebês. Você via nos olhos deles a solidão de cada um – o modo como eles fizeram todo o caminho até Déli para governar o país e deixaram para trás suas famílias, a sua gente em povoados distantes.

Quantas vezes ele não havia assaltado um político enfadonho com a brigada ligeira dos seus filhos, as suas mãos todas descendo aos pés do respeitado ancião em veneração? Quantas vezes não tinha ele saído no meio de uma reunião embaraçosa, citando a eclosão de alguma epidemia menor em sua casa? Quantas vezes os seus filhos não tinham contrabandeado chocolates para um político em greve de fome?

Ele os tinha amarrado direitinho. Ele tinha se agarrado ao poder.

"Rupa-*ji*, eu jamais renunciaria por causa de alguma coisa tão trivial, conforme a senhora sabe. Acho que isso é um absurdo. Eu divergi do partido por um motivo muito específico. Não obstante, também tenho as minhas necessidades. Eu também tenho um pedido: suspenda Yograj. Ele vem interferindo no Viaduto Expresso em todos os níveis. Por favor, considere a minha carta e suspenda-o."

"*Arre*, Ahuja. Eu simplesmente não posso aceitar a renúncia de Vineet no momento", disse Rupa. "É ele quem mantém toda essa oposição idiota junta para mim."

"Muito bem, então, Rupa-*ji*. Eu respeito a sua decisão, mesmo discordando dela. Espero que saiba que a apoio totalmente nesta questão da renúncia em massa. Nós podemos falar sobre Vineet quando as coisas se acalmarem."

Foi somente quando saiu, acenou para seu motorista, observou um vento renegado levantar uma cortina de poeira que depois flutuou *direto* para as suas narinas sitiadas, que Rakesh expeliu seu dia num espirro para se congratular. Ele tinha Rupa na mão. Tudo o que ele tinha a fazer agora era confrontar os membros do seu partido.

CAPÍTULO 15

CUMPRIMENTOS INSINCEROS

Assim, na reunião sobre escalas salariais – onde treze parlamentares "renunciados" estavam presentes em torno de uma mesa chanfrada – Rakesh deixou claro o seu descontentamento. "Por que a notícia desta assim chamada renúncia em massa chegou a mim tão tarde, digam-me por favor? Eu sei que existe a impressão de que eu estou construindo *pessoalmente* cada viaduto com as mãos e que todos os meus treze filhos estão operando as máquinas, e que eu não devo ser perturbado, mas vocês sabem, mesmo um artista como eu tem de estar plenamente imerso no mundo real. Há mais de mil maneiras de me encontrar. Pode-se tentar um dos doze telefones celulares dos meus assessores. Até os canalhas, os canalhas do baixo escalão do IAS podem me encontrar. Além disso, há milhares de pombos que migram entre o meu gabinete e a minha casa. Dá para amarrar um medalhão em volta dos seus pescoços verdes. Dá para me mandar um *e-mail*. Vocês podem até telefonar e deixar recado com um dos meus filhos. Então?"

O que mais destacou a enorme dificuldade para fazer tal discurso foi o número de vezes em que celulares tocaram e foram atendidos durante a sua elocução: nove.

Infelizmente, a primeira pessoa a reagir foi ninguém menos que a famosa nêmesis e motivo predileto das renúncias de Rakesh, Vineet Yograj. "Onde você estava às cinco horas? Ontem?", perguntou Yograj à sua maneira ardente, amistosa e áspera. Ele era um homem com um rosto escuro como teca e um cavanhaque branco em forma de cebola, que era renomado por interrogar implacavelmente qualquer um que encontrasse. "Você está muito ocupado com o Viaduto Expresso, correto? Fazendo serão? Sem tempo para nós esses dias, Rakesh-*ji*?"

Rakesh bufou do fundo do peito e disse: "Vineet-*saahb* abriu os procedimentos com o seu interrogatório marca registrada. Mais alguém?"

"Mas Rakesh-*ji*, por que você não foi à reunião de gabinete?", disse Vineet, tranquilo. Ele estava sentado duas cadeiras à direita de Rakesh. Ele abriu seus punhos fechados. "Antes que eu me esqueça! Eu trouxe cardamomo para todos vocês. Por favor, aceitem um pouco. Eu os comprei frescos em Kerela. Têm grande valor medicinal."

A manobra de Vineet deu certo. As mulheres parlamentares do outro lado da mesa se inclinaram na sua direção, permitindo desse modo uma melhor visão dos seus seios encobertos, enquanto ele deixava as vagens verdes de cardamomo caírem nas suas mãos estendidas. A transação tendo assim sido completada, as vagens foram passadas a toda a mesa. Somente Rakesh se retraiu em seu assento e disse com um sorriso malicioso: "Não, obrigado, *ji*. É exatamente por isso que eu não frequento as reuniões de gabinete. Deus sabe que veneno Vineet-*saahb* irá nos dar."

"A razão porque Vineet-*ji* está perguntando", disse um parlamentar, "é que nós só chegamos a um consenso depois da reunião de gabinete."

"O quê na reunião de gabinete?", disse Rakesh, colocando uma mão ao lado do ouvido. "Um anúncio?"

"Não, *ji*. Um *consenso*."

Rakesh bateu na mesa. "Mas você nem estava presente, Iyenger-*saahb*."

Iyenger não era ministro.

"Nós nos encontramos fora da sala. Depois que Madame Rupa-*ji* se retirou. Depois de ela ter sumido de vista."

"O que os olhos não veem, o coração não sente, não é?" Rakesh disse. "Ao que parece, o mesmo aconteceu comigo. Eu não pude estar na reunião de gabinete porque tive de falar com uma delegação de planejadores americanos – o que se há de fazer? Esses compromissos existem sempre. Mas vejam. Eu apresentei a minha desculpa. E quanto a vocês? Por que não me disseram nada?"

Ele olhou ameaçadoramente para os parlamentares juniores na sala, as sobrancelhas asperamente levantadas, a mão esquerda mexendo uma colher na sua xícara de chá de um modo tal que parecia o toque de uma sineta de escola. O edifício de arenito deixava entrar uma fatia de sol e lufada após lufada de ar. A luz – de baixa intensidade, laranja – preenchia os espaços entre homens e mulheres, expandida, ígnea em contraste com os contornos do ambiente, fazendo a Sala Savarkar parecer, aos olhos do sr. Ahuja, um dirigível mergulhado, por acidente de velocidade e latitude, numa tarde perpétua. Não é de surpreender, portanto, que o sr. Ahuja – que tinha tido uma noite de insônia – se sentisse cansado, fora de fuso horário, sem nenhuma paciência para as bajulações que os parlamentares juniores começaram a servir.

Um parlamentar disse: "Para mim, Rakesh-*ji*, foram duas razões. Uma foi que eu pensei que o senhor ia acabar sabendo – o que parece que aconteceu. E outra, *ji* – e este é o maior elogio que posso fazer – é que acho que o senhor está acima da política. Foi por isso que eu não telefonei."

"Ele está certo", disse Iyenger. Hoje em dia, eu o vejo mais na STARNews do que no Parlamento. Eu pensei que você ia rir na minha cara se eu dissesse que íamos renunciar por uma razão tão tola."

"O senhor se tornou um *pukka* diretor-geral, o quadro mais alto da nossa empresa!", acrescentou um outro. "Um tecnocrata!"

"Seus esforços no seu ministério são muito inspiradores para nós."

Rakesh ficou irritado. Dizer que ele estava "acima da política" era essencialmente dizer que ele não era um bom político. Sim, aquilo era ridículo: estava ele sendo punido agora por ser um trabalhador eficiente? Por suar a camisa pela infraestrutura em vez de cultivar contatos? Tremendo de raiva, ele se levantou e estendeu a mão para fechar as cortinas – enquanto o fazia, porém, seus papéis esvoaçaram na mesa e uma parlamentar ajeitou sua *dupatta* sobre o ombro. Ele se virou, sentiu com turbulência os tubos das mangas da sua camisa preguearem-se. Os parlamentares estavam segurando as suas xícaras de chá perto do nariz; na mesa abaixo, círculo após círculo de condensação adquiriram de súbito uma cor-de-laranja ofuscante, e se eclipsaram em seguida num tom igual de teca. Todos os olhares se desviaram do tampo da mesa. Para ele. Um ritmo familiar e delirante de saliva e silêncio filtrou na sua garganta. Suas mãos espalmaram-se sobre o papel; ele se inclinou para a massa de cabeças grisalhas – a postura perfeita para uma sessão de descompostura. "Eu não estava na reunião de gabinete, mas estou aqui agora, não estou?", disse Rakesh, mantendo a palma da mão levantada. "O que estão dizendo é uma tremenda bobagem. Felizmente, eu sou tão tolo quanto todos os senhores. Eu também renunciei."

A rodada de réplicas foi jovial. Mais uma vez, ele sentiu-se triunfante. Eles o tinham acusado de não ser político o bastante e ele rebateu com um fantástico *backhand*, um *googly*, um *double play*. Agora eles pensavam que ele tinha se juntado às *suas* fileiras em nome da causa de Mohan Bedi, e Rupa Bhala achava que ele estava cem por cento atrás dela. Ele havia coberto ambas as bases.

"Certo", disse Rakesh, bufando: "vamos começar a trabalhar."

Mas quando a pauta estava sendo distribuída, Vineet perguntou a Rakesh: "*Accha, ji*. Onde foi que você comprou essa camisa elegante?"

"Presente", disse Rakesh.

"A gravata?"

"Herdada."

"Paletó?"

"Emprestado."

(Os outros parlamentares ficaram observando a troca de bolas, extremamente entretidos.)

"Emprestado? De quem?", inquiriu Yograj, a polidez em pessoa.

"O que você disse? Não importa. Por favor, vamos trabalhar."

"Mas você não nos contou", disse Vineet. "Como ouviu sobre a renúncia?"

"Você vai ter de falar mais alto."

"COMO VOCÊ OUVIU?"

"Bem. Você *está* gritando! Foi assim."

"Você está zombando de mim. Como ouviu falar da renúncia?"

"Fontes."

Vineet disse: "Eu soube que visitou a Madame hoje?"

"Para renunciar, por que mais seria?"

"Olhem", disse Vineet, virando-se para os outros membros do Parlamento: "eu lhes disse que Rakesh-*ji* tem demonstrado grande força interior. Deve estar usando as sementes de linhaça que eu trouxe da última vez. Nenhum de nós renunciou pessoalmente."

"Sim. Como ela reagiu?", perguntaram eles. "O que ela disse?"

"Repitam."

"COMO ELA REAGIU?"

"Zangada", bufou Rakesh. "Disse que ia suspender a maioria de vocês. Eu tive de convencê-la a não fazer isso, até porque eu mesmo estava renunciando! Acho que a madame compreendeu que eu era o último prego no caixão. Quantas pessoas podem ser suspensas?" E então ele acrescentou: "Vocês deveriam ficar contentes de eu ter estado lá no momento certo."

Muito bem, Ahuja!

Entretanto. A alegria da sua virada de casaca inoportuna só durou aquele tanto: de volta ao carro, a caminho do ministério, com os intervalos entre seus dentes agradavelmente irrigados pelo chá, ficou amuado outra vez porque ninguém tinha lhe atualizado sobre as renúncias. Talvez ele *devesse ter* posto a canalha em seu devido lugar – não ter medido as palavras para dizer o quanto nada queria ter a ver com essa farsa televisiva, mostrado que estava furioso de eles zombarem do seu compromisso com os viadutos em vez de elogiá-lo. Por outro lado, porém, isto o teria tornado mais impopular no partido. Mas e daí, se ele já era impopular no partido – mas assim Rupa Bhalla perceberia a sua falsa promessa de apoio? Quem ele teria ao seu lado, então?

Não existiam respostas fáceis. Ao longo de todo o caminho até o ministério, cada vaca que viu foi uma afronta pessoal a ele – uma barreira de bosta para o tráfego. A rua àquela hora – tão pura pela manhã – era um verdadeiro estudo sobre o caos. O sol poente oferecia a sua interpretação feroz própria dos acontecimentos: a luz feria entre os tapumes de metal de ambos os lados como fogo de artilharia numa aleia; como suicidas em massa, um homem acumulara cinco crianças na garupa da sua motoneta; sob um encerado azul amarrotado, um policial gordo se hidratava com um copo da mais imunda limonada, limpando os bigodes justo quando o sr. Ahuja passava.

Mais perto, o reflexo do relógio de pulso do sr. Ahuja – a sua esfera perfeita de luz e calor descrevia o seu curso parabólico no forro cinza do teto do carro. A iluminação de rua consistia em postes retos com luzes bifurcadas que sugeriam os pássaros simplistas em "V" que as crianças faziam nos seus primeiros desenhos com giz de cera – ele nunca deixaria os filhos dirigirem. Disso ele tinha certeza. Pouco importa que Arjun esteja se aproximando dos dezoito. Pouco importa que Arjun nunca o respeite. Pouco importa que Arjun ande num ônibus da Delhi Transport Corporation todos os dias, exatamente como aquele que vinha ultrapassando o Ambassador *Edição-Millennium, Hindustan Motors, Bancos de Couro, Chapa Branca com Leão Oficial do Governo em Relevo* do sr. Ahuja a uma velocidade sancionada apenas pelo filme *Velocidade máxima*, mas que agora estava infringindo absolutamente todas as leis da inércia tentando deter-se atrás da motoneta das cinco crianças – tendo jogado fora o palitinho do seu sorvete, a criança menor na motoneta se virou para limpar os dedos na grade suja do ônibus, que balançava para cima e para baixo sobre os seus amortecedores.

O sr. Ahuja pediu ao motorista, Mathur, para colocar a sirene vermelha na capota do carro.

"Reunião importante, senhor?", perguntou Mathur, inclinado para fora do carro.

"Não, *yaar*, estou pensando nos seus filhos. Você quer ver o seus filhos crescerem até se tornarem homens? Se o tráfego continuar como está, este carro será um caixão na hora que você chegar em casa."

"Sim, senhor, mas eles vão ser baixinhos – como eu", disse Mathur, ajustando o travesseiro em que estava sentado para poder alcançar o painel. "Este é o único problema."

Aí o carro expeliu um grito extensivo e eles escaparam dali. Rakesh prendeu a respiração.

Ele tentou enxergar a si mesmo através dos olhos invejosos dos seus colegas. Afinal de contas, ele tinha se tornado no que ele mesmo detestava: um criador de caso, um sujeito que achava problemas. Ele sempre havia desdenhado os indianos que se queixavam do trânsito, extraindo até um certo orgulho nacionalista do espetáculo público de força e oportunismo, mas desde o acidente de Rashmi, ele começou a ter palpitações com os riscos que os condutores assumiam para enfiarem-se nas menores aberturas, para ultrapassar às cegas pela esquerda, com o número de amassados mesmo nos carros estalando de novos, o modo como esperava-se que os pedestres escrevessem novos testamentos antes de atravessar a rua.

O tráfego estava no mesmo nível de horror quando ele e Rashmi vieram pela primeira vez de férias de Vermont, quase vinte anos atrás. O que havia mudado era Rashmi. Ela embebera-se das mágicas linhas retas do Ocidente, do seu fetiche por sanidade. Ela pediu ao motorista para não furar os sinais vermelhos. Rakesh destacou que aquele era o motorista da sua *Masi*, e que nós, gente dos Estados Unidos, não deveríamos ficar lhe dando ordens assim, e que *se não avançássemos a droga daquele sinal vermelho, seríamos esmagados por aquele caminhão zangado que vem se aproximando pela direita, você está vendo?* Rashmi suplicou calmamente ao motorista para não matar o pobre homem no riquixá à frente do carro. O motorista não lhe deu ouvidos. Rashmi disse: *O que há de errado com os indianos?* Rakesh ficou ofendido, e disse: *Em primeiro lugar, fale por si mesma, querida, e também, o que há de errado com os britânicos, que conquistaram a Índia e depois nos deixaram pobres, com leis ruins e um serviço público corrupto, e aí criaram escolas onde nós educamos pessoas para serem engenheiras e jornalistas só para eles poderem deixar o país, viver lá fora e só voltar uns poucos dias por ano e dizer: Oh, olhe como essa água é nociva e tóxica, se eu tirar a roupa, milhares de moscas farão banquete no meu corpo, todos em que toco parecem mendigos...*

(Ele estava mal-humorado porque tinha discutido com seus pais.)

Ela disse, Você faz sempre a mesma coisa.

Ele disse, Desculpe-me.

Não dá para pedir desculpas e achar que está resolvido.

Sinto muito, ele disse.

O motorista ouviu a discussão deles e riu. Isso deixou Rakesh duplamente irritado. Ele disse: Deixe que eu dirijo.

Rashmi disse: Você não tem carteira indiana.

LOGO RASHMI E RAKESH ESTAVAM sentados no banco da frente. Rakesh estava debruçado sobre o volante.

Rashmi disse: Nós indianos acreditamos em destino. Olhe essa gente dirigindo como maníacos. Nós indianos. Temos crença. No destino.

Rakesh disse: Que destino.

Olhe essa vaca que você está quase atropelando.

Vacas acreditam em destino.

ELE ATROPELOU A VACA.

AGORA RAKESH TINHA DANIFICADO o Contessa novinho em folha da sua *Masi* (havia um grande amassado em forma de vaca no capô) e ele teria de subornar o motorista.

O motorista disse: "Senhor, você vai me dar dinheiro, mas e o meu emprego?".

"A gente vai dizer que não foi culpa sua", disse Rashmi com sua mais doce voz.

Eles sentaram-se envergonhados na frente da *Masi* de Rakesh. As suas relações familiares já eram tensas – a mãe e a *Masi* de Rakesh estavam envolvidas numa disputa de propriedade – e Rakesh ia então admitir que ele tinha batido com o carro.

Rashmi disse: Fui eu.

O que aconteceu, *beta*?, perguntou a *Masi*.

Foi porque eu estava dirigindo feito uma americana, disse ela.

E então deu a Rakesh o olhar penetrante de menor duração possível. Ela sabia como lidar com ele. Ela tinha vencido fazendo subitamente um sacrifício. Ela era tão surpreendente – com sua postura ereta e a cadência provocante da sua voz, e suas mãos que se mexiam desabrochando em todas as direções quando ela falava – que mesmo a sua pavorosa tia estava encantada. Rakesh, também, jamais poderia dizer o que quer que fosse a Rashmi sobre a maneira indiana de dirigir, nunca mais, e muito tempo depois, em Vermont, ele não conseguia explicar a si próprio porque cada erro que um motorista americano cometesse era sentido como uma vitória menor (culpada); porque, no dia em que John, o vizinho, deu marcha ré na caixa de correspondência deles, ele cortou a grama três vezes; porque, quando deram a notícia no noticiário matinal de um engavetamento na rodovia, ele entrou num estranho êxtase e preparou um *rajma* como se fosse um grande *chef*; porque no dia em que Rashmi morreu, ele sabia que se ele e Rashmi tivessem sido meros espectadores do acidente – se aquele não tivesse sido, em outras palavras, o dia em que ela morreu – ele teria enfiado as suas mãos sob a cascata dos cabelos dela, aninhando o pescoço na confluência dos seus dedos, e finalmente lhe dito porque estava tão feliz: ela estava viva e ele tinha ganho a discussão que ela desencadeara no dia do assassinato da vaca em Déli, dois anos antes. Ele teria provado que os americanos eram tão propensos a conduzir mal quanto os indianos, que a única diferença era que a América tinha policiais e burocratas que impunham a lei, e que os indianos tinham funcionários com títulos como Magistrado Distrital de Jats, Secretário Adjunto para o Projeto de Bem-Estar Tribal Vinculado ao Ministério da Previdência, Inspetor de Mineração, Cobrador de Impostos do Subdistrito Situado entre Chhatisgarh e Madhya Pradesh, (Sub) Diretor de Preservação Especial das Línguas, cujo trabalho era tão somente compreender a finalidade desses títulos.

Mas ele nunca chegou a dizê-lo. Alguém fora atropelado por uma motocicleta e a porta saíra voando. Mas mesmo que ele tivesse dito, para quem ele o teria feito? Não havia ninguém com quem discutir, nunca mais. Ninguém em quem desmilinguir-se a uma notícia súbita.

Só pessoas a culpar.

Então, quando Rakesh retornou à Índia e se viu mais uma vez naquela verdadeira zona de país, ele responsabilizou tudo no serviço público, a força policial, os *babus* e as confusões burocráticas que *o* haviam rejeitado e feito fugir para os Estados Unidos; que o haviam feito preencher uma papelada de dez páginas para poder transferir as cinzas de Rashmi para a Índia; que perdiam documentos; que o multaram em dez mil rúpias na alfândega por sua "Urna Funerária de Turista importada". E que finalmente extorquiram dele três subornos no aeroporto – subornos que ele pagou porque não queria atrasar-se para o quarto dia de ritos de sua esposa e porque era rico, porque podia. Dava para sentir o cheiro nele – a sua colônia americana.

Mas ele também podia voltar suas riquezas contra esses algozes: ele jurou ir ao encalço dos dois funcionários da alfândega e fazer da vida deles um inferno, usar todos os contatos que tivesse para acabar com a carreira deles, e foi assim que ele se descobriu no umbral da porta de Rupa Bhalla, uma amiga da família que era membro do Parlamento e presidenta do Partido SZP. Ela também enviuvara recentemente: seu marido, Ashok Bhalla, um ex-Primeiro-Ministro, tinha sido semeado por um terrorista que dirigia uma colhedora de árvores durante o festival de primavera no Punjab.

Ela e Rakesh conversaram por um instante e ela ficou impressionada com as opiniões e a inteligência política dele e seu antiamericanismo de primeira mão. Quando Rakesh lhe contou a história dos funcionários da alfândega, ela claudicou agitada diante da pintura retangular que cobria toda a parede da sua sala de estar. Com o passar do tempo, com fumaça e umidade, a pintura desbotara-se num horizonte amarelo-açafrão constante para o visitante estonteado, as suas figuras humanas – altamente impressionistas para começar – mais parecendo uma sucessão de couves-flores pútridas plantadas num deserto. A pintura era horrível, de dar vontade de vomitar, e ela disse que ela mesma a pintara.

Ela estava de pé diante da pintura, e quando Rakesh olhou, pareceu que o rosto de Rupa Bhalla estava germinando uma centena de nódulos de cada lado, uma galeria de autorretratos que era apenas um pouco mais horrenda que a mulher à sua frente. Ele pensou então, com um arquejo de terror: eis um manequim de beleza e sexualidade perdidas. Dava para ver que ela fora *algo* na juventude. Ele tinha visto fotografias dela junto de seu finado marido – vivaz, cabeça erguida, beijável – o tipo de moça que, se fosse de Déli ou de Bombaim, e não de Haryana, poderia ter fumado antes do seu tempo. Poderia ter entrado num saguão de homens com impetuosa elegância, braceletes tinindo com uma ponta de excesso, uma gota de conhaque perfumando o seu umbigo nu. Uma moça que fazia pinturas horrorosas. Mas ela carregava a sua perda de energia como uma lição aprendida, e agora o jovem Rakesh compreendeu que perder a sexualidade era ser finalmente forçado a uma espécie de ascetismo, transcender à insignificância da vida, uma militante política a quem nada animava exceto o desejo de permanecer viva, e depois morrer publicamente. Ser vista por todos – e possuída por nenhum. Essa ideia lhe pareceu insuportavelmente romântica. Ele continuava a pensar que jamais se casaria outra vez. Quis ardentemente tornar-se político também.

Foi quando Rupa Bhalla disse que sabia que a pintura era horrível.

Rakesh disse: Não, não, não é não.

Ela riu e disse: Está bem. Apenas ouça.

Ele disse que absolutamente não era horrível.

Ela disse: Você passou no teste. Este é o meu teste. Qualquer novo membro do partido que for honesto comigo, eu descarto imediatamente, os que se mantêm aduladores não importa a situação – estes eu mantenho.

A senhora me quer no partido?, Rakesh perguntou.

É claro, disse Rupa. É a única forma que tenho de ajudá-lo.

E ISSO FOI HÁ QUATORZE ANOS, meditou Rakesh, chegando ao seu gabinete. Quatorze anos entrando e saindo do poder, quatorze anos garantido que aqueles dois funcionários da alfândega fossem transferidos para algum setor de Bihar escondido pela violência de casta. E contudo a sua ambição mantinha-se inalterada. Todo o seu ímpeto de tornar-se ministro – quando não estava fazendo discursos antiamericanos e protestando contra multinacionais – foi para instalar-se no topo da vasta e estragada máquina do serviço público indiano e usar seus poderes para restaurar as suas engrenagens, restituí-las às suas serventias. Foi como se ele tivesse pousado no Aeroporto Indira Gandhi há todos aqueles anos e, ao passar pelo raio x, tivesse mutado de Mestre em Engenharia Civil para Mestre em Sentimento das Massas.

E agora, que ele finalmente havia realizado esse sonho supervisionando todos os mínimos detalhes da porcaria do Viaduto Expresso, estava sendo acusado de não ser político o bastante?

Mesmo sendo ele o único que tinha o mais ligeiro resquício de idealismo? Quem de fato fazia alguma coisa? Quem recebia os menores subornos?

Não havia nenhuma crença nas opiniões dos membros do seu partido. Eles eram sacos cheios de bosta, esterco de vaca, especificamente.

De seu gabinete, ele chamou prontamente Sankalp Malik, o único ministro que ficou sentado quieto durante a Reunião sobre Escalas Salariais.

"Olhe Sankalp", ele disse, "eu sou uma pessoa séria. Não disse nada na reunião porque, por que iria eu provocar uma cena? Eu sou um tipo contido de pessoa. Fico na encolha. Sou o azarão. Mas permita dizer o seguinte. Estou pensando em retirar meu apoio e em levar um bom naco deste partido comigo. Eu tenho sido reiteradamente insultado. Não é bem assim que se trata um companheiro de coalizão."

"Ahuja-*ji*. Eu compreendo inteiramente..."

"Mas como, AMISTOSAMENTE?", disse o sr. Ahuja, batendo os punhos na mesa.

Sankalp foi inflexível. "Não, não, não. Você entendeu mal. É definitivamente ruim que você não tenha sido copiado no *e-mail* coletivo que foi enviado a todos os ministros."

"Vineet o enviou, correto? Eu sei o que está acontecendo. Pode acreditar em mim, eu sei. Estão permitindo que rivalidades pessoais interfiram no funcionamento cotidiano."

"Olhe, Ahuja-*ji*", disse Sankalp, limpando a garganta. "Se me permite dizê-lo, acho que fizeram uma armação terrível. Mas Vineet não mandou o *e-mail*. Foi Subhash-*ji* quem mandou. E ele me explicou porque você não foi incluído. Creio que haja uma percepção de que você está próximo demais da SPM. Que tudo que lhe contam, você vai contar à SPM..."

Rakesh disse: "Sim, é claro. Eu sou o amante da SPM. Eu tinha esquecido deste detalhe."

"Não. Eu repreendi Subhash-*ji*! Em seu nome!"

"Ela trouxe meus filhos ao mundo."

"*Ji*, não é a *minha* percepção, mas a percepção dos demais."

"Fazendo jogo de palavras agora?", disse Rakesh. Ele tinha ouvido *percepção dos demais* como *imaginação dos pais*.

"*Han-ji?*", perguntou Sankalp.

"Não importa. Obrigado por sua ajuda."

MERDA. Ele pôs o telefone no gancho. Então não havia a menor sombra de dúvida. Ele tinha cometido um terrível engano ao entregar a Rupa a sua louca carta de renúncia (com o Decreto da Bolsa de Distúrbios anexo!), prometendo-lhe o seu apoio sobre o fiasco de Mohan Bedi, e depois traindo-a. Provavelmente, ela estava rasgando a carta insultuosa naquele *exato momento*. Então Rakesh lembrou-se do mantra de toda a sua carreira: *Os que se mantêm aduladores não importa a situação – estes eu mantenho*. Sim, eis a chave: ele precisava encontrar uma maneira de adular a SPM. Precisava desfazer todo o prejuízo que tinha infligido a si mesmo. Ele precisava recuperar as simpatias da SPM. Mas como?

Deveria batizar o seu próximo filho com o nome dela? Este era o tipo de coisa que a adulava até onde é possível. Incomodaria a sra. Ahuja, também: ela sempre quis ter um bebê chamado, inexplicavelmente, Chintoo – motivo pelo qual ela sempre gritou esse nome durante cada um dos seus partos – e agora ela teria de esperar. Rakesh tampouco estava ansioso por seu período vindouro de celibato coabitacional com ela. Nos seis meses seguintes, ele teria de olhar a abóbada do corpo de Sangita como um templo de culto Ahuja, os seios suspensos como os sinos gêmeos que a gente tange ao entrar no santuário, mas ele seria detido no limiar da porta, envergonhado por Arjun. Ele permaneceria sentado na cama do lado de fora, implorando por braços – só ser abraçado. Sangita olharia para o outro lado, fria, enquanto seus filhos discutiriam a concupiscência de seu pai entre os horários de dever de casa. No seu abdome, ele sentiu o puxão de um músculo morto.

"Senhor!", disse Sunil Kumar.

"Sim? Qual o problema? O que aconteceu? O que aconteceu?"

"Eu lhe disse que estou queimando aquele vespeiro!"

Então era este o cheiro que vinha lhe mantendo acordado. Então era esta a vaga diretiva que Sunil Kumar tinha emitido minutos atrás, gesticulando do lado de fora da janela. O sr. Ahuja tinha suposto que fosse alguma coisa a ver com as chicotadas de bosta de pombo na sua janela, problema que o sr. Ahuja sempre resolveu simplesmente deixando a janela aberta, o que por sua vez incitava em Sunil arroubos sobre o ângulo exato em que um pássaro teria de evacuar para atingir a escrivaninha ministerial do sr. Ahuja em pleno centro.

Uma enorme rajada amarelo-laranja zunia pela janela: um tufão de vespas em volta de anéis de fumaça. O sr. Ahuja protegeu a cabeça em pânico – *feche a janela!* – e Sunil Kumar liberou um quadrado de luz fluorescente para o teto abrindo a tampa da fotocopiadora. As vespas (movendo-se em espirais regressivas, como se lutassem contra o vento) desceram ardentemente sobre o plasma luminescente da fotocopiadora e foram imediatamente esmagadas quando Sunil Kumar bateu a aba branca sobre seus corpos. Segundos depois, uma folha branca de papel com esqueletos esmagados emergiu da máquina com um sussurro recompensador. Sunil Kumar agarrou a prova, correu até a porta, manteve-a aberta para o sr. Ahuja e ambos arquejaram no corredor – ilesos.

"SUNIL! Não é propriamente a hora de fazer esse tipo de coisa. Você sabe que eu estou chegando tarde – isso tinha de ser feito hoje?"

"Senhor, perdoe-me – as vespas também estavam fazendo daqui o seu quartel-general. Alguma hora eu ia ter de matá-las. Eu subi numa escada enquanto o senhor estava renunciando e pus fogo. Elas ainda estão lá. O senhor acredita? As desgraçadas ficaram lá dentro mesmo quando estava em chamas…"

O sr. Ahuja não estava ouvindo, e não poderia ouvir de todo modo. Das amplas janelas de sacada do corredor, ele tomou consciência de um som que tinha um registro muito mais baixo do que o zumbido coletivo de vespas. Ele olhou para a rodovia na frente do ministério.

Cerca de duzentas mulheres de meia-idade – armadas com colheres e travessas prateadas – cantavam algo e marchavam lentamente na direção do Ministério do Horário Nobre, um bloco maciço de concreto exposto. Rakesh inclinou-se por sobre o parapeito da janela de sacada arqueada e foi assaltado por uma lufada alísia de óleo de coco para cabelos; ele achou que ia desmaiar. As mulheres quatro andares abaixo andavam como Sangita – batendo os pés frouxamente de um lado para o outro, cada passo como uma árvore sendo arrancada, e depois, presa em algum tipo de debate ambiental, enfiada de volta apenas poucos centímetros adiante. O sr. Ahuja pôs as mãos sobre os tijolos frescos e correu os dedos pelos sulcos entre eles. Assistir a uma multidão desgastar pouco a pouco, corroer a infraestrutura da cidade, sentir – mesmo à distância – os litros de suor sendo perdidos por uma causa ridícula e erguer-se vários andares acima do alcance cônico estrondoso do alto-falante, esta pareceu ser ao sr. Ahuja a razão de viver. Ele sempre quis estar perto da ação das massas. Ele queria juntar-se a este movimento de não cooperação. Ele queria, por um momento, dizer àquelas mulheres que ele – sim, *ele* – seria o novo Mohan Bedi, que ele negociaria as medidas do ministério e seria o primeiro homem a juntar-se às Tias, e na verdade, ele seria o único a fazê-lo em nome da multidão. Talvez fosse por isso que a TV não o atraísse tanto; quando ele estava na televisão dando entrevistas, as massas assistindo eram pequenas falhas ou centelhas abstratas nas antenas ilegalmente salientes dos telhados de todo o país. Ele não conseguia senti-las. Então concentrou a visão no feixe de cabeças e de faixas arqueadas – e foi quando um rosto virou-se para ele e, num clarão, tornou-se Sangita. Ou ele pensou ter visto Sangita. Ela estava bem ali. Ele se inclinou mais para fora da janela, sabendo que uma vespa tinha picado o seu pescoço. Lá, entre a mulher que carregava um menininho no ombro e a outra que estava falando ao celular e enrolando o *dupatta* na ponta do dedo enquanto o restante das mulheres gritava insultos contra o Ministério do Horário Nobre. Ousaria Sangita sair nesse calor e arriscar-se a um estouro da boiada mesmo estando grávida do seu filho? Içaria ela de fato o seu próprio corpo, soltando-o depois de paraqueda sobre o cenário de uma tão concorrida manifestação?

Um fiapo de manga nos seus dentes atiçou sua língua; seus dedos estavam riscados pelas marcas de pressão da pele contra o tijolo. Ele sabia que a resposta era *não* – Sangita jamais tinha visitado sequer o mercado de verduras – mas ele sentiu o mesmo desconforto que sentia quando sentava-se à noite com grandes contrações na perna esquerda, o trânsito lá fora como um bramido pulmonar, e lembrava-se que Sangita podia facilmente traí-lo e contar a Arjun o segredo quando quisesse. Nesses momentos, o seu pensamento adensava-se e se tornava pegajoso; ele olharia a boca semiaberta de Sangita e a marca da vacina de pólio no seu ombro e se lembraria que ela lhe devia tudo, que em todos esses anos ele jamais teria se deixado levar por crueldades de verdade, que apesar da feiura da esposa, ele nunca a tinha mandado fazer as malas para voltar a Dalhousie ou confrontado seus pais ou saído à procura da garota que de fato tinham lhe mostrado naquele bonito e esperançoso dia nas montanhas meses antes de o casamento arruinar a sua vida.

CAPÍTULO 16

A IDADE DO SUBORNO

No hospital, Arjun ficou observando enquanto Ravi telefonava para seu pai e explicava – resfolegante – o que tinha acontecido. Arjun estava secretamente feliz de não ser *ele* a estar dirigindo; não queria envolver o seu pai nessa história. Pais tinham tendência a levar as situações a seus extremos naturais, desfazendo qualquer restrição reacionária ou agressão compensatória que seus filhos possam ter aprendido. O pai de Ravi estava naquela primeira categoria: não conhecia restrições. A sua chegada cinco minutos depois transformou uma situação satisfatoriamente controlada numa baita confusão. Ele gritou com todo mundo. Usava óculos que escorregavam do seu nariz de barbatana de tubarão. Fez Ravi sentar-se numa cadeira da minúscula sala de espera e lhe repreendeu até as lágrimas. Perguntou a Ravi por que não olhou para a frente enquanto dirigia. Era um homem tenso e chegara ali esperando por uma briga, ficando perturbado ao não encontrar nenhuma. Ele não conseguia lidar com o fato de que todos tinham sido tremendamente *legais* no trato com os garotos.

Por exemplo: quando eles chegaram, a enfermaria estava cheia de moças que haviam cortado os pulsos em solidariedade a Mohan Bedi, mas a enfermeira notou a histeria de Arjun e abriu um espaço extra para a garota, levando-a para um cubículo branco de cortinas esvoaçantes. A garota, também, tinha sido assistida. Estava amarrada a uma maca, implorando por analgésicos. Ela não parava de falar entre gemidos, repetindo e repetindo que a culpa era dela – que os garotos eram muito legais, que seu celular não tinha quebrado, ora, isso não é uma prova? Médicos examinaram os seus ossos com martelos ortopédicos e nada encontraram. Tecidos estavam danificados, a mitocôndria estava debilitada por asfixia, nenhum osso estava quebrado. Testes foram solicitados. Então os pais da garota – dois espécimes globulares, vítimas lentas da diabetes e da artrite, pessoas habituadas a morrer aos poucos, fora de lugar na decorrência acidental impecavelmente limpa e claramente iluminada da decorada sala de emergência – chegaram e taciturnamente começaram a enviar mensagens de texto a seus amigos e à família. Eles não sabiam exatamente o que fazer consigo mesmo, o *salwar* da mulher sibilava se arrastando no chão; o pai bateu no queixo e vergou para o lado em que trazia a sua pasta, dizendo a Ravi que não havia nada com que se preocupar. Ele não tinha interesse em processar. A garota estava bem, isso era o que importava. Eles eram pessoas decentes.

Então. Um pai inteligente teria dado uma olhada nessa situação propícia, recolhido os garotos, e arremetido pela saída. Um pai inteligente teria feito promessas reluzentes aos pais da garota, se ajoelhado aos seus pés, e presenteado-os com um número de telefone fajuto. Um pai inteligente teria evitado o papo inevitável com o policial que registrou o acidente. Ao deixar de fazê-lo, porém, um pai inteligente teria puxado o policial para o lado e enfiado uma nota dobrada de mil rúpias na sua mão imunda. Um pai inteligente não teria discutido com a autoridade.

Arjun sabia disso porque *tinha* um pai inteligente. Impulsos genéticos o levaram a intervir. "Tio", disse ele, "o recepcionista disse que o polícia-*wallah* está chegando. É melhor a gente ir embora antes. O Ravi não tem carteira."

O sr. Mehta parou de repreender Ravi um segundo; empurrou seus óculos com armação de ouro nariz acima. "A pessoa que *foi* atropelada está dizendo que não há nada de errado. Qual o problema?"

"Por favor, suborne o policial, Pai", implorou Ravi.

"Não. Bobagem", disse o sr. Mehta, levantando ambas as palmas para o céu enfurecidamente. "A pessoa que você atropelou não quer prestar queixa. E você espera que eu *suborne*? Eu vivi toda a minha vida neste país." Ele fez uma pausa, salvando os seus óculos de caírem do nariz. "E não subornei nenhuma vez." (Ele estava mentindo). "Essa atitude de que tudo pode não é certo da sua parte, Ravi."

Tudo pode é uma ova, pensou Arjun. Ele desejou que Ravi fosse mais persuasivo. *Mas, Pai, eu não tenho carteira. Eu vou ter de ir pra cadeia. Não poderei mais fazer a universidade no estrangeiro. Por favor, Pai. Essas coisas são importantes em Harvard e tudo mais. Mesmo se eu tirar 1.500 no Teste de Aptidão Escolar eles não vão me aceitar se eu tiver ficha criminal. Por favor, vamos subornar o polícia*-wallah.

Mas Ravi era medroso na frente do pai. "Desculpa, Pai, mas... por favor?"

"Isso tudo faz parte do amadurecimento", continuou o sr. Mehta, balançando o dedo indicador para Ravi. "Quando eu tinha dez anos, meu pai me mandava para todo tipo de incumbência. Eu tinha até que ir ao açougue e comprar carne – você já viu como essas lojas são sujas? Eu ia sozinho ao Garhi. Terrível, um lugar terrível. Moscas para todo lado. Eles também esperavam suborno se a gente quisesse carne sem moscas. Eu dizia para eles irem pro inferno. Que eu ia comer as moscas. E eu só tinha dez anos, não se esqueça. Mesmo então eu sabia: melhor comer mosca do que dar dinheiro às pessoas. E então voltei pra casa com carne *halal*, e sabe o que o meu pai fez? Ele me deu um tapa. Ele me deu um tapa no meio da cara, *chaaapppatt*. Hoje em dia todo mundo quer que você seja um molenga. Mas eu lhe digo, uns bons tapas funcionam melhor. Nunca mais eu peguei a droga da carne *halal* novamente..."

"Mas, Pai, eu comecei a dirigir porque você me pediu", disse Ravi. "Você queria que eu saísse para fazer coisas."

"E qual a relevância disso?"

"Desculpa, Pai."

E foi isso.

Arjun – criado em discussões, respondendo ao pai – sentiu todo o peso da derrota de Ravi como amigo e equilibrou a cabeça em duas palmas que tremiam. A perspectiva era punitiva. Arjun se sentiu mal de ser genioso com o seu pai. O pesar também era conveniente: Arjun precisava envolver o sr. Ahuja antes que o santarrão do sr. Mehta os colocassem em terreno ainda mais problemático. Ele pediu licença para fazer um telefonema e, ao fazê-lo, perdeu uma conversa entre o sr. Mehta e o cansado policial que lhe teria causado graves palpitações.

O policial estava batendo o seu bloquinho de registro de ocorrência no joelho num ritmo constante. Ele pediu para ver a carteira de motorista de Ravi.

"Eu não tenho", disse Ravi. "Ela caiu, eu perdi."

"Que idade você tem?", perguntou o policial.

Antes que Ravi pudesse mentir, o sr. Mehta disse, "Dezesseis."

"*Dezesseis?*", ofegou ruidosamente o policial. "Dezesseis e dirigindo?"

"Todo mundo faz isso", disse o sr. Mehta.

"Sim, sim. Todo mundo faz. Você vai ter de me acompanhar até a delegacia", disse ele a Ravi. "Você é menor. Está dirigindo ilegalmente, e atropelou alguém. Você quase tirou uma vida. Agora venha, por favor. Vamos."

"Você quer dinheiro?", agarrou-o o sr. Mehta.

"Não é assim que se suborna!", disse Ravi.

O policial ficou marcando passo na sala de espera. Era um homem de vida difícil com dois tufos de cabelos aveludados brilhantes atrás das orelhas e um lenço com o qual esfregava a testa que recebia as ofensas, as sobrancelhas pulsando para cima como se para capturar e colher o suor que escorria — e justo naquele instante ele estava num humor filosófico. "Se quero dinheiro ou não é irrelevante. A longo prazo, sim, é claro, eu gostaria de ganhar dinheiro. Quem não gosta de dinheiro? Porém, no presente momento, as minhas duas filhas estão casadas. Eu não planejo ter mais filhos, a não ser por acidente. Por isso, no momento não estou precisando de dinheiro. É glória que estou procurando. Fazer prisões dá glória. Agora, se você resistir, eu terei ainda mais glória. Então, por favor, apenas venha calmamente. Você está errado. A lei está do meu lado."

Arjun, ainda no telefone celular, entreouvindo este último fragmento, virou-se horrorizado, e disse: "Um segundo — podemos esperar um pouco, por favor? Uma testemunha está vindo. Por favor. Por favor. Por favor."

CAPÍTULO 17

USE OS CONTATOS

O SR. AHUJA ESTAVA EM SEU CARRO – meditando sobre a bajulação iminente da SPM – quando ouviu a chamada.
O sr. Ahuja gritou. "POR QUE DIACHOS RAVI ESTAVA DIRIGINDO?"
"Desculpe-me, *Papa*, eu estou com problemas..."
"POUCO IMPORTA. QUANTAS VEZES EU TE DISSE? SÓ ANDE EM CARROS COM MOTORISTA?"
Ao contrário do sr. Mehta, os gritos do sr. Ahuja eram calculados – uma flexão da sua laringe para restabelecer firmemente a sua autoridade, tão severamente erodida pelo surgimento inoportuno de Arjun no quarto das crianças na noite anterior.
"Desculpa, *Papa*. Por favor, venha."
Então Arjun explicou as complicações. O policial zeloso. O pai cabeçudo de Ravi.
"Tô indo", disse o sr. Ahuja.

No HOSPITAL, O SR. AHUJA encontrou os quatro garotos totalmente prostrados sentados na mesa da sala de espera e ficou tão aliviado de ver Arjun que cometeu uma gafe. "Vocês devem ser a famosa banda", disparou ele.

Os rapazes, Arjun inclusive, endireitaram-se num salto, disseram os seus "Oi, tio".

O pai de Ravi pareceu um pouco perturbado, as faces repuxadas numa carranca.

"Onde está o policial?", perguntou o sr. Ahuja. "Deixem-me conversar com ele."

Desnecessário. O policial – assediando outros inocentes na sala de emergência – simplesmente o cumprimentou e seguiu em frente, parecendo pálido. O sr. Ahuja estava então muito concentrado, marchando pelos corredores de luz fria, braços cruzados sobre o terno de três peças, queixo enfiado no pescoço, ombros erguidos – o mundo inteiro é engolido quando um homem poderoso torna-se áspero e pensativo. Ele exalava importância. Ele trouxera os seus dois guardas Black Cat – Balwant Singh e Ram Lal, ex-lavadeiros – de seu amistoso convívio na lavanderia; eles o seguiam com metralhadoras em prumo. O recepcionista veio recebê-lo às portas automáticas da sala de espera, a palma encurvada como uma rosa. Ele sentia muito. Fora ele quem chamara a polícia. É simples protocolo. Nas circunstâncias, ele sentia muito. Muito, muitíssimo, por ter ofendido o Ministro-*ji*.

Ravi se levantou e ficou dizendo obrigado.

Depois de conferenciar com o policial, o sr. Ahuja disse: "Certo, então precisamos redigir um acordo se quisermos acertar as coisas fora dos tribunais. Então – quem era o motorista?"

"*Ele* estava dirigindo", disse Arjun, um tanto irritado. "Eu lhe disse ao telefone."

"Por favor, fique quieto. *Não* era ele o motorista", disse o sr. Ahuja, indiscutivelmente. "Correto, sr. Mehta?"

"Sim, claro."

"Mas nós precisamos escrever ali um nome", pausou o sr. Ahuja. "Não o de vocês, rapazes. Nós temos de dizer que outra pessoa estava dirigindo."

"Que tal um dos seus guarda-costas?", disse o sr. Mehta, olhando de viés para Balwant e Ram.

"Que apostas?", perguntou o sr. Ahuja.

"Guarda-costas", repetiu o sr. Mehta.

"Não, não", disse o sr. Ahuja descartando a opção. "São pessoas pobres. A última coisa que um pobre precisa é o seu nome num documento legal..."

"Meu motorista...", disse o sr. Mehta.

"Não, não. Se não se importa, não pode dar o seu nome?", perguntou o sr. Ahuja. Só que não era uma pergunta; era uma ordem. O sr. Ahuja estava olhando o sr. Mehta nos olhos, a expressão fechada e fremente de autoridade.

O sr. Mehta hesitou. "Bem. Há uma questão. Não tenho certeza..."

"Pouco importa", disse o sr. Ahuja, chocado com a covardia do sr. Mehta. "Eu vou pôr o meu nome. Que importa o fato de eu ser um ministro? Vou dizer que eu atropelei a moça. Que sou eu o responsável. A culpa é minha."

E antes que alguém pudesse impedi-lo, ele tinha escrito uma declaração em híndi e assinado. O sr. Ahuja era agora oficialmente o motorista. O sr. Ahuja havia atropelado a garota. Arjun ficou impressionado pelo autossacrifício do pai e compreendeu, pelas expressões de desamparo embevecido no rosto dos seus amigos, que eles seriam eternamente gratos à intervenção do sr. Ahuja. Que ele – Arjun – podia abusar da sua gratidão para estabelecer seu completo controle da banda. Que ele jamais precisaria convidá-los para ensaiar na sua casa.

CAPÍTULO 18

UM PAPINHO

O SR. AHUJA TEVE DE FATO, ao final, a sua vingança contra o sr. Mehta. Ele entrou de novo na enfermaria, cumprimentou os pais da garota, fez uns afagos na cabeça dela e apontou para o sr. Mehta. "É um grande homem. Ele concordou em arcar com todas as despesas médicas."

Mehta franziu o cenho, assentindo.

"E qual o seu bom nome?", perguntou o pai da garota.

"Ministro Ahuja."

Eles assinaram o acordo. Então, para concluir a situação, o sr. Ahuja deu aos pais da garota o prêmio máximo – o seu número de telefone. Disse-lhes que podiam lhe telefonar sempre que precisassem de "ajuda". Sim, ajuda: em Déli, a única coisa que importa era quem você conhecia, e agora – pelo resto das suas vidas ou a duração do seu ministério – os pais da garota *conheciam* um ministro (se iam conseguir passar pelos assessores do sr. Ahuja e os telefones ocupados era outra coisa). Eles assinaram o documento legal e o caso foi encerrado. O sr. Ahuja estava triunfante: ele inspirou profundamente e sentiu o odor peculiar do hospital, um cheiro que ele associava a bebês nascendo, acionados com um tapinha nas costas para expelir eventuais fluidos.

Ele andou para o carro com Arjun. O estacionamento era profusamente iluminado, com demarcação de pré-moldados minúsculos e feios.

"Obrigado, *Papa*."

"De nada, filho", disse o sr. Ahuja. E então acrescentou: "Espero que não esteja chateado por causa de ontem à noite."

"Eu tô legal", disse Arjun.

"Deve ser perturbador. O que você viu ontem à noite. Sinto não termos tido uma chance de falar a respeito."

"*Papa*, quanto mais você me pergunta se fiquei perturbado, mais perturbado eu fico."

O sr. Ahuja disse: "Venha sentar-se aqui comigo no carro. Preciso ter uma conversa de pai para filho com você."

Eles ficaram de pé, os joelhos desconfortavelmente dobrados no espaço entre carros. O sr. Ahuja pediu ao motorista, que estivera sentado com uma perna para fora do carro, fumando, para pegar um ônibus de volta para casa.

"Eu vou dirigir", ele lhe disse. O motorista entregou as chaves ao sr. Ahuja e se foi.

O sr. Ahuja apontou a porta aberta do motorista. "Vamos entrar no carro e ter a nossa conversa de pai para filho."

"Isto já *é* uma conversa de pai para filho", lembrou-lhe Arjun.

"Muito engraçado, rapazinho. Mas o assunto sobre o qual vou falar é muito sério. Entre."

"*Papa*, eu *sei* como o sexo funciona. Tenho dezesseis anos."

"Não, é claro, *beta*. É claro! Hoje em dia e nessa idade, como não saber? Mas eu também quero usar essa oportunidade para lhe falar, bem, sobre uma pergunta que você me fez anos atrás."

"Que pergunta?"

"Bem. Você se lembra que me perguntou por que o seu pênis era diferente do dos outros meninos?"

"O quê? Eu perguntei? Não."

"Você me perguntou. E eu disse que é porque eles têm prepúcio e você não. Lembra?

"Não."

Havia uma razão para aquele diálogo aflitivo. O sr. Ahuja queria usar a circuncisão obrigatória de Arjun na América como gancho, aplicando ao diálogo os mesmos truques de fotografia que mostram a flor retraindo-se em botão em poucos segundos. Uma concentração da duração de toda uma vida. Pênis circuncidado = América = Rashmi. Mais tarde, o sr. Ahuja se perguntaria se aquilo não tinha sido uma vingança inconsciente contra Arjun. Contragolpear com um segredo sexual.

"Por favor, aguente comigo um minuto. Logo vai ficar claro para você. Não estou fazendo isso para te provocar. Mas há uma razão para eles terem prepúcio e você não. Eu quero explicar direitinho."

"Como você sabe como é o meu pênis?"

"Eu sou o seu pai! É claro que sei como é qualquer parte de você! Eu te gerei..."

"*Mama* me gerou", corrigiu Arjun. "Você só ficou olhando."

"Exatamente" disse Rakesh, "mas eu te dei banho algumas vezes, também."

"Eu não quero falar sobre isso."

"Certo, eu compreendo que seja um assunto delicado, mas também importante, e eu apenas quero que você saiba que seu pênis é completamente normal. É diferente porque..."

"Eu sei! *Papa*, todo mundo tá ESCUTANDO A GENTE!"

"Não, não está – ninguém pode nos escutar. Estamos num estacionamento."

"NÃO, SÓ VOCÊ NÃO PODE ESCUTAR."

"Certo, certo", disse o sr. Ahuja. Ele decidiu recuar. "Eu só não queria que você pensasse que só porque é circuncidado você é muçulmano ou qualquer coisa assim. Hoje há todos esses filmes em que quem é circuncidado é erradamente tomado por muçulmano e morto em distúrbios ou preso como terrorista, e eu só queria que você soubesse…"

"O que é ser circuncidado?"

"Você sabe, o seu pênis."

"Eu te odeio", disse Arjun.

"O quê?"

"Eu te odeio", disse Arjun, agora quase em lágrimas. "É isso que um filho precisa ouvir de um pai? Uma avaliação do tamanho do seu pênis? Olá, filho, seu pênis não é do tamanho comum, ou o tamanho não é bom ou normal, mas em compensação, é circuncidado."

"Arjun, VOCÊ NÃO VAI GRITAR COMIGO!"

Arjun foi embora, andando na direção dos portões do hospital. Rakesh gritou atrás dele: "CIR-CUN-CI-SÃO QUER DIZER QUE VOCÊ NÃO TEM PREPÚCIO! QUER DIZER QUE VOCÊ NÃO TEM UMA PELE!"

Arjun gritou em retorno por cima do ombro: "E VOCÊ NÃO TEM CORAÇÃO!"

A resposta atingiu Rakesh com a força de uma bola de tênis batendo numa raquete com as cordas frouxas. Todo o seu corpo vibrou em torno da antena abalada e bamba da sua espinha. O que havia de errado com ele? Ele só conseguia esconder a sua culpa pisando desajeitadamente nas suas próprias palavras, cada conversa com o filho um desastre potencial.

O garoto ficou perto dos portões do hospital de costas para ele, cabelos úmidos e colados de suor, e agora o sr. Ahuja estava zangado. Primeiro, a intromissão de Arjun na noite anterior e agora essa disputa pública de gritos. Ele não podia condenar o desrespeito constante do filho. Queria submetê-lo com o choque do segredo. E não era assim que havia imaginado fazê-lo. Não seria uma explicação ensaiada e penitente como falar com aldeões do seu eleitorado sobre por que eles não teriam fornecimento de água potável por mais cinco meses. Não seria um diálogo. Não seria uma descoberta acidental, um lapso de Sangita. Seria um grito: "AGORA CHEGA, ARJUN. CHEGA. PARE JÁ COM ISSO. VOCÊ NUNCA MAIS VAI FALAR COMIGO DESSE JEITO – ENTENDEU? COMO OUSA LEVANTAR A VOZ PARA MIM? EU SOU SEU PAI E SE VOCÊ FALAR COMIGO DESSE JEITO OUTRA VEZ, ENTÃO É ISSO. NÃO ESPERE MAIS A MINHA AJUDA. NÃO ESPERE MAIS O MEU AMOR, NÃO ESPERE MAIS NADA." Mas aí ele acabou ficando mudo quando Arjun se aproximou. "Você dá amor às pessoas e tudo o que elas fazem é desapontar a gente. Eu não vou tolerar mau comportamento seu. Entendeu?"

"Desculpa, *Papa*."

"Tudo bem. Agora venha. Entre no carro. Eu tenho uma coisa muito importante pra te contar. Uma coisa sobre a sua mãe."

Porém, até o sr. Ahuja sentar-se no banco do motorista e começar a dirigir, Arjun já recuperara em parte a sua insolência. Então, quando o sr. Ahuja disse: "Sabe, eu não queria casar com a sua mãe", Arjun respondeu: "Oh, é mesmo?"

O sr. Ahuja não pôde acreditar. Seu filho não tinha qualquer solidariedade. Na verdade, ele havia criado um filho que se sentia implacavelmente autorizado. Enquanto o filho fazia cara feia, a sensação de opressão do sr. Ahuja nas rodovias de Déli era total: a alavanca nervosa dos pedais do carro; o brilho espalhafatoso e ofuscante do tráfego à volta, com seus faróis altos e enxames de mosquitos a romperem-se contra os carros como frágeis malhas; em sua garganta, o mesmo ressecamento químico que ele sentia todas as manhãs após seu desjejum de café e banana; seu filho no pior do seu mau gênio. Aí ele se viu nos olhos de Arjun. Um homem tão despudorado em sua busca de satisfação que camuflava seus próprios grunhidos com o choro forçado dos seus bebês – mas não. Esperar tal análise era esperar demais. Não *havia* olhos em que se ver; seu filho tinha se virado. Arjun parecia entediado ao esmagar um mosquito na janela. Talvez, pensou o sr. Ahuja, ele não tenha dado a Arjun o devido crédito. *Eu não queria casar com a sua mãe* era tão autoevidente quanto *eu não a amo*, e Arjun sabia disso. (E o termo *sua mãe* era um paradoxo dilacerado. Ele não amava Sangita o bastante para usar o seu nome. Então distanciou-se dela, chamando-a de *sua mãe*.) Arjun tinha assistido televisão o suficiente para saber, com toda probabilidade, das complexidades dos casamentos arranjados; para saber que mesmo horóscopos cuidadosamente compatíveis produziam casais ruidosos; que é possível sentir o gosto da indiferença de um homem e sua esposa na comida posta na mesa todos os dias. Ele via a interação de seus pais todos os dias. O sr. Ahuja tinha declarado o óbvio, e Arjun se sentiria insultado em vez de ter compaixão pelo sr. Ahuja – e tudo que o sr. Ahuja queria era que sentissem piedade dele. Ele queria piedade por fazer sexo com Sangita. Ele queria provar que ele, também, era uma vítima. Que estava vivendo uma vida que não teve nenhuma intenção de viver. Ele não conseguia impedir-se de continuar.

"Você não sabe o que a sua mãe fez comigo", disse o sr. Ahuja. "Não faz ideia. Eles me mostraram uma outra moça. Mas no dia do casamento, na tenda, lá estava a sua mãe. Eu fui adiante porque não tive certeza. Porque não quis causar uma confusão. Depois eu tive certeza."

Imediatamente, o sr. Ahuja lamentou a sua confissão. Ele havia manchado a memória de Rashmi com autopiedade. Dado a Arjun munição contra seus irmãos. Mostrado-se profundamente vulnerável, passível de ser enganado na vida, no casamento, um homem que se desintegrava por trás da sua fachada estoica. Ele era um monstro lutando contra um monstro.

"*Papa?*", disse Arjun. "Por que está me contando isso?"

"Porque é verdade", disse ele.

"Mas é impossível. Você a viu. Você se casou com ela. Eu não acredito. Como é possível? É impossível."

"Ela planejou isso. Você fica confuso na sua noite de núpcias. Eu não me divorciei dela porque..."

"Confuso?", zombou Arjun.

"Bem..."

"*Papa*, ela continua a ser a minha mãe."

"Não", disse o sr. Ahuja, num reflexo grato, "ela não é."

"O quê?", disse Arjun. A primeira coisa que ele pensou, porém, não foi *Mentiram para mim a minha vida inteira, fui traído*, mas *Não dá para acreditar que essa é a primeira vez que nós ficamos sozinhos em quase um ano*.

"É claro que ela é a minha mãe de verdade", gritou Arjun. "Só porque você não a ama..."

"Basta!", disse o sr. Ahuja. "Ouça-me. O que eu disse antes?"

"Sinto muito, *Papa*."

"Olhe, Arjun. Era isso que eu queria lhe dizer. Que a sua *Mama* – Sangita – não é a sua mãe verdadeira. A sua mãe verdadeira foi outra pessoa – a minha primeira esposa. Olhe, me desculpe por não ter contado antes. Eu não contei porque a sua mãe morreu quando você tinha três anos. Você nem se lembrava dela, contar pra quê? Eu não queria te contar, pensei que você se sentiria mal, que ia se sentir diferente. Mas você não é diferente. Você sabe disso. Mesmo Sangita trata você igual. Quem quer que ela seja, tem sido uma boa mãe. E eu sinto ter de te contar desse jeito. É por isso que você é circuncidado – você nasceu na América. Lá, a maior parte dos bebês são circuncidados. Eu estava fazendo engenharia lá quando você nasceu. Nós voltamos para a Índia porque sua mãe morreu."

"Como foi que ela morreu?"
"Num acidente de carro."
"Na América?"
"Na América."
"Foi um casamento por amor?"

Havia algo de definitivo na pergunta; doravante, todos os modos de indagação de Arjun seriam sentimentais – *Do que ela gostava? O que ela comia? Qual era a sua brincadeira predileta?* Mesmo a pergunta *Foi um casamento por amor?* era sentimental, mas veio mascarada numa referência institucional.

"Sim", disse o sr. Ahuja, "foi um casamento por amor."

Arjun rilhou os dentes e tentou parecer descrente – mas fracassou.

DADA A SITUAÇÃO, o sr. Ahuja dirigiu, dirigiu e dirigiu. Eles tinham feito retorno por baixo do Viaduto Moolchand – deixando para trás suas paredes decrépitas e arbustos extravagantes que varriam a rodovia – e passado de Defense Colony numa azáfama de tráfego de farol alto antes de aproximarem-se do velho Viaduto Jangpura, de 1982. O sr. Ahuja não dirigia há anos. Seu corpo estava tenso atrás do volante do Qualis. Velhas dores vieram novamente à tona: suas costas doíam, seus ombros doíam, sua bunda doía, sua cabeça doía. Sentado no banco traseiro do seu carro com chofer, ele tinha se habituado a fazer observações relaxadas, cortantes sobre a cidade – agora era simplesmente necessário observar para viver. Que se dane a beleza. Ele brandia o punho para motoristas ziguezagueando entre as pistas; ele pisou fundo no acelerador para alcançar um jovem de terno que tinha passado zunindo por um sinal vermelho; buzinou enlouquecidamente para um caminhão quebrado no meio da rodovia, seu para-choque traseiro decorado com plantas verdes para indicar o seu estado vegetativo; e então se viu de repente sobre o Viaduto Jangpura, um grande pulmão de concreto que arejou suavemente o carro até a altura dos olhos com copas de árvores e revoada de pombos, a mente atenta não para a estética da travessia que no passado tanto o inspirara mas antes para o fato de ele estar se arrastando para a cimeira do viaduto. *Se arrastando*. Esta seria simultaneamente a beleza e tragédia dos viadutos: você escapa dos sinais vermelhos, mas o volume de tráfego está aumentando tão rapidamente que você continua engarrafado, o seu único consolo, uma paisagem de Déli vista do alto.

Rakesh, portanto, era o grande consolador de Déli. Ele podia cobrir a cidade de curativos de concreto, mas não podia oferecer uma solução para o número crescente de carros e pessoas e nem para as favelas sobre as quais você levita em carros extravagantes.

E agora ele estava saindo do Viaduto Jangpura, prestes a entrar na única parte de Déli que absolutamente não havia mudado. Era verde demais, bonita demais e velha demais para mudar. O cinturão verde e seco do Canal Yamuna jazendo perpendicularmente à rodovia; o bulbo do túmulo de Humayun emergindo das árvores luzentes de tungstênio; o velho Hotel Oberoi; a rica Déli colonial. Ele quis contar a Arjun sobre o seu romance aqui com Rashmi, mas como poderia?

Eles sequer podiam encarar-se no carro. Ele estava com tanta sede agora, do jeito que a gente fica com sede quando finalmente se deitou na cama, aquela sede que surge porque o corpo rolava sem parar para a entropia, uma terrível inquietação. Aí você se levantou à noite, cansado, e pegou um copo, deu um golinho. Não foi um gole de matar sede. Não foi uma boa transição para o sono. Foi apenas um trago para destruir a última grama de inquietação que você estava levando para a cama.

E ele sentiu como se isso fosse o começo de um longo sono, esta conversa, este passeio. Uma hibernação paterna. E tudo o que ele queria antes dessa descida à alienação era uma gota de encorajamento do seu filho, uma iniciativa ou frase ou palavra que dissesse *Agora que você me contou o segredo, eu vou perdoá-lo por tê-lo escondido tanto tempo.* Mas não, não era assim que a coisa funcionava. Para cada ano a mais que manteve o segredo, Rakesh sabia que ia ter de pagar. As palavras eram bastante fáceis de dizer, e sim, era isto que piorava tudo, a facilidade de fazê-lo, a facilidade.

Quando estavam passando pelas imensas mansões de Golf Links Colony, Arjun perguntou, "*Papa*, você tem uma foto da *Mama*?"

O CRUCIAL PARA ARJUN era ter uma imagem. Ele tinha se flagrado pensando em como confessaria dramaticamente a sua trágica história a Aarti, e ficou apreensivo com o seu próprio oportunismo. Ele sabia que se pudesse ver um retrato, qualquer retrato, ele seria curado, tomaria consciência da gravidade da situação e se associaria a seu pai no luto.

O sr. Ahuja disse: "Nada. Eu não tenho nada para mostrar."

Ele se esquecera da gravata com padrão de jogadores de críquete – o querido presente de Rashmi – prodigamente laçada em seu pescoço. E todas as boas intenções de Arjun imploidram novamente.

RAKESH TINHA SIDO METICULOSO. Ele tinha se livrado de todas as provas da existência de Rashmi, levando junto o pavor que tinha de tornar-se um viúvo triste que venerasse o retrato da esposa falecida e falasse com ela ocasionalmente sobre o que estava acontecendo na sua vida, como esperava unir-se a ela, como as batatas estavam caras hoje em dia, etc. Como podia ele explicar a Arjun que a destruição era uma salvaguarda contra a sua própria dor, não a manutenção intencional de um segredo? Que ele não tinha tido escolha. Que tinha posto as mãos em concha pelas gavetas cheias das longas e extravagantes listas de *Coisas a fazer* e chorado a cada item deixado desmarcado. Cada fotografia que ele tinha jogado no East River durante a viagem a Manhattan. Elas valeram os duzentos dólares que o policial aplicou quando viu Rakesh jogando lixo em local público. Jogando lixo? O que acontecia com aquele país? Aquele país que não permitia o luto? Aquele país que multava, duzentas vezes treze rúpias, quer dizer, 2.600 rúpias por umas poucas fotografias que tinham "caído acidentalmente na água por causa de um vento forte, policial"?

Teria o policial diminuído a multa se ele tivesse contado na hora a história do seu sofrimento? Seu filho o perdoaria se compreendesse tudo?

Sofrimento não parecia justificativa para nada. O sofrimento era o clichê do século. Nos séculos passados, homens perderam esposas, mulheres perderam maridos, pais perderam filhos, filhos perderam pais. Agora a gente não podia suportar perder ninguém.

As roupas também foram inteiramente doadas – ele era ligado demais em minúcias para pô-las no lixo – e se perguntou se os sáris e *salwars* de Rashmi tinham logrado percorrer o caminho da Boa Vontade até os ombros de orientalistas ingênuas. Se Rashmi continuava simplesmente viva na peça de exotismo de cada uma daquelas mulheres. Quanto às joias, ele as vendeu, e deu o dinheiro para os pais de Rashmi num gesto de generosidade. Ele achou que o dinheiro os acalmaria, mas não: os pais de Rashmi nunca perdoaram Rakesh por ter-lhes negado os pertences da filha morta.

O que Rakesh podia dizer a Arjun sobre Rashmi?

Ele só se lembrava de detalhes tolos. Ele se lembrava de como ela era antes de Arjun nascer. Ele se lembrava do dia soberbamente frígido, de gelo afiado na cidade de Nova York, quando numa extravagância eles tomaram o trem F para Coney Island no seu primeiro mês na América. O passo magnético do trem os impelia rumo à paisagem enquanto eles imergiam na luz do sol: uma imensa roda-gigante empoleirada em cima da ilha de magnânimas bagatelas – uma rotunda amuada que de vez em quando rodava e dava a impressão de que ia soltar-se e sair esmagando o formigueiro de gente que estava embaixo. À distância, o resplendor da areia encontrando a água. O trem estava quase vazio quando eles chegaram à estação Aquarium, e tudo o que Rakesh podia lembrar-se agora era do frágil caule do punho de Rashmi na sua mão quando delicadamente ele a rebocava para fora do trem. Ela era tão distraída. Nunca sabia quando saltar. Ela gostava de sentar-se e ficar olhando, jamais temerosa de fazer contato visual com os estranhos à sua frente porque... bem, provavelmente estava vendo através deles. Sim, às vezes ela notava coisas que nem o cérebro afiado pelo IIT de Rakesh observava. Tais como: a roda-gigante tinha duas camadas de cabines, como um mecanismo com dentes dos dois lados. Na Índia era diferente.

Eu tenho medo de rodas-gigantes, ela disse.

A gente não é obrigado a ir, disse Rakesh.

Não, vamos.

Por quê?

Eles foram. Foi só lá no alto que ela respondeu a pergunta dele e contou-lhe a história. Ela não tinha medo de rodas-gigantes; ela tinha pavor. Quando tinha quatro anos de idade, seus pais a puseram no banquinho instável de uma roda-gigante numa feira *Diwali*, em Déli, com seu primo de seis anos, Amit. A roda-gigante era operada manualmente – dois homens magros mas musculosos trajando rigorosos *dhotis* subiam e desciam nas barras metálicas da roda para manter o mecanismo em rotação – e a gente podia sentir o calor da respiração deles quando eles passavam pelo nosso compartimento, seus pés simiescos apertando firme o metal. O friozinho que a gente sentia na barriga era duas vezes maior por causa da excitação voyeurística de imaginar: *Esses homens vão cair e morrer? E se caírem?* Mas não era uma preocupação de verdade, pois não os estávamos pagando exatamente para isso? Para fazer aqueles pobres homens correrem risco de morte para você poder sentir um pouco de medo de morrer porque estava balançando a quinze metros do chão?

Rashmi, a pobre querida Rashmi de quatro anos tinha se aconchegado com o primo na armação rangente, ouvido as outras crianças gritarem de alegria, sentido as mãos esbranquiçarem em torno da barra de proteção, e perguntou-se se não era assim que um passarinho se sentia num galho durante uma tempestade, e fez a única coisa que podia: ela gritou. O grito de Rashmi foi o grito mais longo já escutado naquela roda-gigante. Diferente da maioria dos gritos que começam e acabam, o grito de Rashmi floresceu num crescendo como se ela estivesse tentando encher um balão. Sem nada a não ser medo. Passaram-se minutos. Um dos operadores da roda-gigante quase caiu, e Amit ficou tão envergonhado da sua prima de quatro anos que quase saltou do banco. Finalmente, um operador confiante subiu até o seu banco, agarrou-a do seu poleiro, e levou-a direto para baixo.

Direto da escadaria rolante de barras de metal. Direto do giro enjoativo da roda. Direto com e contra a gravidade.

Foi o maior medo que já tive, disse Rashmi. É de se pensar que subir nalguma coisa dá mais medo, mas descer por uma selva de metal com um estranho segurando você com uma mão e agarrando-se à vida com a outra – eu parei de gritar e tratei de segurar a respiração. Quando cheguei ao chão foi como se tivesse acabado de dar um mergulho numa piscina muito funda e saído depois de segurar a respiração por dez minutos.

Por que raios a gente está nessa coisa agora?, perguntou Rakesh.

Por quê?, disse ela.

Sim, por quê.

É fácil, disse ela. Eu quis me lembrar por que estava gritando.

O GRITO VEIO A ELE através de camada após camada de tempo; o pesar de perder Rashmi era o pesar de ter esquecido todas as histórias que ela ainda ia lhe contar. A dor de contar a Arjun sobre Rashmi seria de que Rashmi nunca poderia ser explicada viva.

"ALGUÉM MAIS SABE DISSO?", perguntou Arjun.
Ele queria saber se a sua traição era completa. Ele compreendeu por que seu pai tinha lhe confessado enquanto dirigia – não se pode sair de um carro em movimento.
"Obviamente, a sua *Mama* – quer dizer, Sangita – sabe."
O horizonte era um painel de automóvel, e a agulha da sua mente se deslocou através dos anos com a energia matemática de um velocímetro. Só *Mama* sabia. Sua traição era apenas um treze avos completa. Ou dois quatorze. Ou um sétimo. Ele ficou irritado. Um cérebro, como um velocímetro, nunca desliga; fica tremendo interminavelmente perto de 0,1.
"E quanto a Varun, Rishi, Rita..."
"Sim, eu contei a eles hoje, eu disse a eles para nunca o tratarem de maneira diferente, que, se fizessem isso, eu os infernizaria."
"Que maravilha. Então é assim que eles vão gostar mais de mim?", perguntou Arjun. "Como filho da madrasta?"
"Não, *beta*. Meio-irmão."
"Eu não quero mais morar aqui", disse ele dramaticamente, "quero ir para a América."
"*Beta*..."
"Não, eu quero ir", disse Arjun.
"*Beta*, você nunca esteve lá. Você nem sabe como é, sabe? Isso é só uma insistência infantil. A vida lá é muito difícil – não tem empregados, não tem família, não tem vida social – você é sempre um estrangeiro, é isso que você quer?"
"*Papa*..."

"E, além disso, você sempre me disse que no último ano do ensino médio, a América seria só uma possibilidade, então por que está querendo ir para lá agora? Só porque nasceu lá? Em primeiro lugar, você não é mais cidadão e você não tem visto de entrada, e visto de entrada é bastante difícil de arranjar." Rakesh se assegurou da rejeição da cidadania americana de Arjun como parte do seu elaborado encobrimento da existência de Rashmi. "E, *beta*, o que você acha que vai sentir quando voltar lá? Você não tem nenhuma memória de como era, então o que vai ganhar? E do que vai se lembrar? De que a sua…"

"*Papa*…"

"De que a sua *Mama* morreu lá?", disse o sr. Ahuja. Ouça bem. Não há nada na América que não haja aqui. Não pense que pode abandonar todas as pessoas que ama e ir para outro lugar. Você poderá quando for maduro o bastante para tomar conta de si, mas no momento você não é, e isso é tudo."

"Eu sou maduro o bastante. Quase tão velho quanto todo mundo que vai."

"*Beta*, não é isso, você não está entendendo o que eu digo! Olhe para mim. Eu retornei, certo? Eu vi a América e eu vi a Índia, e eu voltei e decidi ajudar as pessoas, e que tristeza seria se meus próprios filhos saíssem do país! De que adianta tentar fazer deste país um lugar melhor se todas as pessoas inteligentes vão embora?"

"Mas você não voltou pela Índia. Você disse que voltou porque a sua esposa tinha morrido."

CAPÍTULO 19

DECISÕES NA ENTRADA DA GARAGEM

QUANDO CHEGARAM EM CASA, Arjun acabou com a sessão mútua de meditação com uma batida forte da porta de passageiro e correu para casa. O sr. Ahuja deixou passar. O carro estava confortável, seus faróis focando nas fendas da entrada, as cadeias noturnas de formigas se empenhando sobre os montinhos de musgo. O sr. Ahuja ajustou os seus olhos cansados para a casa colonial baixa de um branco meio impróprio e o seu colarinho encharcado para o clima tropical em rápida evolução dentro do carro. Que trapalhada. Ele era um tolo de ter esperado tanto para contar a Arjun. Ter esperado até o ponto de o filho ter dominado os meios, o vocabulário para magoá-lo em resposta. Esperado até a iminência da independência do filho, apresentando a notícia como uma última réplica.

Porém, ele tinha um objetivo quanto a si mesmo: Ele *fora* duramente torturado. Quanto exatamente havia lhe contado? E não supusera ele que a erosão ano-a-ano da memória o ajudaria a recuperar-se de Rashmi – tornaria mais fácil para ele abrir o segredo? Mas ele não havia se recuperado nenhum tico de Rashmi, e como poderia? Como poderia se se casou com uma mulher como Sangita?

Era uma coisa terrível de admitir, mas ele ficava envergonhadíssimo de ser visto com Sangita. Ter-se casado com ela era caridade o bastante. Para um homem que era o campeão da forma – um homem que tremia como um bebê recém-nascido só de passar com você às pressas por um viaduto, um golfista que certa vez passou dez minutos ajoelhado no campo de golfe apenas acariciando a lisura da grama, um espectador que se maravilhava ano após ano com a simetria dos soldados na parada do Dia da República, um homem para quem forma era *religião* – ele estava preso à mulher menos elegante possível. Ainda assim, sua mente insistiu teimosamente. Seu corpo e seu cérebro colaboraram para ignorar a informidade. Mesmo então, ele não podia esquecer Rashmi: quando não estavam fazendo sexo, Sangita era a própria manifestação dessa traição – no casamento, na vida. Eles viviam juntos numa casa gigantesca em que as luzes estavam constantemente queimando os seus fusíveis, e você ficava em silêncio com a mão no interruptor enquanto, acima, a lâmpada estourava em chamas sublunares. E então apagava. Sangita era o elemento de sombria ironia na sua vida. Ela tornou a vingança de Deus contra ele – uma esposa morta, uma esposa trocada – cômica. E agora, depois da intrusão de Arjun, até a possibilidade de sexo tinha secado.

Rechaçando a imagem, o sr. Ahuja segurou o volante, inalou o almíscar de animal morto do carro, ventilou seus sentidos. O rosto de Sangita assim esquecido, deixou uma noção esmagadora na câmara interior do seu nariz. Entrando no cérebro. A compreensão de que se alguma vez ele quisesse fazer sexo outra vez, teria de ser fora de casa. A casa era o problema, não o sexo.

Ele estava parado na sua própria entrada de garagem. Podia sair de marcha a ré à vontade. Podia seguir os fios elétricos aéreos até uma casa com espasmos de luz. Ele teria um caso. Ele teria muitos casos. Era um dos homens mais poderosos de Déli. E daí que só se sentisse atraído por mulheres grávidas? Ele poderia mudar, desembaraçar-se de suas fantasias. Ou, se não mudar, chegar a um compromisso: procurar mulheres barrigudas que se sentissem mal-amadas, deformadas, cheias de gases. Lembrá-las de que também era prudente para elas terem casos. Que o sexo nunca era melhor, e que não poderiam engravidar se já estivessem grávidas.

Mas e se ele só se sentisse atraído por mulheres que carregassem filhos *dele*? O que fazer, então? Divorciar-se de Sangita? Casar-se outra vez? Encontrar uma mulher mais nova? Repetir o ciclo? Ser pai de cinquenta e cinco filhos. Pai de uma nação?

Rakesh Ahuja! Você é um tolo!

O caso assim encerrado, ele afrouxou a pegada na alavanca de câmbio e pensou em assuntos mais práticos.

Como responderiam as crianças se Arjun as atacasse com a informação sobre a troca de noivas? Seguiriam as instruções do sr. Ahuja, sem bani-lo? E Sangita, o que pensaria ela? Ele quis então que seus filhos não tivessem de testemunhar o que aconteceria com Arjun; ele queria, na verdade, que eles estivessem todos para nascer, e seus pensamentos se voltaram para o bebê que era esperado para setembro. Ele concentrou todas as suas esperanças naquele filho. Com esse ele faria certo. O bebê ainda era uma protuberância preciosa na barriga de Sangita, mas ia acabar nascendo, e, na sua luta feroz para escapar do útero, Rakesh testemunharia uma celebração do seu próprio poder, do seu amor uivante pela vida, da sua luxúria, da sua virilidade – contudo, o bebê, quando finalmente acordado para o mundo e maior, o conheceria, sr. Ahuja, só no ocaso da sua vida.

Se ao menos ele pudesse falar com a criança agora. Se ao menos pudesse contar à criança os seus sonhos, medos e ambições. Se ao menos ele pudesse deitar a cabeça naquela superfície suave e sussurrar...

Soltando de repente o freio de mão, o sr. Ahuja – carecendo tanto de um álibi quanto de uma amante secreta – deu marcha a ré na entrada para carros e foi para a residência da SPM.

CAPÍTULO 20

OI, AARTI

É CLARO QUE ARJUN não queria ir para a América: a América, como Rashmi, estava ao largo da questão. Ele só queria sentir-se especial outra vez – sentir-se amado e admirado por seu *Papa* por razões que fossem cosidas na urdidura da sua personalidade – em oposição a ser empurrado de um lado para outro na ponta de uma corda elástica lançada de um ponto inalcançável do passado. Ele queria mergulhar de volta aos padrões familiares, vertical e imediatamente. Exaurir a sua rotina diária até o limite. Surpreender-se trocando a fralda de um bebê, suspirar às audaciosas maneiras do tricô de *Mama*, intimidar o máximo possível os seus irmãos. Não que pensasse nisso como intimidação, mas que outro termo era correto para acusar Sahil de ser uma moça, e depois desafiar um menino assustado de cinco anos para uma queda-de-braço? O ato de intimidar era um ato sagrado, como a inundação ocasional de uma terra seca, uma mensagem de que a vida da gente era sempre vivida à sombra do caos e de forças incontroláveis – que se você tivesse três anos, sentisse ciúme de um recém-nascido e tentasse jogar um cinzeiro nele, um ano inteiro de castigo te esperaria, você se veria diante de uma mesa com todos os lugares ocupados, você iria para o parquinho e de repente estaria prestando reverência a uma grande poça de lama, você sairia numa viagem de carro e ficaria trancado com as janelas fechadas, pois só os cachorros morrem em carros quentes – humanos, não. Intimidar, portanto, era um lembrete de que somos humanos. Um lembrete de que somos parentes.

Mas hoje a sua intenção era completamente oposta. Ele queria insultar seus irmãos até eles não aguentarem mais e dizerem: *Não importa, você não passa de um meio-irmão.* Até eles dizerem: *Foda-se, a gente não te deve nada.* Até eles dizerem: *Para nós, você é um intocável.*

Ou algo dramático parecido.

Infelizmente, não havia sujeitos experimentais a serem encontrados. O quarto de Rita e Tanya estava vazio – provavelmente elas estavam ajudando *Mama* a tirar a roupa dos varais arqueados no jardim. Rishi estava sentado num banco no saguão dobrando uma gaivota de papel a partir de um duro e crepitante exemplar do *Times of India*; Arjun sentia-se ao mesmo tempo grandioso demais nas suas necessidades para incomodar-se com uma vítima tão fácil e, também, secretamente, temeroso dos efeitos danosos da assinatura "rajadas de desculpas" na sua esponjosa psique.

SEM ENCONTRAR NINGUÉM a quem oprimir, Arjun decidiu, hum, oprimir-se: retirou-se para o banheiro para masturbar-se. Primeiro, ele foi suave. Examinou muito não-violentamente o seu pênis circuncidado. Ele queria encontrar imagens de pênis semelhantes na Internet, mas isso é algo que um homem não pode fazer: procurar o próprio pênis no Google. Então, ele tentou masturbar-se pensando em Aarti. A tentativa terminou em fracasso e esfoladura. Isso queria dizer que ele *devia gostar mesmo de Aarti*, decidiu ele. Quando ele gostava (como em *gostar mesmo*) de uma garota, ele não conseguia pôr-se a pensar em tocá-la, abraçá-la, penetrá-la. Ele só conseguia pensar em casar com ela. Além disso, ele tinha herdado de sua mãe um amor pela sessão de classificados dos jornais; ele a examinava agora, e lia a sessão de casamentos do *Times of India* com as empatias variantes de um pretendente, um noivo, uma moça sem dote, e de um estudante com tesão.

Casamento. Sim. Ele tentou imaginar fazer sexo com Aarti numa tenda de casamento, as pernas deles em dupla hélice, o jardim repleto de uma nuvem sensual de efeitos especiais, multidões de pessoas coçando os narizes. Mas ele não conseguia *ouvir* a multidão. A casa estava extravagante e insultantemente calma. A torneira junto da privada estava escorrendo numa caneca de plástico azul. Rishi bateu na porta e disse: "Pesca submarina, é?".

Arjun derramou a caneca e saiu encabulado: "Deixei peixe pra você na privada", disse ele a Rishi.

Ele pensou que teria de tentar se masturbar de novo mais tarde. Ou seria inútil?

Ele precisava de um forte copo de uísque para poder decidir. Ele foi à sala de jantar e postou-se romanticamente diante do armário de bebidas. O seu pai nunca bebia. Ele mesmo – um astro do *rock*! – nunca tinha bebido. O armário estava trancado; zombou dele com uma grande chacoalhada da prateleira quando ele puxou com força a maçaneta; desistiu. Olhou fixo para o reflexo do seu rosto à medida em que era distorcido entre as colunas e colunas de bebidas marrons, os rótulos removidos no interesse da democracia no ato de beber – uma gigantesca câmara de refração. Parecer alguém ou alguma coisa que você nunca viu era ser diminuído, encaixotado, predeterminado. Como era a aparência da sua verdadeira *Mama*? Era simplesmente tudo o que restava quando a gente subtraía do rosto de Arjun todos os traços de *Papa*? Tire a sobrancelhas rebeldes. Corte fora o nariz recurvo. Lixe todos os primeiros pelos. O que era ela agora? O quê? Uma pera humana. Uma fétida pera humana podre com olhos. Uma feia peça de arte moderna. Uma abstração. Um nada. A verdadeira madrasta era ela, uma tirana velada introduzida na sua vida quase duas décadas depois de ele ter nascido.

NO QUARTO DAS CRIANÇAS, a sra. Ahuja estava se aprontando para jogar-se – corpo, agulhas, traseiro, tudo – numa cadeira. Queda livre a 9,8 metros por segundo ao quadrado era a sua ideia de sentar-se, e o destino dos óculos escuros plásticos na cadeira era o franco e total esmagamento.

Ele disse: "Cuidado, *Mama*."

A casa fora semeada de óculos escuros desde a última onda de pânico de conjuntivite; por cinco dias, todas as crianças usaram óculos e andaram pela casa com uma solenidade funeral. Velhas pastas de *Papa* surgiram de lugar nenhum. Sahil, seis anos, foi visto com cara de enterro diante de um maço de folhas papel. Contudo, logo ficou estabelecido que o pânico da conjuntivite era só isso: pânico.

A sra. Ahuja sentou em cima dos óculos, afinal.

Arjun segurou os braços da cadeira de plástico branca, assustado, lamentando. Mas como era rotina assustar-se e reclamar, ele gostou. "*Mama*, você devia ter esperado. Eu estava lhe dizendo..."

"Se tivesse dito: espere, espere, espere, aí eu ia entender. E como você não está olhando? Os bebês estão fazendo a latrina..."

E ela sequer tentou recuperar o plástico esmagado.

"*Mama*..."

"*Accha*. Onde ele está? Gentilmente, diga para vir aqui, e..."

Arjun tinha uma taxa de sucesso de 97,6 por cento em determinar a quem exatamente dizia respeito o efêmero "ele" de Sangita; hoje, ele supôs com acerto que era...

"Shankar!", ele gritou. "Shankar!"

Shankar chegou, puxando o seu bigode de Hitler como se fosse um Band-Aid podre. Estava com uma bandeja vazia na mão.

"Traga a vassoura", ordenou Sangita. "Depois ponha um banco em cima do outro, suba, e mate os mosquitos no teto. Obviamente, primeiro desligue ventilador. Senão você vai ganhar um corte de cabelo grátis. Está vendo? Depois traga balde. Encha d'água. Aí diga às *bachas* para entrarem. Depois jogue na varanda. Entende? Entende? Como está sujo agora. Sujo, sujo."

Devagar, Shankar pegou uma das suas *chappals* havaianas de borracha, ajoelhou-se e levantou-a como se fosse matar um inseto. É claro, não havia inseto nenhum. Só a sra. Ahuja jogando os óculos escuros partidos no chão.

"O que você está fazendo? Pegue isso", disse ela, chutando os óculos. "Vá pegar. Diga a ela que pode dar para ele."

"*Mama*! Pelo menos use o nome da empregada", disse Arjun. "Shanti. Ela está aqui há um ano. E não dê a ela óculos quebrados."

"Um, mesmo eu fazendo o gesto caridoso e você está dizendo isso", disse ela em inglês. "E na frente de criado, isso também!"

"Ele fala inglês...", sibilou Arjun, apontando para Shankar.

Shankar bancou o bobo. A sra. Ahuja bancou a boba. Todos os bebês pediam leite.

"Durmam!", disse sra. Ahuja. Era a sua frase feita número um. "Bebês! Durmam!"

Arjun foi de um em um, do bebê Vikram ao bebê Gita ao bebê Sonali, cruzando os seus braços e pernas como se eles fossem bebês iogues fazendo ioga de bebê. Ele adorava fazer os pequeninos fazerem os seus exercícios. Eles pareciam gostar também. Eles gorgolejavam e salivavam. Então Arjun disse, "*Mama*. O que aconteceu com Rihan Trivedi?"

Shankar tinha acabado de sair. Ele havia esquecido a sua sandália no chão. A sra. Ahuja a chutou para tirar da frente e disse: "Rohan Travedi? Quem é Rohan Travedi?"

"O seu astro de TV que morreu, né? Você mesma me contou. Eu vi um monte de mulheres hoje na rua. Elas estavam fazendo todo tipo de canto. Tinha um tremendo engarrafamento na Mathura Road – foi por isso que eu cheguei atrasado.

"Onde é que você está arranjando essa informação errada. O nome dele é Mohan Bedi."

Arjun ficou chocado. "Estou ficando igual ao *Papa*."

"Ele apenas morreu", proclamou a sra. Ahuja austeramente.

"Não vai voltar?"

"Como ele pode voltar? Ele morreu. O celular caiu na banheira."

Arjun pensou naquilo. "*Mama*, você devia ter protestado. Agora ele está morto. O que vai ser da esposa dele? Você pelo menos pensou nela?"

"Ela arranjou um namorado. Namorado vai virar marido, né?"

Aquilo foi uma revelação para Arjun; que as mulheres tinham namorados na televisão indiana.

"*Mama*", disse ele, provocando, "você alguma vez já teve um namorado?"

"Namorado? Não está vendo que eu sou casada? Tantos filhos estou tendo."

"Mas quando você era mais jovem. Antes de se casar. As pessoas no seu tempo tinham namorados também."

"É claro. É o que eu estou dizendo também. Eu tive um namorado também."

"É mesmo? Qual era o nome dele?"

Ela engoliu em seco. "Chintoo."

"Chintoo! Que nome mais *goonda*! Como é que ele virou seu namorado?"

"Isso eu não lembro. Eu sou uma mulher velha. Estou tendo um bebê. Como é que você quer que eu me lembre?"

Arjun riu. "Por que você não se casou com *ele*?"

"Eu era de uma família rica. Ele era de uma família pobre. Era filho do jardineiro." Ela continuou. "Quando eu era pequena, eu achava que casamento era uma coisa entre irmão e irmã. Por quê? Porque Mamãe chamava meu *Papa* de "irmão" ou de "irmão-o-que-você-está-dizendo.""

"É claro. Eu não conhecia ninguém casado. 'Como é essa história de *shaadi*?', eu perguntei à minha mãe. Ela disse: 'É o que nós fizemos para ter você.' Como você imagina, isso foi zero de ajuda."

"Então um dia eu estava sentada e esse garoto Chintoo se aproximou e disse: 'Quer casar comigo.' Eu disse. 'Quero.'"

"Depois, eu me senti muito mal, é claro. Porque como eu ia dizer a ele que a gente não podia se casar porque não éramos irmão e irmã? Então eu disse a Mamãe, por favor, adote Chintoo. Ela disse não. Fim da história."

"Clássico. História clássica", disse Arjun, rindo. "Mas como você e *Papa* se casaram?"

"Você não se lembra? Arranjado."

Eu me lembrava direitinho. A história que contaram às crianças foi assim: *Mama* tinha sido bonita outrora. Papa a tinha visto e ficado enamorado. Crianças são idiotas e acreditam em qualquer coisa.

"Eu sei! Mas como?"

"Ela disse, por que não se casa com ele?, aí ele disse que talvez eu devesse e eu disse sim."

"*Accha*? Eu pensei que tinha sido diferente. O *Papa* me contou que você enganou ele!"

Ele tentou dizê-lo da maneira mais leve possível – apresentar como se fosse uma brincadeira – e ele tinha esperado que o seu tom de voz transmitisse a Sangita uma mensagem crucial: que ele sabia tudo, mas ainda a amava. Que ele estava disposto a descartar todas as afirmações ridículas do *Papa*.

"Hein?"

"O *Papa* me disse que você o enganou! Que mostraram a ele uma outra moça e que depois foi você quem apareceu!"

A expressão da sra. Ahuja fechou-se dessa vez. Ela franziu os lábios e sorriu com grande esforço para a multidão de lã tricotada que tinha pegado. Não funcionou. Ela simplesmente pareceu cansada e magoada; afundou de repente na sua cadeira e examinou os seus pés inchados; recusou-se a sorrir-lhe em retorno.

"Sim, sim. Foi isso mesmo que aconteceu", resmungou ela. "O seu *Papa* foi enganado. Mas eu fui enganada também."

"Eu estou brincando, *Mama*!"

Mas ela continuou inalterada.

"Desculpe, *Mama*", disse Arjun. "Eu só estava brincando. O *Papa* estava falando de brincadeira. Eu te amo."

"Que morde e assopra é esse?", disse a sra. Ahuja. "Acha que não sei brincar? Eu também estava brincando." E fez a transição. "Mohan Bedi era um homem bom. Ele está morto agora. Fim da história." E então outra. "Os bebês estão chorando. Diga a Rita e Tanya para virem. Os bebês precisam de leite."

Diga a Rita e Tanya para virem. Nenhuma ordem podia ser mais prejudicial para Arjun naquele momento. Lá estava ele, levantando-se ao seu comando, uma máquina plenamente operacional de tomar conta de bebê, e ela pediu por substitutos mais jovens. Agora já não havia nada para Arjun fazer, a não ser desprezar a si mesmo. Ele era um enteado. Não importa que afetos tivesse armazenado por Sangita, ele ia perder para sempre, ele sabia disso. *Mama, Papa,* Rashmi: todos perdidos, dissipados. O *Papa* perdido quando Arjun expressou a sua observação cruel – *Você voltou porque a sua esposa morreu* – e bateu a porta do carro. Seus irmãos a atacá-lo em grupo, chamando-o de *meio-irmão intocável,* interpretando mal. Um levante dos subalternos. Ele sendo vaiado no concerto. Ele era horrível e estava só.

Seu erro tinha sido confiar no grande número. Grandes números podem voltar-se contra você.

Veja a banda: E se o pai de Ravi confiscasse a bateria? E se Ravi fosse pressionado e pressionado até sair da banda? Seria tolo imaginar que a autoridade do sr. Ahuja no hospital pudesse superar a do pai dele dentro de casa. Ravi provavelmente estava ouvindo uma bronca neste exato segundo por causa do acidente.

E isso queria dizer: ele teria de conquistar Aarti por si mesmo. Ele ligou o computador no corredor e entrou no Hotmail.

    De: Arjun Ahuja <<u>badfan11991@hotmail.com</u>>
    Para: Aarti Gupta <<u>aar2d2@yahoo.com</u>>
    Data: 20 de abril
    Assunto: Coisas
    Oi, Aarti,
    Como vai vc? desculpa escrever tão tarde. Eh só p dizer: Gosto muito de vc. Muito. Pfv ñ fique meio assim. Só tô sendo honesto. Tb fiz isso pra vc.

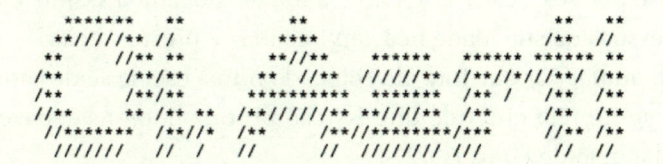

```
         *******   **            **                            **    **
         **/////** //           ****                          /**    //
         **      //** **       **//**        ******    ******  ****** **
        /**       /**/**      **  //**      //////**  //**//* //**/* /**
        /**       /**/**     **********      *******  /** /    /** /**/**
        //**    ** /** **   /**//////** **//////**   /**       /**  /**
         //*******  /**//** /**       /**//*********/***      //**  /**
          ///////   //  //  //        //  ///////// ///        //   //
```

[Na verdade, ele não tinha "feito isso"; ele não tinha ficado sentado horas botando asteriscos com cuidado sobre um estêncil imaginário do nome dela. Simplesmente era cliente de um dos muitos sites da Internet geradores de ASCII.]

> Por falar nisso, se estiver se perguntando, depois de Oi é uma vírgula.
> Banoite!!!
> Arjun

COM ESTE E-MAIL, ARJUN SENTIU que a obra da sua vida estava pronta. Ele se expusera. Tinha finalmente enfrentado a humilhação. Ficou imediatamente devastado. Os espasmos de fome no seu estômago tornaram-se cada vez mais rápidos. Ele percebeu que não tinha jantado: o jantar, como o almoço, estava atrasado. E ele havia cometido um erro. Estupidamente, tinha afirmado o óbvio: eu gosto de você. Imbecil! Idiota! As suas costas coçaram, como a estranha flexão de protuberâncias deixadas por asas arrancadas. Ele seria eternamente sacaneado se os seus amigos descobrissem. Mesmo que não o fizessem, como ele poderia encarar Aarti agora? E se ela jamais respondesse ao seu *e-mail*? Pior: E se ela respondesse a Todos, para toda a escola dela? E se nenhuma palavra mais fosse dita sobre aquilo? Teria ela gostado dele? O que havia para ser gostado? Seus cabelos penteados com a parte central desleixada? As calças que faziam cócegas no seus tornozelos? O seu andar afetado que os amigos frequentemente diziam que parecia de um bêbado prestes a cair? Isso não era um elogio, ainda assim? Quantas pessoas da sua idade ficavam bêbadas e prestes a cair?

E ainda: por que fora ele colocado numa escola só de garotos? Essa gente não entende que isso só produz homens capazes de copular, não de conversar?

Ele escreveu outro e-mail.

De: Arjun Ahuja <badfan11991@hotmail.com>
Para: Aarti Gupta <aar2d2@yahoo.com>
Data: 20 de abril
Assunto: Coisas
Oi, Aarti,
Desculpa pelo último e-mail. Não fui eu que enviei – meus amigos estão aqui e fizeram uma brincadeira. Sinto muito.
Arjun

Enviado o e-mail #2, ele levou exatamente cinco segundos para perceber que tinha cometido outro erro. Por que seus amigos ficariam zoando com Aarti a não ser que ele tivesse contado que gostava dela? Merda. Agora ele não tinha enviado um, mas dois *e-mails* autoincriminadores. Que droga.

Oi, Aarti.

CAPÍTULO 21

ESTE É O NOVO PRIMEIRO-MINISTRO

Rakesh era bem conhecido na área: ele falou informalmente com o pessoal uniformizado e foi direto para a sala de espera da spm. No espaço de um dia, o 7 Ram Ram Marg havia sido convertido de alvoroçado mercado de peixes da bajulação, lugar onde seguidores adoradores na verdade acampavam no jardim durante dias em tendas de lona improvisadas para ganhar a atenção da spm – havia passado de um lugar como a corte de Luis xvi a um *ashram* brilhantemente iluminado. Um santuário. Uma câmara de meditação. Um lugar onde pés descalços roçavam a passos suaves o tapete macio – Rakesh baixou os olhos. Ele estava quase *rastejando*. Ele estava ao lado de si mesmo em suspense. Perguntou-se se não seria tarde demais para reatar os seus laços com a spm. Ele estivera envolvido demais em problemas pessoais para diligenciar uma averiguação séria sobre o assunto.

Uma resposta o aguardava na sala de espera. Lá ele encontrou uma imagem espelhada da sua própria reunião com a spm mais cedo naquela manhã; um jovem cruzando as pernas do seu *pajama* numa postura rija mas confiante, enquanto a SPM o regalava com alguma história peculiar. Quatro tigelas de petiscos repousavam sobre a mesa. Os guardanapos no porta-guardanapo ainda se agitavam ao sopro do ventilador. Rakesh soube imediatamente quem era o homem e o que estava acontecendo. Sim. O homem – usando um desses *kurtas* de estilistas minimalistas, rigorosamente branco com um intrincado colar de bordado em torno da gola, o rosto elegantemente desenhado com o tom carvão da barba por fazer – era Mohan Bedi; tinha de ser. Ele tinha cerca de vinte e cinco anos no máximo. Um querubim de lábios cor-de-rosa apesar da inclinação para gângster. As bochechas algo bojudas por terem sido demasiado puxadas pelas tias corujas. Ao ver o sr. Ahuja, o suposto Mohan mudou para uma posição mais agressivamente masculina: pernas escancaradas, mãos firmemente afiveladas perto do peito, o torso claramente recostado. Talvez ele apenas estivesse evitando a alimentação à força da SPM. Os dedos dela indicavam as quatro tigelas de petiscos constantemente, em círculos hipnóticos. Ela havia trocado o sári açafrão dessa manhã por um traje branco de viúva.

Provavelmente, ela lhe estaria suplicando para voltar à vida na TV. Em nome do partido. Em nome do país. Para apaziguar o seu implacável grupo de renunciantes.

Ao ver Rakesh, Rupa levantou-se com muito esforço e flamejou um largo sorriso malicioso. "Ah, Ahuja. Na hora certa! Como vai você?"

Rakesh se curvou, tocou os pés dela, e levantou-se num salto.

"Bem, *ji*. E a senhora? De aparência adorável, como sempre. Obrigado por me receber. Tudo de que preciso são as suas bênçãos."

"Não", disse ela, "obrigado por vir."

Então, virando-se para Mohan Bedi e olhando de viés para Rakesh, ela disse: "Este é o novo Primeiro-Ministro."

Como ele ouvia mal, e o gesto da spm àquela hora tardia foi lasso, vago, um giro do punho despegado das palavras murmuradas, e como ademais o homem que seria Mohan Bedi havia saltado da sua cadeira para tocar os seus pés, o sr. Ahuja pensou, não sem alguma justiça, que ele estava sendo apresentado como Primeiro-Ministro. Mesmo que a afirmação fosse uma brincadeira, o sr. Ahuja supôs que fosse *ele* o seu elegante objeto.

Afinal de contas, a spm sabia que o disputado posto de Primeiro-Ministro estava amiúde na mente de Rakesh.

Ao passo que a maioria dos governos na década passada tinha nomeado um Primeiro-Ministro fantoche – um chefe de Estado eleito submisso à eminência parda de uma Rupa Bala que – como coluna dorsal – não prestava contas a ninguém, o Partido kjszp (H202) rejeitou inteiramente essa pretensão. Pela primeira vez na história, a Índia não tinha um Primeiro-Ministro. O país estava estranhamente sedado sobre a questão, a bolsa de valores silvou a sua toada eletrônica fervescente, o sol continuou achatando a terra e seus habitantes com resplendor irritante, homens e mulheres continuaram a correr risco de violência para votar – só os membros do partido protestaram. O posto de Primeiro-Ministro era crucial, argumentaram eles, e ajudava a descentralizar o poder, não ajudava? O que madame achava? Madame não achava nada. Madame não disse nada. Simplesmente sentou-se num trono e sorriu o seu sorriso fixo ameaçador, os seus dentes todos entalhados como pontas de gelo esmagado a adornar o topo de paredões inescaláveis.

Então, os membros do partido – Rakesh inclusive – tentaram suborná-la com a ideia de que um Primeiro-Ministro na verdade concentraria o poder, a *favor* dela. Ela poderia escolher o seu braço-direito para o mundo ver, apresentá-lo como o seu assistente mais confiável, aniquilar o espírito dele em particular e dar sequência à gloriosa missão de ser uma autocrata numa democracia.

A esta ideia ela pareceu receptiva. E ficou dizendo que estava escolhendo um Primeiro-Ministro, que só queria um pouco mais de tempo. Rakesh sabia que ele era um dos finalistas para a função fantasia. Mas tinha suposto que havia estragado drasticamente as suas chances – primeiro com sua posição impopular sobre a questão muçulmana, depois com a sua carta irascível de renúncia, e finalmente com sua armação oportunista. A não ser: que ela tenha respeitado a franqueza da sua renúncia. Ou: que absolutamente não a tenha lido. E: não soube da sua esplêndida mentira na Reunião sobre Escalas Salariais. Por que outro motivo lhe ofereceria ela o posto senão por seu apoio resoluto?

Mohan Bedi tinha saído do seu assento e estava tocando os pés do sr. Ahuja em sinal de respeito. Ele agitou a parte de cima dos cabelos do rapaz à maneira como acariciamos um cachorro. Mohan Bedi ergueu-se endireitando o quadril com uma batida dos braços, perfumou a sala com a colônia nas suas axilas. O sr. Ahuja ficou desarmado. A sua sorte tinha finalmente mudado. Ele não precisava pedir desculpas pela carta.

"Que negócio é esse de Primeiro-Ministro?", disse ele bruscamente, à SPM. "É muito inesperado."

"Sim, foi mesmo, Tio", disse Mohan Bedi, "é por isso que quero a sua bênção."

Tio. A palavra foi como um cotonete enfiado direto através dos terríveis estalactites de cera nos seus ouvidos dentro de seu perturbado cérebro, onde remexeram, remexeram e remexeram, escavando e tirando matéria cinzenta. Tio. Eu sou o seu tio, você é o meu primeiro-ministro: não! Ele tinha caído numa piada terrível. Aquele astro de televisão que falava como uma criança intimidada simplesmente não podia ser o Primeiro-Ministro. Comédia é comédia, mas aquilo era sobrenaturalmente grotesco.

"Qual o seu bom nome?", disse o sr. Ahuja, em nome do rigor.

"Prakash Singh."

"Não é o sr. Mohan Bedi?"

"Não, Tio! Mohan Bedi é um nome artístico, Tio. Meu nome real é Prakash."

"Você parece que foi atingido por um raio, Ahuja!", disse Rupa, batendo no joelho. "Olha, eu vou pedir um *namkeen lassi*. Duas vezes por dia faz bem."

"Não, obrigado, *ji*", disse Rakesh. Ele deu uma batidinha na barriga para desviar a atenção do seu rosto reconhecidamente decomposto. Seus músculos tinham feito serão para manter a sua máscara de severidade no lugar.

A SPM começou outra vez. "Você sabe que eu não gosto de recusas nessa questão dos *lassis*. E sua barriga não chega a ser digna de um homem tão poderoso quanto..."

"Rupa-*ji*. Isso é uma brincadeira?", interrompeu Rakesh. "Não se incomode", disse ele a Mohan, "mas é uma brincadeira?"

"Não, Tio", gaguejou rapaz. "Não, Tio."

Rupa suspirou. "Mas eu posso ver porque você se sente assim. É claro, posso ver! Muito fácil de entender, na verdade. Você está pensando, que experiência tem esse jovem rapaz?" Ela lhe deu um tapinha nas costas. "Bem, não é a experiência que é importante. Mas a coragem! A força! Esse rapaz brilhante que aqui está queria sair do seriado. Foi o que fez. No auge da sua popularidade. Que coragem. Porém, como você sabe, todas as pessoas desse partido queriam tanto que ele voltasse – não queriam, Mohan? – que eu pensei, tudo bem, eles vão poder tê-lo de volta. Como seu líder!"

Ela gargalhou. Então era isso, pensou Rakesh. Ela teve a sua revanche contra as hordas renunciantes, dando-lhes o que queriam *par excellence*. E ela teve a sua revanche contra ele, Rakesh, negando-lhe o posto que ele havia tão verdadeiramente merecido, a função que ele tinha em mente ao construir a sua reputação ministerial com os viadutos. Ela vencera. Por isso ela era a Super Primeira-Ministra e ele não.

"Mas eu não compreendo", disse Rakesh. "Ele não é Membro do Parlamento..."

"Sim, sim." Bocejou Rupa. "Já cuidei disso também, *bhaiya*. Por que está se preocupando? O assento do falecido Satish Kumar está disponível agora. Resulta que daqui a uma semana haverá uma eleição suplementar no seu distrito em Bihar. Um assento na *Rajya Sabha*, a Câmara Alta. É por lá que ele vai concorrer."

Mohan acrescentou simpaticamente, como que para tirar qualquer dúvida, "Eu tenho me interessado por política desde pequeno, Tio. Meu falecido pai era magistrado em Uttar Pradesh. Minha mãe era ativa em *panchayats* de povoados e aldeias. Todos os meus *chachas* e *taujis* eram funcionários do IAS. Conheço homens em todos os lugares. Tenho um homem no departamento da receita. Conheço os cabeças de todas as grandes empresas, por conta das campanhas publicitárias que fiz. Sanyo. BPL. Videocon. Reliance. Airtell. Todos os diretores-gerais são meus amigos. Com alguns deles, eu até joguei golfe. Esses contatos, é claro, eu gostaria de usá-los para tudo o que venha a ser necessário.

"Muito impressionante", disse o sr. Ahuja sarcasticamente. Então virou-se para Rupa. "Talvez você possa me arranjar um emprego, a vaga de novo Mohan Bedi?"

Isto, porém, não extraiu nenhuma resposta de Rupa. A sua mão direita se contraiu nervosamente enquanto ela olhava as pinturas na parede. Ele nunca a tinha visto desse modo, tão séria. E foi então que Rakesh entendeu: ele tinha razão, era cômico demais, até para a política indiana. Mesmo a comediante-em-chefe, a SPM, sabia disso.

Era tragédia mascarada de comédia. Nomear um astro de TV sincero como Primeiro-Ministro era o lance retórico de uma pessoa cujos recursos estão sinceramente esgotados. Rupa Bhalla tinha compreendido que estava isolada no partido, e em vez de renunciar, escolheu implodi-lo numa grande síncope de ridículo. Rakesh entendeu; ele tinha feito o mesmo ao casar-se com Sangita. A única diferença entre ele e Rupa era que Rupa Bhalla não tinha arrependimentos. Ele nunca soube de ela duvidar de si mesma. Ela não telefonaria a todos para dizer que sentia ter escolhido Mohan Bedi como seu representante, ao passo que o sr. Ahuja explodia e, depois, lamuriava as suas desculpas. Ele não era feito para tirar vingança. Estava sempre renegando.

Ele tinha vindo, lembrou-se, para pedir desculpas por sua carta.

"E quanto à minha carta?", perguntou ele. "O que você decidiu? Vai suspender Yograj?"

"Ah, sim", disse ela. "A famosa carta que você me enviou, como poderia esquecê-la, *baba*? Sabe quais foram os meus primeiros pensamentos ao lê-la depois que você saiu? Que eu deveria emoldurá-la. Mas você também, Ahuja, você está sempre me arranjando encrenca. Como posso emoldurá-la se você a enviou via *e-mail*? Diga-me? Veja, este é o problema. Quando há o papel, eu me lembro. Quando há o *e-mail*, eu me esqueço. O *e-mail* eu não posso emoldurar."

"Sim, *ji*. E?"

"Eu encaminhei a sua mensagem para todos os seus colegas que renunciaram para consideração. Espero que esteja feliz? *Haan-ji*?"

"Obrigado, Rupa-*ji*", disse Rakesh. "Eu devo ir, agora."

Era melhor ele ir mesmo. Dava para sentir o seu globo ocular esquerdo chocalhando na sua órbita de nervos. Ao sair, ele colocou ambas as mãos sobre os olhos e tentou convencer-se de que era a sua sinusite. Que ele não estava sinceramente preocupado. Que a melancolia que sentia quanto à partida iminente de Rupa – a tristeza automática que a gente sente quando uma personalidade altaneira, por pior que seja, está prestes a ser derrubada; a compreensão de que a vida para elas passará imediatamente a ser uma rotina esmagadora de humilhações – não era uma melancolia preventiva quanto a si mesmo. Afinal de contas, ele tinha perdido o apoio de Rupa – perdido Rupa de modo geral – e sua carta de renúncia, aquela estupidez rabiscada, estava rodando os escalões superiores do partido. Expondo o seu total desprezo pela máquina nacionalista hindu que propelia os seus pares.

Aqueles podiam ser os seus últimos dias no KJSZP (H2o2), o partido que tinha sido a sua vida.

O sr. Ahuja foi para casa. Déli parecia ter sido purificada, mergulhada em desinfetante e coberta de folhas amarelas pontudas de *neem*. Deve ter garoado enquanto ele estava na sala de espera da SPM, pois o rímel de neblina e fumaça corria escuro na sarjeta, o ar tão limpo que o sr. Ahuja não piscou por um minuto inteiro e mal chegou a notar. Da janela de seu carro, Déli parecia tão sólida e surreal quanto o interior de um peso de papel: nenhum mendigo à vista sob o Viaduto Secretariat, o jardineiro à entrada da sua casa controlando a boca da mangueira de tal modo que a água saltava irisada através dos arbustos, a mão livre saudando o sr. Ahuja, que percebeu que ele também vivia numa bolha, Déli Central, Déli Manicurada, Déli das Rotundas, Arquipélago Burocrático de Jagrenás. O aperto estava forte, então ele se apressou. Os músculos das suas coxas estavam nadando em ácido lático. Ele estava suado, cansado, imundo; ele estava em casa.

O portão ameaçador de ferro e bambu da sua casa era decorado com chapas de flandres retorcidas que, com muito esmero, tinham sido caligrafadas em verdes fluorescentes e vermelhos brilhantes por seus filhos. Elas emitiram advertências terríveis antes de desaparecerem quando o guarda abriu o portão:

INVASSORES SERAM PROCESSADOS
CUIDADO GARDA
POPRIEDADE PRVADA

DEMORE-SE NO PORTÃO / SEJA MORTO COMO CÃO
BEM-VINDO À RESIDÊNCIA AJUHA, POPULAÇÃO 21

As placas aliviaram o seu humor enquanto ele estacionava o carro. Ele não tinha corrigido os seus erros bobos; erros eram às vezes exatamente do que as pessoas gostavam no filho dos outros.

A casa, também, ele tinha se recusado a reformar. O grande bangalô colonial diante dele cintilava em seu mar privado de grama. Ele gostava dela como era – suas paredes brancas empoeiradas, peças expansíveis, os pés-direitos altos que vigiavam do alto um circo de correntes convectivas, os antigos tubos de isolamento de madeira correndo em ângulo agudo pelas paredes antes de implodirem nos terminais redondos de plástico preto deste ou daquele interruptor de luz – e de repente, entrando pela porta da frente, ele ficou triste por passar tão pouco tempo com seus filhos. Eles o cercaram imediatamente, e ele quis abraçá-los e beijá-los, e foi o que fez. Ele observou tudo neles: o cheiro glutinoso dos seus corpos; seus membros patologicamente magros; as garotas com as tranças que herdaram de Sangita (tranças que eram facilmente puxadas e por isso levavam a brigas frequentes); os meninos usando camisetas de basquete sem mangas com marcas americanas impressas em tipologias absurdas; a lanugem variada das suas faces que ele ia beliscando para destrancar os sorrisos de aço dos seus aparelhos dentários.

Só Arjun não estava. Ele estava sentado à mesa de jantar com os pés batendo numa das sólidas pernas do móvel. O restante das crianças se juntou a ele em suas posições regulares de jantar. O sr. Ahuja à cabeceira; Sangita na outra ponta; Arjun só a um cotovelo de distância de seu pai.

Foi uma refeição solene. O sr. Ahuja tentou se concentrar na mecânica de comer – a ondulada planície de *daal* em seu prato, os montinhos simétricos de *aalu* e *gobi* alinhados antes de serem destruídos por poderosas conchas do seu *chappati*, as pequenas porções de iogurte que ele usava para neutralizar os temperos apimentados – mas que não funcionavam. Ele comeu indiscriminadamente e em semipânico. Ele tinha consciência das ações de Arjun na cadeira ao lado: os seus movimentos lentos e amuados de marionete. Quanto às outras crianças, ele não pôde aferir nenhuma mudança no seu comportamento. Tampouco no de Sangita. Aparentemente, não tinha havido nenhuma confrontação maciça entre Arjun e seus irmãos e a madrasta. Ela, em particular, estava plácida e satisfeita como sempre. Estava comendo quantidades maciças de *daal*. O sr. Ahuja lembrou como, no começo do casamento, ele tentou colocá-la numa dieta de emagrecimento e fracassou. Posteriormente, ele levantou o assunto num momento altamente erótico: *Querida, oh, estou tão feliz, eu gosto tanto de te engravidar, porque aí pelo menos você come do jeito que come por uma boa causa!*

Boa causa, sem dúvida! Treze malditas boas causas!

"Tenho novidades para vocês", disse ele.

"O que, *Papa*?"

"Eu renunciei."

As crianças ficaram boquiabertas com bocados de *daal*. Numa progressão musical, mãos caíram sobre colos que tremiam. Aquele era exatamente o efeito que ele queria engendrar. Só Tanya teve a coragem de perguntar, "Por que, *Papa*?"

O sr. Ahuja recostou-se na sua cadeira e olhou fixo para o ventilador girando acima dele; seu corpo estalou instintivamente na sua posição favorita para gravidades – ombros relaxados para trás, pernas desleixadamente abertas, braços pendentes, e a cabeça e o pescoço projetados adiante em dura concentração. Ele coçou a sua barba por fazer e explicou a situação com a corrupção de Yograj e os viadutos. Ele foi ficando animado ao falar; pegou o seu garfo e o agitou em todas as direções; a mesa adensou-se à medida que todos se inclinaram mais sobre ela. As crianças ficaram excitadas com aquela informação interna. Salivavam como numa conferência exclusiva de imprensa. Até Arjun escutava com atenção, espetando devagar a faca de manteiga entre os quadrantes da sua mão espalmada. Apesar de si, ele se sentia orgulhoso do raciocínio do pai, e ainda mais orgulhoso de poder apresentar a renúncia moralmente carregada de seu pai a Aarti, que, sem dúvida, ficaria impressionada. Ele até procederia tão ponderadamente quanto o seu *Papa* ao dar a ela a notícia. Inconsciente e silenciosamente, ele começou a repetir bem baixinho tudo o que o seu pai estava dizendo.

Ele foi despertado do transe quando seu pai disse, abruptamente: "E também, tenho pensado sobre a maneira como todos vocês se comportam. Nós temos todos o hábito de responder aos nossos mais velhos nesta casa – chega. De hoje em diante, isso vai acabar. Todo mundo vai ouvir os seus mais velhos, certo? Façam exatamente o que disserem para fazer. Se os seus mais velhos lhe fizerem algum mal, é só me escrever uma carta se queixando. Eu resolvo o problema. Mas nada de ficar respondendo."

Ordens são ordens, especialmente na hora de tamanha tragédia. As crianças baixaram a cabeça especialmente baixo e mastigaram, por uma vez com suas bocas fechadas. Só a trituração do pepino de Sangita continuou em seu volume habitual, mas nem isso o sr. Ahuja deu-se ao trabalho de corrigir. Ele ainda precisava contar a ela o que tinha acontecido com Arjun.

MAS ANTES ELE FOI ao seu estúdio e telefonou para Vineet Yograj.

"Vineet *saahb*?", disse ele.

"Ah, Rakesh-*ji*", disse Yograj. Ele soou cansado e expectante. Como se, também, tivesse más notícias a compartilhar.

O sr. Ahuja seguiu adiante: "Olhe, *ji*, eu tenho certeza de que você recebeu a minha carta. Antes que diga alguma coisa, quero que saiba que não fui eu quem a escreveu. Eu cem por cento não a escrevi. Isso é coisa de Rupa-*ji*, tenho certeza. Ela a escreveu para promover a luta interna. A boa mulher perdeu a cabeça, como você sabe. Justo agora eu estou chegando de uma visita a ela. Ela perdeu a cabeça. Foi ela que..."

O sr. Ahuja interrompeu-se, não porque tivesse acabado, mas porque estava surpreso com a placidez da atitude de Yograj do outro lado da linha, a sua paciência, o fato de ele não interromper agressivamente.

"Yograj-*ji*?"

"Foi Rupa-*ji* quem escreveu, não foi?", disse Yograj. "Por que ela está fazendo isto? O que há de errado com ela? Não tem coisa melhor a fazer? Foi isso que eu também pensei." Ele gritou para a sua esposa, longe do telefone: "Rekha! Está vendo o que eu disse? Ele não escreveu. Por que haveria de escrever? Sim, exatamente, Rakesh-*ji*, foi o que eu pensei. Por que você haveria de escrevê-la?"

Rakesh se aprumou. "Sim."

Ele ouviu a esposa gritar umas poucas observações agudas, mas não conseguiu entender o quê.

"Desculpe-*ji*", disse Yograj. "Era a minha boa esposa. Por favor, ignore. Você compreende, ela está perturbada? Foi o que eu também pensei, Rakesh-*ji* é tão tecnocrata, como poderia escrever isto? Por que o escreveria? Com que finalidade? Com que necessidade? Por que tanto ódio?"

"Sim", murmurou Rakesh.

Ele não tinha esperado que Yograj acreditasse nele. Ele não tinha esperado que fosse tão fácil.

Na verdade, não foi. Pois após umas poucas notas de conversação erradia, Yograj disse: "Você faria uma coisa para mim, Rakesh-*ji*?" Sua voz era agora autoritária e suave, não a voz áspera de matraca que ele usava para fazer perguntas. "Escreva por favor uma carta para o partido como um todo e diga que você não escreveu a carta, e que isso é obra de Rupa-*ji*? Só para eles ficarem sabendo? Para que meu bom nome não seja manchado?"

O bom nome de Yograj. Foi uma grande surpresa para o sr. Ahuja (ainda que não devesse ser) que Yograj se preocupasse menos com a sua inimizade recíproca e mais com o que os outros membros do partido pensavam dele. Os comentários do sr. Ahuja o tinham de fato magoado por estarem tão perto da verdade. Imediatamente, o sentimento amavelmente cálido que ele começara a experimentar – o mesmo sentimento de absolvição que o sobrepujava quando ele dava uma palmada ou bofetada nalgum dos seus filhos – foi substituído por uma sensação de poder. O tapa tinha sido necessário, e ele estava pronto para dar outro.

O sr. Ahuja suspirou longamente. "Tudo bem, *ji*, tudo o que você quiser", disse ele.

Aí desligou o telefone, ligou o seu computador no estúdio, escreveu uma nota para Yograj, e disse-lhe, nessas tantas palavras, para ele e o seu bom nome irem se foder.

CAPÍTULO 22

MORDE E ASSOPRA

A CARREIRA DO SR. AHUJA no KJSZP (H202) estava agora enfaticamente terminada – ele não tinha aliados com quem conversar – mas estava num humor exuberante ao andar para o quarto das crianças. O Viaduto Expresso e as suas mazelas ficaram para trás. Os viadutos poderiam ficar em ruínas e parecer que foram bombardeados, baluartes de uma cidade abandonada após a pilhagem, que ele não se importaria. Daqui a anos, imaginou ele, quando os arqueólogos desenterrassem as ruínas de Déli, encontrariam pontes inexplicáveis. Nós temos várias hipóteses, diriam eles. *As pessoas subiam aqui para experimentar alucinações rituais asfálticas... Há indicações de que era daqui que disparavam salvas de artilharia contra os invasores muçulmanos que se aproximavam a partir da cadeia montanhosa de Aravalli... Estes eram os seus templos, austeros.*

Se Déli, como as pessoas gostavam de dizer, era uma cidade em ruínas, então pelo menos as ruínas dominariam o resto.

"Está tudo certo?", perguntou ele, abrindo a porta do quarto de Sangita. Sua postura era cortês, servil, a mão espalmada diante de si como o mascote da Air India.

A sra. Ahuja mostrou-se reservada enquanto estendia todas aquelas fraldas fedorentas numa corda que tinha colocado de um canto a outro do cômodo. "Todos os bebês estão chorando", disse ela. Então, a título de explicação: "Fazendo latrina."

A mágica do casamento. O sr. Ahuja não trocava fraldas há vários meses, mas estava tão grato de ver que Sangita estava assistindo a uma novela e não à NDTV – que certamente ia dar notícias dos últimos desdobramentos – que fez uma *blitzkrieg* pelo quarto das crianças, virando os bebês de bruços e tirando os alfinetes de segurança com estilo. Ele apaziguava as crianças com o seu velho truque – estalar os dedos junto da orelha delas. Sangita observou o ministro, fascinada. O sr. Ahuja sentia-se à vontade. O seu telefone celular estava vibrando no bolso, uma situação que só exacerbava a sua crescente frustração sexual ao alertar os nervos que levavam até o seu pênis. O que o atraiu na esposa naquele exato momento, enquanto ela aninhava um dos gêmeos no colo, foi isso: ela estava tão disponível. Ele poderia sofrer os piores infortúnios do mundo, mas ela seria obrigada a ficar com ele. Ele poderia deixar a política e ainda assim ela continuaria subordinada a ele. Ele poderia perder a proteção da SPM e ser instantaneamente ceifado do partido por causa da sua carta irreverente, mas ela continuaria a agitar timidamente o seu *dupatta* junto ao rosto quando ele lhe perguntasse coisas. Ele, também, iria confrontar intrepidamente os seus antagonistas, como um homem – ele não ia facilitar as coisas para eles. Se o intimassem a apresentar justificativa, entraria com uma moção de violação de privilégio no Parlamento. Faria observações tão inflamatórias na imprensa que o Partido Comunista o apoiaria na criação de uma Terceira Frente. Ele explicaria tudo à imprensa. A imprensa anglófona apreciaria o seu bom inglês. A imprensa hindu apreciaria o seu bom híndi. Os jornais trariam fotografias suas com um *tilak* vermelho novo na testa, a sua estatura bem banhada envolvida num elegante *kurta*...

"Por que você está assistindo à MTV?", perguntou ele. "Não sabe a idade que tem?"

"Eu bani a StarPlus", explicou ela. "Por causa de..."

"Mohan Bedi?"

"Mohan Bedi."

"Bem, pode parar de se preocupar – o seu Mohan Bedi vai viver", disse ele a Sangita.

Sangita tinha deitado o bebê e agora estava sentada num banco com uma bolsa de água quente jogada no colo, a mão pesada sobre a mesinha para apoiar-se, de modo que o ato de relaxar parecia exaustivo.

"Mas ele morreu", disse ela.

"Sim, sim, mas vai estar vivo amanhã."

"Como ele vai viver? Morreu na banheira. Mostraram cadáver. Mostraram celular."

"*Shhh*. Qual é o problema? O irmão gêmeo dele morreu. O gêmeo estava na banheira", debochou ele, "em vez de Mohan. Capricho do destino."

"Essa história de gêmeo não colou, *ji*."

"O que disse – *como foi que ele entrou*? Ora, você não viu duas pessoas na banheira? Irmãos tomando banho juntos, Mohan saiu para pegar o sabonete, deixou o telefone na banheira."

"Mas, *ji*..."

"Sangita", ele falou de repente, "eu disse a ele."

Sangita tentou não piscar. Quando, na noite anterior, Arjun perguntou se ela havia "enganado" o sr. Ahuja, ela se consolou pensando: *Pelo menos ele ainda pensa que eu sou a sua verdadeira mãe.*

Agora este consolo fora perdido. Ela estava certa de que Arjun a odiava.

Normalmente ela teria chorado, mas sentia que não devia nada ao sr. Ahuja. Ficou paralisada. "*Ji*, disse quem? Disse Shankar para fazer chá? Para o carteiro enviar carta?"

"Sangita! Eu disse a Arjun. Sobre a mãe dele", falou o sr. Ahuja. Então, acariciando os cabelos dela: "Desculpa."

"Obrigada", disse ela. E começou a tricotar novamente.

O sr. Ahuja explodiu: "Eu fiz isso por você. Eu disse a ele que você foi uma mãe muito boa. Disse que nada ia ser diferente. Eu disse que ele tinha de saber, mas que o passado é o passado. Espero que esteja tudo bem. Sinto muito. Mas você mesmo queria que eu contasse…"

Sangita concordou com um gesto de cabeça. "Sim, *ji*. Obrigada." Ela sorriu. E foi tudo.

"Ele te disse alguma coisa?"

Ela balançou a cabeça.

O sr. Ahuja estava compreensivelmente envergonhado ao andar em direção à porta. Sangita tinha recebido a notícia tão bem que ele se sentiu ainda mais culpado de ter escondido dela o fato de ter contado a Arjun sobre a "troca". Ele tinha agido como se lhe tivesse feito um favor, quando, na verdade, ele a tinha trapaceado. Ele devia ter caído de joelhos e pedido desculpas. Ele devia compensá-la – mas como? Ele não sabia nada sobre aquela mulher, aquela esposa de mais de quinze anos. Detalhes vagos, sim – as ásperas jacas dos seus cotovelos, o nariz bulboso que ela orgulhosamente passara a cada filho exceto Arjun, a TV, roupas limpas, as cassetes T-series, a proteção ardente do seu Direito de Comer à mesa – mas nada mais. Ele girou e torceu na sua cabeça o Cubo de Rubik dos detalhes domésticos, mas não chegou a nenhum padrão sustentável. Sua cabeça era uma gaveta vasculhada em todo seu conteúdo. Ele se lembrava do que Rashmi sempre lhe dizia, *Eu tinha muito medo de morrer até que me apaixonei, eu pensava em quem teria me conhecido se eu morresse*, aquelas palavras estranhamente proféticas, embora, é claro, a vida inteira de uma pessoa se torne um flecha de profecias uma vez que ela tenha morrido; ele sabia disso, e Sangita provavelmente nunca tinha amado ninguém na sua vida e morreria um dia tão vagamente quanto tinha vivido. Sangita era um símbolo, uma obscuridade. Quando morresse, ela estaria morta, completamente desaparecida. Assim como Rashmi tendeu ao zero na cabeça de Ahuja, ao mesmo tendia Sangita. Um dia elas iriam ambas explodir em nada, e o sr. Ahuja se imaginou como um homem mergulhado numa névoa, cercado por seus filhos. Mas não, aqui estava ele – no limiar da porta do quarto das crianças – anos antes do evento.

Como um verdadeiro escravo do casamento, ele teria de ajoelhar-se e perguntar aos seus filhos do que sua esposa realmente gostava.

O sr. Ahuja estremeceu quando ouviu Sangita transmitir fios cada vez mais espessos de insatisfação entre as antenas gêmeas das suas agulhas. Ele estava de volta ao quarto de hotel na manhã após o casamento, despertando para ver-se numa cama vazia, a noiva tendo partido, a sua ilusão de controle total completamente aniquilada, suas misoginias explodidas, os lençóis da cama enrugados com vales e picos recém formados: ele era profundamente desprezível, horrível, autocentrado. Estava pensando: *Não mereço nenhuma mulher melhor que esta. Se a encontrar lá fora, vou me casar com ela. Vou me casar com ela e tratá-la amavelmente.*

Mas ainda assim, ele só estava pensando em si mesmo.

"Eu te amo", disse o sr. Ahuja, ridiculamente, dando a volta. Ele andou cheio de confiança até Sangita, os braços pendentes balançando.

Então Sangita ficou verdadeiramente chocada. Ela se inclinou no banco, pegou uma bola de lã e espetou nela as agulhas. Num lenço, assoou ruidosamente o nariz.

O sr. Ahuja se ajoelhou diante do banco e disse de novo: "Eu te amo."

Ela levou ao rosto uma dobra da sua camisola e ensopou-a de lágrimas.

O sr. Ahuja elevou-se sobre ela com as narinas frementes. "Eu te amo, querida. Nós passamos por tempos muito difíceis juntos. Você foi uma boa esposa. Venha. Deixe-me levá-la ao cinema hoje. Nós vamos ao cinema. Qualquer coisa que queira."

O sr. Ahuja fez pelo menos mais dez promessas que não ia cumprir, mas funcionou: ela se levantou e ficou em seus braços. Deixou o sr. Ahuja fazer o que quisesse. Ela simplesmente pôs a cabeça em seu ombro. Deixou-o apalpar a sua protuberância despontante. Ela deixou que ele se encostasse ereto na saliência da sua barriga. Ela sabia que ele estava mentindo e que ficaria desapontada – aquelas eram lágrimas de perda, não de alegria – mas por tantos anos ela esperara por aquelas palavras que não importava. Ela o deixou estar ali e ser homem. O sr. Ahuja ficou grato por sua cooperação, por seu calor; apertou-a cada vez mais forte. Logo a gratidão tornou-se orgulho. Ele sentiu orgulho de ter defendido a sua posição, de não ter saído zangado, de ter contado o segredo a Arjun, de estar abraçando a sua esposa em meio ao choramingo da sua prole, mentindo para ela para o bem *dela*. Que Arjun entre agora, pensou ele. Que Arjun o olhe bestamente agora. Ele estava numa posição comprometedora, mas ao menos parecia afeição.

CAPÍTULO 23

PONTO DE ÔNIBUS ERRADO

DE MANHÃ CEDO na casa dos Ahuja, as Tarefas ao Acordar consistiam numa frágil hierarquia. Eis como funcionava: Rakesh acordava o filho mais velho; e depois o filho mais velho acordava o seguinte; e assim sucessivamente até formar-se uma imensa fila à porta dos dois banheiros para um célere escovar os dentes-banho-cocô-café-da-manhã, uma rotina confusa desfigurada por duelos de escovas de dentes e o som de chinelos batendo zangados contra portas trancadas por tempo demais. Todos tinham cinco minutos; e tomava-se banho em dias alternados, substituindo o sabonete pela neve do talco, e que Deus o proteja se você tentar quebrar as regras, pois haveria gritos e a vingança ensaiada de seus irmãos para sofrer, eles seguiriam a radar os seus movimentos ao longo do dia e o impediriam de usar o banheiro, mesmo que você estivesse tomado por medonhos espasmos de vontade de cagar, e daí? Seria preciso correr para a rua, fazendo uma linha reta até as moitas.

O papel de Sangita na organização era o de primeira a mijar (cota especial para senhoras grávidas!) e de inspetora final (uma vez por semana). Ela ficava diante da porta, examinava cada laço sonolento, escovava os fiapos dos ombros das crianças (mesmo que isso significasse ficar na ponta dos pés para os garotos), entregava-lhes os seus *parathas* marcados em quente, e punha finalmente a mão gorda nas suas costas quase à cintura para empurrá-los um a um para fora de casa, Rakesh inclusive. Assim, Sangita podia estar no fundo da hierarquia, mas ela era quem abria o sinal, dava o sinal verde, o *sayonara baby*, e se notasse que algo estava errado ou que uma das crianças tinha deixado cair ranho no seu uniforme branco, ela era capaz de segurar todo o comboio, fazer parar o processo como um todo, e limpar a turba nariguda com um lenço gigante.

Mas o progresso tinha sido interrompido muito mais cedo hoje. O sr. Ahuja não tinha acordado.

Que sorte a sua, pensou Arjun, de sequer poder ir à escola. Sem nenhuma parcela de culpa, ele perdera o ônibus e, por extensão, Aarti – a única visão que podia confortá-lo, o único par de olhos capaz de lhe dizer, no código Morse dos seus cílios adejantes, *Tudo ficará bem*. Ele queria vê-la para convencer-se de que não ficaria enojado quando pensasse em sexo pelo resto da sua vida; que *Mama* e *Papa* não ficariam rebentando medonhamente na sua cabeça como um cartão Hallmark (paradoxalmente salutar) toda vez que ele tentasse seduzir uma mulher.

Ele olhou o seu *e-mail*. Nenhuma palavra dela.

De modo que seis horas depois de acordar, tendo ouvido o álbum *Master of puppets* do Metallica que Ravi tinha emprestado ontem – Arjun saiu sorrateiramente da casa pululante. Ele estava usando o seu uniforme escolar, pegou um ônibus até St. Columba's e estava de tocaia do outro lado da rodovia quando o sinal das 13:45 tocou. Então, assobiando, mãos nos bolsos, Arjun pegou o ônibus 21.

Ele sentou-se na parte de trás, bem no meio do grande banco no final do corredor. Ele observou quando o bando barulhento de último anistas da Covent Jesus and Mary e da St. Columba's avançou magneticamente para a traseira – nada de Aarti. Os alunos mais novos apinharam-se todos na parte da frente do ônibus, lançando olhadelas intensas para a parte de trás a toda hora, tentando imaginar como seria sentar-se na traseira, longe do motorista e dos professores, jogando Harry Potter e trunfo da WWF com dinheiro de verdade ou paquerando na escada, o ruído surdo do tráfego só a centímetros dos seus pés. Arjun desalinhou seus cabelos, acenou nervosamente para um garoto da sua turma, que lhe disse: *Então você estava matando aula o dia todo, muito bem, yaar.* O chão sob ele subitamente inflamou-se, o motor começando a roncar – foi só então que Aarti subiu no ônibus, sua juba escura agitada em volta do pescoço, a bolsa escolar atirada baixo na sua cintura, como se ela mal pudesse carregá-la. Oh, a suada beleza de tudo aquilo. Arjun agarrou a sua bolsa vazia, sem confiança de que a ideia de reservar um lugar perto dele fosse dar certo. Era o único lugar que sobrava na parte de trás, e Aarti teria de sentar-se lá.

Ele estava errado.

Aarti girou para um banco bem lá na frente, seus ombros sobrepujando os do garotinho que mal aos dela chegava. Aí, imediatamente ela pegou no sono.

No ônibus, Aarti dormiu incontrolavelmente. Ela dormiu apesar de tudo – das blasfêmias do motorista sentado à sua frente, do estrépito do escapamento do ônibus, das incontidas assoadas do garotinho ao seu lado, apesar mesmo da sua cabeça batendo sobre o eixo do pescoço quando o seu corpo sucumbia à operação da força centrífuga. Se ao menos Arjun pudesse segurar-lhe a cabeça, ajeitar seus cabelos, ser – noutras palavras – um *titeriteiro* [master] para a sua *marionete* [puppet]. Mas a possibilidade de um tal resgate viril tornou-se cada vez mais remota; o ponto de ônibus de Arjun já cintilava à distância, uma laje de pavimento branco-quente. Ele ficou tenso em seu assento, usou o trapézio dos bancos à sua frente para levantar o traseiro do plástico roto, aprontando-se instintivamente para saltar no Khan Market. Mas então o seu traseiro bateu com força de volta ao lugar. Ele não podia deixá-la daquele jeito, não depois de ter feito a árdua jornada só para falar com ela. E, mais importante, e se ninguém a acordasse? E se ela dormisse o tempo todo até a garagem do ônibus, e o lúbrico motorista que mascava *paan* sem parar a acordasse, a mão convenientemente sobre o seu seio esquerdo enquanto dizia, Ô, *meu amor, você ichstá dormindo?*

Ele não podia deixar isso acontecer. O ônibus tremeu ao parar, desembarcou seus passageiros, e Arjun suspirou quando seu ponto foi deixado para trás, pulando amarelinha na direção do horizonte. Arjun avançou alguns bancos; poucos minutos depois, o garoto sentado ao lado de Aarti passou com todo o cuidado sobre ela, como se ela fosse um trepa-trepa enferrujado, e ele depois também sumiu.

Agora só restava um problema: Arjun não tinha ideia de qual era o ponto de Aarti. Ele nunca tinha ido tão longe no ônibus, não é estranho como podemos andar em certo ônibus ano após ano e só conhecer uma pequena parcela do seu trajeto? A origem dos seus copassageiros sendo um mistério perpétuo a somente alguns segundos de ser desmascarado, e ainda assim você nunca fez nada quanto a isto – apenas saltou dentro de uma nuvem de poeira no local estabelecido na hora estabelecida e nunca fez qualquer pergunta. Arjun lamentou não ter feito perguntas, desejou não ter de usar parâmetros tão vagos como o domínio de Aarti do inglês (que era muito bom) e o estilo da sua bolsa escolar (que era grande, pesadona e feia, assinalando uma ambição doentia) para determinar quando acordá-la, e por isso ele estava agindo puramente por intuição quando chegou atrás dela, tocou no seu ombro de leve, com a compostura de um juiz ao bater o martelo, e disse "Aarti, chegou o seu ponto", o que a fez acordar assustada, percebendo que o ônibus estava parado e bufava impacientemente para ela saltar, e disparar pela escada com a bolsa girando atrás dela num arco olímpico bem definido.

Arjun a seguiu, as mãos profundamente enfiadas nos bolsos, as placas metálicas do assoalho produzindo baques surdos sob seus pés.

Eles ficaram frente a frente no ponto de ônibus empoeirado em Nizamuddin. Do outro lado, uma tumba de dois andares no meio de uma rotunda. Tudo tinha uma vitalidade aumentada. Um microcosmo do calor e do estado de espírito de Déli. O céu lançando-se contra a terra com força, reduzindo a luz trêmula, a curva suave do Viaduto Golf Club. A luz – sem ser ácida, de fechar os olhos, traumatizante – abranda uma visão de pH neutro, o sol e as nuvens amortecendo um ao outro em tons pastéis. Nada é barulhento. Nada fere. Nada pisca. O céu tinha sofrido um corte de energia; os galhos entrançados para fora da floricultura atrás deles eram fios candentes; uma mão seca fechara a torneira gigante com acabamento de tumba azul.

Ele precisava urinar urgentemente. Aarti não sabia disso. *Ou sabia?*

Por que outro motivo estaria ela ao seu lado com a cabeça ligeiramente abaixada (como se para domar o nariz gloriosamente arrebitado), braços cruzados, mangas puxadas sobre as mãos, a alça da bolsa cortando entre seus seios e fazendo-os protuberar na sua blusa?

A mão dela finalmente girou no eixo do punho.

Ele precisava urinar urgentemente.

"Esse aqui não é o meu ponto", disse ela, alisando a saia.

Arjun entrou em pânico. "Oh, droga. Que merda. Me desculpe. Ninguém saltou, então eu pensei..."

E saiu correndo atrás do ônibus.

"Espere!", ela gritou atrás dele, esfregando as crateras de insônia sob os olhos.

Mas não havia tempo a perder. Arjun tinha disparado como um foguete, a mochila aos saltos no diminuto monte da sua bunda. Como o ônibus diminuiu a marcha no semáforo seguinte, ele saltou sobre o *jamun-wallah* na calçada, sentiu um papel de sorvete prender-se no seu pé, e subitamente se viu caindo na concha da sua mochila pela ação de um violento puxão de estilingue. Era Aarti. Aarti o segurava pelas correias no seu ombro. Doce e paciente Aarti. Ele podia sentir a sua respiração no seu ombro. Ele quis prender as mangas frouxas da blusa dela, mantê-la perto de si daquele jeito. Ela o soltou como soltaria um valentão que de repente viu a face da razão ou um professor.

"Desculpa", sussurrou ela, quando ele virou para encará-la. "Eu não queria fazer – fazer uma cena." Aquilo era novo para Arjun. Não querer fazer uma cena. Ir tão longe para não fazer uma cena. Inaudito. Não descoberto. Como a cura do câncer ou um bálsamo contra mau desempenho da equipe indiana de críquete. Como usar o banheiro sem incomodar ninguém.

"Eu te coloquei nessa situação, que chato", disse ele, as coxas agora apertadas em agonia. "Vou chamar o meu carro. Meu motorista pode te levar."

"Aqui não é o seu ponto de ônibus?" perguntou ela, bocejando.

"Não", disse ele.

"Ah, bem...", disse ela, colocando fios brilhantes de cabelo atrás da orelha. O rosto dela era bonito de uma maneira que confundia os fotógrafos, uma tela em que as expressões alcançavam uma fixidez profunda, um sorriso ou uma dobrinha nervosa na testa como algo que podia durar para sempre. Dava para ver que ela sabia disso sobre o seu rosto; suas mãos estavam sempre serpeantes e articuladas perto da sua boca; o arco dos seus dedos parecia levar aos lábios estimados.

"Eu só tenho um trabalho a fazer aqui", disse ele.

"Eu vou pegar um táxi", disse ela. "Eu vou ficar chateada se você ficar chateado, então não se preocupe com isso, tá bom?

"Mas por quê?", perguntou ele. Então teve uma ideia. "Meu carro pode vir a qualquer hora. Eu só preciso de um minuto na loja de plantas, você segura a minha bolsa?"

Ela fez o que ele pediu principalmente porque estava meio em choque, e antes que pudesse responder, ele tinha deixado a mochila cair aos pés dela com um baque forte e passado depressa pelos portões verdes.

ELE ENTROU na floricultura RC Kataria.

Retornou minutos depois com um *tulsi* dentro de um vaso e a bexiga ainda cheia.

ESTE NÃO TINHA SIDO o plano, todavia.

O PLANO TINHA SIDO dar a volta para o outro lado do piso irregular de concreto semeado de sombras frondosas, observar a gloriosa confusão de folhagens e achar a espuma de sal de banho de um belo rododendro para urinar no meio. Mas o jardineiro, vestido num *dothi* de trabalho e escrevendo num caderno, tinha visto o garoto de escola, seguindo-o passo a passo na floricultura com os olhos – impedindo-o de urinar e incitando em Arjun a culpa que o fez comprar a planta que agora ele segurava como desculpa, o vaso vermelho frio nas suas mãos, a terra dentro dele escura e melancólica como o interior das pupilas de Aarti.

"O que é isso, Arjun?", perguntou ela, na ponta dos pés. "Você é da brigada verde da escola?" Ela não deu nenhum sinal sobre o *e-mail* da noite anterior.

"Oh, este era o trabalho que eu tinha que fazer", disse ele com grande esforço, como se as palavras fossem uma barragem num lago de xixi. "Comprar uma planta. Para um projeto de ciências. Sobre fotossíntese. E fluorescência..."

"Arjun, na verdade acho que eu vou pegar um táxi", disse ela. "Eu tenho FIITJEE daqui a pouco, e acabei de telefonar a meus pais dizendo que vou direto para lá. Mas muito obrigado por oferecer, mesmo assim."

"Posso te oferecer esta planta?", disse ele com um sorriso amarelo.

"Táxi!", gritou Aarti.

Arjun não pôde acreditar: ela estava mesmo indo embora? Se estava, por que tê-lo estimulado, tocado e segurado pela correia da mochila? Ele ficou irritado e perturbado, particularmente porque ainda precisava urinar e porque todo o problema da urinação podia ter sido facilmente resolvido por... uma ereção. Cortesia de Aarti. A ereção sempre adiava a urina. Ele desejou então que Aarti fosse mais direta e sexual, que seu corpo oferecesse mais de si mesmo do que tinha oferecido até agora – ela era bonita e afetuosa e estava projetando o quadril para chamar o táxi, mas isso era tudo, o uniforme de moça de convento a fazia parecer informe, o que não era bom o bastante para apagar a memória de seus pais fazendo amor duas noites atrás. Quando estava na floricultura, sentiu-se do mesmo modo, imaginando seus pais no bambuzal, seus corpos como duas grandes folhas viçosas, pele que se contraía ao toque, apenas minúsculos reflexos de transpiração exsudando na folhagem.

Ele queria ver Aarti nua, eis a questão. Ele queria pegar a sua mão de jeito, sentir as veias saltando sob seus braços, jogar o vaso com a planta no meio da rotunda Nizamuddin para que a explosão dos fragmentos obrigasse a espiral de carros a se abrir e deixá-los passar, escalando ambos a tumba azul acomodada à base do Viaduto Golf Club, onde ele finalmente a beijaria, encontrando ao tato o caminho para o leito morto da laje cobrindo o túmulo, e diria: "Quer iniciar uma rebelião?", referindo-se, é claro, ao fato de o seu pênis ser circuncidado e aparentemente muçulmano e ela ser hindu, e se eles fizessem sexo numa área de tensão hindu-muçulmana, sua união poderia desencadear rebeliões comunitárias; na verdade o sexo seria tão extraordinário que certamente haveria rebeliões, todo tipo de gente iria morrer, novas tumbas brotariam em toda a cidade, mais lugares para curtir...

"Você devia ter mais cuidado com táxis hoje em dia", sussurrou-lhe ele. "A maioria dos motoristas são Mus."

"Mus?", perguntou ela.

"Muçulmanos!", disse ele, e então olhou para ver se o tropel de passagem de garotos muçulmanos – todos usando barretes brancos justos e *kurtas* cinzas – tinha ouvido. Eles haviam acabado de atravessar a rua vindos do Nizamuddin Dargah, o santuário muçulmano.

Aarti pareceu irritada. "Olhe, Arjun, isso é tolice. A gente está no meio de Déli. É o lugar mais chato do mundo. Nada desse tipo poderia acontecer. Nada jamais acontece em Déli. E se você me perguntar, o motoristas hindus são os piores tipos. Os muçulmanos pelo menos respeitam as suas mulheres..."

"Isso é verdade", disse Arjun. Ele se sentiu castigado. "Só estou dizendo porque... bom. Eu não quero que você vá."

Ela pensou um momento. Mordeu o lábio inferior.

"Fique", disse ele, "eu gosto de você."

Pareceu, pelo menos dessa vez, que ele tinha dito a coisa certa. Ela disse rápido: "Eu gosto de você também." E em seguida: "Mas você já viu essa parte de Déli? É a minha parte favorita de Déli. Todo o resto é chato. Aqui pelo menos tem cultura."

Ele olhou com inveja para os dois homens abrindo a braguilha lado a lado ao pé um cedro gigante. Admirou a audácia do vendedor de amendoim que estava coçando a pélvis. A cidade ao nível de entrepernas à qual ele pertencia. Ele colocou o *tulsi* no chão para comemorar o começo da sua relação com Aarti.

"Vamos dar um passeio", disse ela.

Caminhar era bom. Caminhar rápido era melhor. Mantinha a sua bexiga dançando. Ele usou o celular de Aarti para telefonar para casa e pediu que Balwant Singh trouxesse o carro a Nizamuddin, e sim, ele estava bem, estava apenas comprando uma planta, ele já ia voltar, tchau.

Então ele desligou o telefone, virou-se para Aarti e começou a falar da banda. Contou como eles tinham forjado um estilo próprio de *rock* no viaduto, uma assinatura. Como haviam ganho uma vantagem na competição ao escolher como seu ponto alto um lugar ainda turbilhonante com holofotes de poeira e umidade; como os carros passando tinham lançado cascalho nos poços que, abaixo, pareciam tão perigosos. Ela ficou devidamente impressionada, e disse: "Onde vocês ensaiam normalmente?"

"Num viaduto, *yaar*", disse Arjun.

De repente, o nome da banda ficou claro para ele; *The Flyover Yaars*, os *yaars* do viaduto. No dia seguinte na escola, ele o apresentou aos seus companheiros de banda em meio a toques de trombetas; os quatro garotos se lançaram no projeto de construção do mito. Divulgaram aos seus colegas de classe os seus ousados embustes sobre o Viaduto Godse Nagar. Desenharam diagramas de levitação musical no quadro-negro que tremeluzia ao meio-dia, pulsares de giz radioativos de rumores. Pregaram a lenda da banda às massas de uniforme branco. Foram até felicitados com ofertas de um nauseante *chow mein* de graça na cantina, no qual eles puseram fogo para ver se de fato eles continham petróleo, como dizia a lenda popular. Mas não houve labareda de soja, nenhum biorrisco, somente macarrão extrachamuscado.

Aarti disse: "Chegamos."

Eles entraram no local por uma passagem estreita enlameada. De ambos os lados, havia barraquinhas minúsculas vendendo chá e *naans* e *rotis* imensos e macios. Os homens os olharam de soslaio enquanto enfiavam lanças gigantes nos cilindros incandescentes dos seus fornos de barro. Cabras puxavam nas suas cordas; Aarti estendeu a mão para afagar uma delas. Em toda a volta de Arjun, havia signos urdus que pareciam estrangeiros: livraria muçulmana, mesas *waqf*, lojas de lâmpadas fluorescentes. Os homens e mulheres na área pareciam estar olhando fixo para Aarti, seus joelhos nus ressaltando na luz empoeirada da tarde. Não obstante, ela estava totalmente descontraída. Arjun andava um pouco atrás, ambas as mãos enfiadas nos bolsos das calças.

Ele estava espremendo as nádegas para segurar o xixi. Estranhamente, parecia que estava funcionando.

"Você não adora isso aqui estar bem no meio de Déli?", disse ela. "Todas essas mulheres de burca e todos esses velhos edifícios tão bonitos. Mas espere até entrar no *dargah*. Às vezes eles tocam *qawallis* aqui. É realmente extraordinário. Tem ideia de quanto isso aqui é antigo?"

Para Arjun aquilo tudo só parecia pobre. Eles entraram num espaço quadrangular entre edificações e ficaram à beira de um tanque cheio d'água. Crianças escalavam, subindo as bordas precárias dessas edificações, penduravam suas camisas nas lanças das antenas de TV e mergulhavam no tanque como se fosse a coisa mais natural do mundo. Elas gritavam e xingavam. À luz matizada, Arjun estudava o reflexo de Aarti na água, só para vê-lo estilhaçado com um mergulho. Ambos recuaram.

"A cultura é tão rica", continuou Aarti. "O que nós hindus temos em Déli? É realmente uma chatice ser hindu. Parece que todos os templos – quer dizer, menos Hanuman Mandir – foram construídos só há dois dias. E por isso nós não temos nenhuma tradição rigorosa. Você pode fazer o que quiser e não tem de fazer o que não quer. É por isso que eu fico entediada quando meu Pai vai ao templo. Eu sei que nada de mal vai acontecer se eu não rezar." Ela suspirou. "Sabe... às vezes eu queria ser muçulmana."

"Bem..."

"O quê? Você me acha esquisita?", disse ela, batendo levemente a sua bolsa em desafio.

"Não... você é muito chata."

"Cale-se." Ela deu uma risadinha.

"Mas posso te contar um segredo?", perguntou Arjun.

Eles passaram por um arco até o pátio principal do *dargah*. Não havia nada de notável para Arjun. Parecia o interior de uma dessas compridas *kothis* com telhado nojento da velha Déli que seu pai às vezes visitava para massagear o seu eleitorado e chefes locais. No meio do pátio havia uma diminuta tumba.

"O quê?", perguntou Aarti.

"Promete que não contra a ninguém?"

"Prometo..."

"Eu nasci muçulmano", disse ele sem pensar.

Ela não sabia o que fazer com aquilo. Nas sombras das edificações, o rosto dela se suavizou; ele sentiu que podia estender a mão e tocá-lo, e que ele podia desmanchar-se entre seus dedos como um anel de fumaça.

"Quer dizer. Eu sou como eles" – ele fez um gesto de cabeça para os garotos mergulhando das bordas – "eles lá. Sou circunscrito. Não, circuncidado. Desculpa, eu estou te incomodando? Não? Que bom. Nós somos adultos; podemos falar dessas coisas. Mas fui adotado por uma família hindu. É por isso que eu nunca te falei sobre a minha família. Na verdade, eu fui adotado. A minha verdadeira mãe morreu quando eu tinha três anos."

Ele tinha dito isso, mas ainda assim a afirmação parecia curiosamente carente de peso. Ele mesmo não conseguia sentir nada por Rashmi; tudo o que tinha perdido era uma abstração.

"Sinto muitíssimo", disse ela.

"Tudo bem. Sou um enteado – sempre fui tratado como um. Eu tenho doze irmãos e irmãs, e sou obrigado a fazer todo o trabalho e tomar conta deles. É por isso que preciso começar esta banda. Para poder escapar."

"Você tem doze irmãos e irmãs?"

"Tenho. Tenho. Tenho. Eu nunca contei a ninguém. Não sei por que estou te contando."

Foi aí que o plano deu errado para Arjun. Seus olhos começaram a ficar vermelhos e lacrimosos.

Aarti disse: "Você está bem, Arjun?"

Eles estavam um do lado do outro na soleira da porta do santuário com as bordas externas da bolsa dela e da mochila dele se apertando. Ela estava perto o bastante para ele poder sentir o cheiro de lápis apontados, xampu e creme facial. Mas ela não tinha virado o rosto para ele. Seus ombros tinham se enrijecido. Ela estava ajeitando e enrolando os seus cabelos nervosamente com ambas as mãos. Estava perplexa. Olhando para a esquerda e a direita.

"Você está legal, Arjun?, perguntou ela.

"Sim, tudo bem", resmungou ele. "Sinto muito, deixa pra lá. Meu carro deve estar quase chegando."

Eles começaram a voltar em passos rápidos. Por que ele estava chorando? Era possível cientificamente que o xixi retido num extremo pudesse virar lágrima no outro? A sua garganta e o seu nariz pareciam estar forrados de gelo esmagado. Eles chegaram à rodovia principal, de volta ao tumulto. Ele tinha parado de chorar, mas ainda estava fungando, e ela se virou para ele de novo e disse: "Arjun, há quanto tempo você sabe? Que você foi adotado?" Ela estava olhando para os próprios pés.

Arjun disse: "Eu não quero falar sobre isso. Me desculpe."
"Certo, desculpa."
"Não, não, tudo bem."
Agora eles estavam esperando no ponto de ônibus em silêncio. Ele pisou na sombra dela no calçamento cheio de cascas de amendoim. Por dentro, ele fervia, fervia e fervia de raiva. Por que tinha escolhido dizer a ela uma mentira tão enorme e burra? *Eu nasci muçulmano, eu fui tratado como um enteado.* Grande jogada! Agora ele jamais poderia ter a banda, a família e Aarti no mesmo lugar. Ele jamais poderia organizar um concerto. A sua vida fora compartimentalizada além de qualquer possibilidade de conserto. Ninguém – nem mesmo Aarti, a garota a quem ele havia desejado tudo confessar – saberia quem ele é realmente.

Ninguém saberia, pensou Arjun, que não havia muito para saber.

Pronto, lá estava, aquela autopiedade medonha, e seus olhos começaram a avermelhar-se em defesa, e então foi um grande alívio quando ele viu o carro vir na direção deles como um raio no meio do trânsito, como ele gostava – a sirene acionada, o símbolo do governo tremulando no capô ao atrito do vento, janelas de vidro fumê como que para proteger uma supermodelo dos *paparazzi*. Ele gostava da pompa e da cerimônia de um carro do governo, da maneira como um Ambassador – um rústico animal a *diesel* – se transformava num símbolo supremo de poder e luxo assim que era equipado com uma sirene. Ele gostava da maneira como a afetação do carro se aproximando surpreendia as pessoas; como elas se esforçavam de verdade para não perguntar: *O seu Papa é do governo?* E como não conseguiam, assim que a forte corrente do ar refrigerado as estirava contra o fresco estofado de couro.

Infelizmente, ele já havia falado com ela sobre o seu pai. Não restava nenhum elemento-surpresa.

Então, quando o carro chegou, ele se recusou a entrar. O motorista, Balwant, tinha abaixado a janela e dito: "Oiê, Bonitão", e ele detestava isso. Ele detestava ser chamado de *bonitão* ou de *herói*.

"Eu tenho de comprar uma outra planta", explicou ele a Aarti quando ela entrou no banco de trás. "Para o meu projeto de ciências. Não sei por que eu a deixei lá."

"Talvez ela ainda esteja lá, quem sabe?", disse ela, meio fora do carro.

"Já era", disse Arjun pesarosamente.

Ela não acreditou nele, não acreditou que ele precisasse comprar uma planta: ele pôde perceber. Ela agitou os cabelos com as duas mãos, depois deixou cair uma delas para ajeitar as meias – economizou na ação abaixando-se e fazendo uma graciosa onda – a outra mão ainda enrolando fios de cabelo nos dedos, soltando cacho lustroso após cacho lustroso de cabelos.

Arjun virou-se para o motorista. "Balwant, por favor, deixe a madame em Defense Colony."

Depois, bateu a porta e ficou olhando o carro ganhar velocidade afastando-se. Uma tempestade de poeira se formou atrás do carro e cobriu a sua língua de fuligem. Ele estava encalhado numa praia diurna chamejante de Déli, uma novela que ninguém queria assistir. Carros, vacas e motonetas passavam por ele. Eles sequer buzinavam. Que peculiar, ministrar a satisfação de uma plateia só de um. Que cansativo, exaustivo, aterrador. Ele estacionou diante de uma *keekar* e deu uma mijada que demorou várias gerações, as pernas abertas num grande "v". Sentiu-se agradavelmente espremido; um êmbolo tendo lhe esvaziado a bexiga com alívio; o seu velho otimismo retornou. O que tinha acontecido hoje era particular. *Mama* nunca descobriria o que ele tinha dito sobre ela, e para suprimir seus pecados, ele iria para casa e lhe provaria que ela era mais do que uma interrupção forçada na sua vida crescentemente cinematográfica. Ele seria um bom filho. Faria alguma coisa especial para ela. Ofereceria uma massagem grátis. Ou lhe compraria DVDs. Ou ainda melhor, a levaria para ver um filme no cinema.

COMO RESULTADO DESSE PLANO altruístico, ele não estava totalmente pronto para as notícias que esperavam por ele em casa.

CAPÍTULO 24

AS NOTÍCIAS EM CASA

A CASA ESTAVA SOB SÍTIO: dúzias de homens e mulheres tinham se instalado na entrada da garagem, agachados de ambos os lados da falange de carros ministeriais sonolentos, jornais dobrados sobre as cabeças contra o sol inclemente. Havia ou bem-clientela (eles ostentavam aquela expressão perturbada de quem pediu ao seu ministro para instalar bombas d'água demais nas suas aldeias e povoados) ou gente de dinheiro (perturbados em geral). O jardim, nesse ínterim, estava cercado por uma defesa de caixas de som. Na sua lama desnuda e complacente tinham sido plantados postes de madeira, e dos postes de madeira pendia uma tenda marrom pesada e pomposa. Era do mesmo tipo de tenda que ele tinha visto em casamentos; uma peça macabra empoeirada com motivos de arabescos, e era sob esta tenda, numa sombra intimidadora, que o sr. Ahuja estava sentado numa cadeira de *kurta* branco, seus cabelos sendo cortados. Desse jeito, ele parecia antiquado. Mantinha os olhos fechados e estalava os lábios quando o barbeiro cortava o seu cabelo com golpes exagerados em estilo caratê. Seu cabelo parecia incorreto e irregular, mas ainda mais desconcertante era a rosa vermelha que o sr. Ahuja segurava delicadamente na mão entre o polegar e o indicador, cheirando-a cada vez que seu barbeiro chegava ao fim de uma sequência de cortes. O barbeiro não era muito mais velho do que Arjun e, assim, parou quando o viu aproximar-se.

O sr. Ahuja abriu os olhos; eles estavam regiamente injetados, à maneira *mughal*.

"O que é tudo isso, *Papa*?", perguntou Arjun.

No mesmo momento em que perguntou, pensou: *um concerto. Ele está me compensando por ontem organizando um concerto.*

O sr. Ahuja disse, "*Beta*, eu compreendo que seja muito repentino. Mas nós vamos ter de nos mudar desta casa dentro de uma semana. Então eu quis dar uma festa o quanto antes. Amanhã à noite."

"Nós vamos nos mudar? O que você quer dizer?"

O sr. Ahuja sentou-se ereto. "Olhe. Como você já sabe, eu renunciei..."

"Mas, *Papa*..."

"E não é só que eu tenha renunciado. Por ao menos uma vez, a minha renúncia foi aceita!" O sr. Ahuja gargalhou inconvincentemente. "E por isso nós vamos nos mudar."

Ele estavam morando numa residência oficial, uma acomodação VIP.

"Mas, *Papa*, eu pensei que você tinha dito que o governo também ia cair. Se o governo cai, o senhor não pode manter a casa até a próxima eleição?"

"Vir com quem?"

"EU PENSEI QUE VOCÊ TINHA DITO QUE O GOVERNO TAMBÉM IA CAIR."

"Mas quem disse que o governo cai? Há uma Sexta Frente sendo formada entre Rupa Bhalla e o CPI. Eu pensei que Yograj também ia se retirar e que assim o governo cairia. Mas não é o que está acontecendo. E eu decidi manter a minha decisão. Às vezes é preciso fazer o que é moralmente certo."

"Eu pensei que você ia continuar sendo membro do Parlamento. Mesmo sem estar no governo, você é membro do Parlamento, não é? E como parlamentar você pode manter a casa."

O sr. Ahuja ficou impressionado com o interrogatório do filho. E foi o que ele disse. "Como você está perspicaz, hem? Olha, a situação é esta. Vou ser muito franco. A casa onde moramos é muito maior e melhor, mais espaçosa do que a casa de qualquer outro membro do Parlamento. Você sabe o porquê? Porque estamos morando na casa que devia ser da Tia Rupa. Eu só estou alugando a casa dela. Então, agora que ela e eu não estamos mais nos falando, ela vai cancelar o aluguel. Eu a conheço muito bem. Nós vamos ter de nos mudar. Não temos escolha."

Arjun enfiou as mãos nos bolsos. Como explicar a *Papa* que a Tia Rupa podia tirar a casa (local sagrado de nascimento de quase a metade dos seus irmãos), o jardim (sepultura de tantas fraldas sujas) e os guardas, que tudo continuaria muito bem, se ao menos houvesse um meio de preservar o trajeto do ônibus que estava ligado de gravata-borboleta a este local de escalão? Ele teria de trocar de ônibus se mudasse de vizinhança, e então não haveria Aarti para ele desnudar todas as manhãs ou engrinaldar com ofertas de sagacidade. Pensar que ele só tinha ficado de mau-humor com ela hoje porque sabia que poderia remediar amanhã com amabilidades lacrimosas e uma referência a Bryan Adams. E se não houvesse amanhã. E se isto fosse o fim. Olá, Adeus. Sua fronte maciça e suave se contorceu com a fala reprimida; o sr. Ahuja pôde senti-lo.

"Olhe, *beta*", continuou ele, "eu sei que isso é bem difícil de engolir. É muito difícil para mim também. Coloque-se na minha posição. Mas você vai superar. Na verdade, você deve ter um papel ativo na festa amanhã. Eu vou apresentá-lo aos convidados. E você pode até tocar com a sua banda se quiser. Nós podemos transformar a festa num concerto."

"Não. A gente não está bem. A banda não é boa."

"Claro que é."

"Você não sabe o que é boa música."

"Isso não é problema seu", disse o sr. Ahuja. Ele espanou uns poucos dardos de cabelo espetados no seu ombro. "Deixe que eu arranjo tudo."

"Como não é problema *meu* se sou *eu* quem vai tocar?"

"Arjun, por favor. Por que você pagaria? Se me perguntar se já providenciei a comida e a bebida, eu direi que sim."

"Ah, *Papa*! Eu disse, você não tem a menor ideia DO QUE É UMA BOA MÚSICA."

O sr. Ahuja riu de si mesmo. "Sim, você tem razão. Me desculpe."

"Me desculpe, também."

Arjun olhou para o outro lado e coçou a face. Ele se surpreendeu com a sua barbicha e coçou um pouco mais.

O sr. Ahuja persistiu. "Arjun, faça um concerto. Você pode até convidar a menina se quiser. Aquela que vai no seu ônibus?"

Ele quis felicitar o homem – ele tinha um maravilhoso sentido de oportunidade e um número ilimitado de informantes, como diachos poderia ele estar sabendo de um insignificante romance de ônibus? – mas então a fonte da informação se revelou a ele num raio de consciência: seus irmãos. Eles o traíram, os desgraçadinhos. Vão pagar por isso.

"Há muitas garotas naquele ônibus, *Papa*", ele disse. "Elas são *todas* minhas amigas. Quando a hora apropriada chegar, eu vou convidar todas elas. Você pode até me ajudar a escolher."

"Mas seus irmãos e irmãs me disseram que…"

"Esqueça o que eles disseram, *Papa*. Eles são todos mentirosos. Não têm nada melhor a fazer do que ficar mentindo a meu respeito. Eles são meios-irmãos e meias-irmãs, e eles querem ter uma meia-cunhada. É com esse tipo de coisa que eu tenho de lidar o tempo todo. Talvez eu também devesse renunciar. Você aceita a minha renúncia? Eu renuncio."

Arjun quisera soar brincalhão, mas as últimas duas frases foram cuspidas; sua língua sibilou e queimou entre seus dentes.

O sr. Ahuja disse: "Muito engraçado, deixe-me pensar", e riu meio nervoso. Ele não era um homem muito dado a ficar nervoso.

Depois que Arjun fez o caminho de volta para a casa batendo os pés, o sr. Ahuja ficou sentado na cadeira sob a tenda e massageou a cabeça. Ele chamou o barbeiro e o fez apontar um ventilador industrial gigantesco para o seu rosto. A onda brutal de vento foi sufocante, mas o artifício funcionou: os restos de cabelo foram sugados do seu rosto, do ombro e do nariz e lançados num fluxo a jato menor que os mergulhou e espalhou na camuflagem verde do jardim. Mas ele ainda formigava do corte recente; ele tinha a pele sensível; sentiu o pleno peso da imaturidade de Arjun. Aos olhos do sr. Ahuja, pareceu que Arjun estava se colocando perigosamente contra a família. Ele já os considerava meio-parentes. Ele não estava indo bem na escola, nem em casa e nem com a banda. Ele precisava ser distraído desse zoológico, ou mais problemas o esperariam. Só havia um lugar para ele, decidiu o sr. Ahuja com um suspiro, não havia como negar, então quando entrou na casa, ele pegou Arjun de lado à mesa de jantar onde estava examinando taciturnamente um caderno – uma cena rara de dever de casa em andamento – e disse: "Eu pensei sobre a sua proposta."

"Ô *Papa*, me desculpe", disse Arjun. "Eu só estava brincando."

"Não, não, está tudo bem. Você não vai *renunciar* nem nada disso, mas você tem de me ajudar na próxima campanha. O que me diz? Você será um dos meus conselheiros políticos. Esta noite você virá comigo para começar a trabalhar. Você será o meu braço direito. O que você me diz?"

Expressões de pura vibração são raras: o rosto de Arjun se transformou numa singularidade, uma coisa inventada exclusivamente para cumprir a promessa do momento, todo o eu, seus embaraços e sua história obliterados pela delicada dança de músculos que indicam espanto. Ele se esqueceu de tudo que tinha planejado sobre ajudar a *Mama*; ele se esqueceu até, no momento, de Aarti e de seus irmãos e do seu dever de casa. Ele parecia um bebê, ele era um bebê. *Ele não é cínico, terá de aprender tudo desde o começo*, pensou o sr. Ahuja, e mesmo sabendo que estava evocando um desastre – mesmo sabendo que os dois não podiam andar juntos – ficou feliz. Tinha feito a coisa certa.

"Você está falando sério, *Papa*?"

"O que você me diz?"

"Sim, *Papa*", arquejou Arjun. "É claro, sim, *Papa*."

Então começaram os desastres.

EPÍLOGO

O DESASTRE

Os desastres nos anos seguintes foram numerosos demais para mencionar; como o estrépito de um motor agonizante ou as dissonantes contrações da gravidez, eles variaram em duração, temperatura e vigor e envolveram brigas de socos, transações de propriedade, repúdios, reacendimentos, xingamentos, muitos e muitos bebês e uma rebelião furiosa ocasional; e eles continuaram até o dia exato em que o sr. Ahuja se aposentou vinte anos depois, retirando-se do Partido do Congresso (I) (o qual ele havia desertado com dificuldade), deixando sua base, os seus eleitores e a sua influência acumulada para Arjun.

Mas o desastre mais duradouro foi exatamente o primeiro. Ocorreu pouco depois de os Ahuja terem se mudado, e foi um desastre de tal proporção que, como a eleição popular de um autocrata ou a introdução sub-reptícia de uma cláusula cruel numa lei civil, sequer pareceu ser um.

Conforme o sr. Ahuja tinha prometido, houve de fato uma festa de despedida na residência da Modi Estate Road. Políticos de todos os matizes foram convidados. No calor de abril, eles se descomediram num frenesi sobre a grama bronzeada do quintal, descontrolados: escovas-de-garrafa a balançarem-se sobre as cabeças; a gravidade arrancando as desvalorizadas notas de ouro das folhas do tesouro aparentemente infinito das árvores; sombras frescas de nuvens surgindo e desaparecendo em seguida. Homens e mulheres se misturavam em padrões ferozes em volta dos garçons com salgadinhos e paravam mortos quando a hidra dos irmãos de Arjun se aproximava e os engolia num ritual de tocar pés e tio-como-vai e tia-quer-outro-uísque. Gigantescos ventiladores industriais de um metro e meio jogavam os cabelos para trás em deslumbrantes remoinhos de algodão-doce. O jardim retumbava como um heliporto: as pessoas, gritando para compensar, pareciam o seu extremo natural. Os carecas de cabelos cuidadosamente arranjados sobre a calva ganharam penteados borrascosos, as mulheres que tinham gasto horas se tingindo em elegante sal-e-pimenta descobriram tufos brancos a encresparem-se sem aviso.

Foi neste cenário que o sr. Ahuja pavoneou-se com um drinque em cada mão, pondo em prática um novo nível de agressividade, falando livremente, sendo impetuoso e rude, caçando como um tubarão as *tikkas* de galinha e rolinhos de *kathi*, cogumelos e outros indescritíveis afins. Era como se tivesse esquecido de que ele era o anfitrião. Ele estava gostando de fazer política de novo.

Arjun, também, estava gostando da política. Ele bebeu demais e cumprimentou um general do exército que apertou tanto a sua mão direita que ele não pôde abrir uma torneira por dias (ou masturbar-se), flertou com uma mulher que tinha duas vezes a sua idade e depois vomitou num canteiro de sálvias no jardim.

Mas nada disso foi desastroso. Tampouco o fato de Aarti ter se mostrado cada vez mais cansada na viagem matinal, fugindo de

Arjun no tabuleiro de xadrez dos assentos do ônibus; de ele se habituar a pensar nela não como uma garota de quem gostava, mas como uma polaroide bruxuleante destinada a desbotar até desaparecer e ele pegar um outro ônibus numa vida nova, numa era de completa escuridão; ou de a banda, *The Flyover Yaars*, ter se reunido duas vezes num auditório cavernoso para ensaiar e chegado à conclusão simultânea de que eles soavam como um coro de eunucos pedindo dinheiro num casamento; ou mesmo de Ravi ter telefonado para Arjun uma manhã e dito: "Você não vai acreditar no que aconteceu", e Arjun dito, "O quê?", e Ravi dito, "A garota que nós atropelamos morreu. Complicações, *yaar*", e Arjun chorou como um bebê por um minuto – O que são os amigos se você não pode chorar na frente deles? – até Ravi dizer que só estava brincando, cara, e se ele, Arjun, queria ir junto levar umas flores para aquela gracinha?

"Meu pai quer que eu faça isso", explicou ele.

Arjun se recusou e foi um tanto brusco com Ravi. E ainda assim nada de ruim aconteceu. Ravi só tagarelou, tagarelou e lhe contou uma outra história. A amizade foi mantida. A banda tornou-se por um tempo uma complexa piada interna deles, mencionada com gargalhadas fumosas quando eles se enfiavam numa alcova secreta atrás da quadra de basquete durante o período dos jogos e trocavam cigarros.

Nada disso foi desastroso.

Então o aluguel ministerial da casa expirou, numa manhã obscenamente ensolarada de julho – após o que parecera ser um mês de moinho têxtil (Sangita, a gente precisa mesmo guardar todos os cinquenta suéteres?) e descobertas chocantes (a casa abrigava símbolos auspiciosos como piolhos), e um estudo prolongado do padrão de bolinhas a envelhecer de alto a baixo no que outrora haviam sido paredes brancas (O que era aquilo? Restos dos dias em que Arjun e Varun jogavam críquete dentro de casa e arremessavam a bola contra a parede?) – os Ahuja voltaram à casa da família de Rakesh em Greater Kailash.

Aí as coisas começaram a azedar. Não havia espaço suficiente, era uma casa feita para quatro pessoas. Ficou igual a uma panela de pressão. As meninas gêmeas, Gita e Sonali, fizeram a sua estreia no mundo dos caminhantes; elas desenvolveram uma fixação pelo pote de conserva de manga com tampa de rolha que ficava na despensa com uma grande tira de borracha amarrada em volta da boca de vidro, e tinham de ser enxotadas dos cantos pontudos por uma equipe de irmãos mandões. A sra. Ahuja, enquanto isso, estava exilada no nível mais baixo da casa de dois andares, onde levava uma existência um tanto solitária, cercada por empregados que ela não suportava. A razão para o exílio é que não havia nenhum banheiro no segundo andar, e as suas viagens para a toalete eram, como efeito colateral da sua gravidez, extremamente frequentes.

Já quanto a sexo, não havia nenhum em andar nenhum. E não haveria nenhum.

Arjun e o sr. Ahuja estavam ausentes a maior parte do tempo. Mas a maior parte do seu tempo não era passada em tarefas produtivas do mundo-real – no caso do sr. Ahuja, bebendo com seus financistas e homens do dinheiro ou despachando cartas enraivecidas para novas nêmesis; no caso de Arjun, fracassando graciosamente num exame de matemática, fazendo uma tentativa grosseira mas sincera de impressionar garotas com a história das suas loucuras de viaduto, ou sonhando acordado no percurso do seu novo ônibus com olhos instintivamente treinados para encontrar Aarti, que não estava presente, sendo sem dúvida incomodada por algum outro garoto num universo cuboide sobre rodas alternativo – mas num automóvel, juntos, queixando-se, encolerizando-se, chegando a lugar nenhum.

O sr. Ahuja sentia falta do prazer simples da sirene vermelha de emergência do seu carro oficial – sirene da qual ele tinha gloriosamente abusado para abrir os mares civis da cidade. O trânsito em Déli tinha em poucos meses ido do medonho ao horrendo. A primeira fase do Viaduto Expresso estava concluída, mas os viadutos ainda tinham de ser inaugurados. Eles tinham sido construídos, pintados e até semeados de alguns verdes; careciam era de inauguração.

Tratava-se de um problema de protocolo, portanto. Um viaduto não pode ser oficialmente aberto a menos que um ministro venha com um exército de parceiros e um coco, e então mande um dos parceiros quebrar um coco na rampa asfaltada da ponte. Bastante fácil, a não ser que não haja ministros livres com quem falar. O governo Mohan-Bedi-Rupa Bhalla, ou a Sexta Frente, caiu logo depois que Vineet Yograj compreendeu que o Primeiro-Ministro Mohan Bedi, apesar da sua infantilidade, não podia ser comprado ou manipulado – ele era rico e robusto – e por isso decidiu retirar o seu apoio, motivo por que os ministros tinham coisas melhores a fazer do que jogar coco no concreto.

Nas semanas de confusão e barganha eleitoral que se seguiram, os cidadãos de Déli ficaram mais cansados de dirigir, esperar, bater, buzinar, gritar e ficar em geral tamborilando os dedos nos tórridos painéis dos seus carros amassados.

Então, um dia, alguns membros do comitê de vigilância, ajudados por um canal de televisão ativista, chegaram ao Viaduto Godse Nagar, retiraram – com grande e exagerado sobe-e-desce – as barreiras amarelas da polícia que bloqueavam a rampa, conduzindo as suas motonetas e motocicletas de um lado para outro sobre a rodovia elevada.

A questão tinha sido levantada, mas ninguém notou. As barreiras foram colocadas de volta pela polícia, e o viaduto adormeceu novamente no horizonte. Ninguém achou que isso fosse um desastre.

Salvo o sr. Ahuja. Ele não podia aguentar mais. Ele havia tentado usar o tempo extra no carro para sussurrar histórias sobre

Rashmi para Arjun (ele deu a seu filho a gravata com motivo de jogador de críquete), mas logo ficou convencido da futilidade desses esforços. Ter contado o segredo fez Rashmi sumir ainda mais, e qual o sentido de revisitá-la simplesmente para confirmar o fato do seu esquecimento?

Ele começou, em vez disso, a queixar-se constantemente sobre os viadutos. Ele tinha o direito de tomar aquilo pessoalmente. "É uma completa tolice", dizia ele. E como Arjun fosse agora o braço direito do sr. Ahuja, ele tampouco podia suportá-lo. "Sim, tolice.", dizia Arjun.

Foi então que os *Flyover Yaars* fizeram a sua segunda vinda.

Ravi, Arjun, Anurag e Deepak começaram a se reunir na base de viadutos prontos mas ainda fechados – saudados mais uma vez pelo mesmo canal de televisão ativista entediado – e começaram a tocar canções retrabalhadas de Bryan Adams. "Viadutos do Verão de 69", e "Tudo o que Faço (Eu Faço por um Viaduto)" estavam entre os números mais destacados. Ravi estava presente porque tinha sido capaz de convencer seu pai de que ele podia tirar dali não só uma monografia para apresentar às universidades estadunidenses, mas também reivindicar que estava prestando um serviço comunitário, o qual, na verdade, não estava. Os *Flyover Yaars* eram surpreendentemente ruins. Ninguém que os tenha escutado gostava deles, e a maior parte das pessoas absolutamente não os ouviam. Um crítico os descreveu dizendo que seria como "ouvir um homem enchendo aqueles barulhentos animaizinhos esculpidos com balões, porém ainda no estágio de escolher o formato". Ou seja lá o que isso signifique. Eles eram só "início" e nenhum "chegar lá". Eis o porquê. Arjun se levantaria para pegar o microfone e ficaria observando o deslocamento dos carros ao passar empurrando copos de plástico, panos e sacos de batata frita no concreto, e imaginando que estava num vídeo da MTV em câmara lenta. Atrás dele, Ravi giraria interminavelmente em seu cinturão de asteroides de tambores; Deepak dobraria mais e mais a si próprio à medida que ia soltando um exaustivo solo da sua Stratocaster; e Anurag, debruçado sobre o seu teclado, fingindo espontaneidade com canções pré-programadas, pareceria um belo monstro relaxado. O laranja alta voltagem dos refletores brilharia através da nuvem de insetos alados e sobre a multidão à espera (se é que dez pessoas fazem uma multidão), expondo sobrancelhas coreografadas numa bonita dança de perplexidade, as mãos ficando azuladas em volta de copos frios de bebida efervescente gelada. Alguns dos ouvintes falariam aos seus telefones celulares. E aí a polícia chegaria em jipes e os expulsaria todos dali.

Os viadutos eram *passé*. Era pelo Metrô de Déli – surgindo de um dia para o outro como uma série de buracos gigantescos ao longo do trato espinhal de Déli, montes de terra elegantemente escavada acumulados nas calçadas sem uso – que as pessoas ansiavam agora.

Os *Flyover Yaars* eram muito papo e pouca música.

Então, em certo sentido, as coisas estavam indo bem para Arjun quando o desastre aconteceu.

Aquele foi o começo do desastre: em setembro, a sra. Ahuja entrou em trabalho de parto e foi levada às presas para o hospital e Arjun sequer ficou sabendo. A sra. Ahuja deu à luz uma menininha saudável, o décimo quarto e (por enquanto) o último membro dos Ahuja, e o tempo todo Arjun estava fora de alcance em seu celular – por quê? Porque estava fazendo um favor político importante para seu pai, o qual envolvia a compra de setenta caixas de guloseimas para distribuir entre partidários e não responder a chamadas de números aleatórios. Ele chegou em casa e se surpreendeu ao encontrar somente empregados e cinco dos seus irmãos, cada um deles lhe dizendo a mesma coisa: *Onde você estava, bhaiya?*

Ele nunca tinha perdido nenhum dos nascimentos frequentes da *Mama*, e não tinha pretendido perder este último. Mas mesmo esse descuido poderia ser desculpado. Um nascimento dura umas poucas horas; o que conta é o que vem depois. Mas quando ele viu a *Mama* deitada numa maca no hospital, Arjun não soube o que lhe dizer. Ele a viu e a beijou no rosto e arrulhou polidamente acariciando a bebezinha toda encolhida e enrugada que se esforçava ao seu melhor para piscar às luzes brancas do hospital, mas sentiu-se, entre seus irmãos e diante da sua mãe, como um estranho atencioso. Um estranho tão atencioso e tão distante que mesmo aquela tentação escaldante de dizer aos seus irmãos: *Do que vocês estão rindo, eu tenho um trabalho a fazer, vocês são piores do que enteados, o Papa nem queria casar com a Mama, ela só apareceu no dia do casamento,* e fazê-los entrar numa batalha de sucessão íntima e furiosa, todos os doze irmãos e irmãs a cercá-lo como os indicadores ordenados de um relógio enquanto ele estremecia e girava incessantemente ao alcance das suas maquinações – um Mahabharata dos tempos modernos – tinha agora se dissipado.

Ele era um território neutro. Ele era um desastre de indiferença.

A sra. Ahuja pôde perceber. Ela se reclinou na cama, olhou para Arjun e se recordou da sua primeira vez no hospital – quando ela deu à luz Varun. Ela havia segurado Varun em seu seio e cuidado dele, seus olhos postos em Arjun, então com quatro anos de idade, que estava sentado numa cadeira giratória de rodinhas e se empurrava na direção dela. Ele não queria um irmão. Tinha mostrado a língua para Sangita. Atrás de Arjun, o aço e os lençóis brancos do hospital lembraram Sangita da neve, Dalhousie no inverno, de como uma vez ela tinha posto a mão num poste de luz à beira da estrada e sentido um frio tão furioso e azul que poderia igualmente ter sido um choque. Só que, então, ela teve a mão firme e enluvada da sua mãe para se refugiar.

Rakesh nunca provera tal conforto; anos depois, só Arjun havia provido.

Ele estava sorrindo timidamente para ela agora, mas Sangita não disse nada. Escondido na desordem florescente dos cabelos dela havia um ziguezague de metal, uma presilha de cabelo que o médico tinha esquecido de confiscar antes de vesti-la com o avental verde. Ela buscou a rigidez geométrica, tirou-a e deixou cair por entre os feixes dos seus cabelos. A presilha tocou o piso ao mesmo tempo em que Arjun se abaixava para procurá-la, seus joelhos agora no chão, as mãos vasculhando a poeira, olhando debaixo da cama. Ela se empertigou sobre a grade da cama e o observou de cima quando ele se levantava do chão com o mesmo olhar determinado do pai, aquele bonito rosto de preocupação, e ela soube de uma vez por todas que tinha perdido o seu filho.

Contudo – talvez fosse o alívio do nascimento ou apenas a sua resiliência crescente, ou o fato de ela estar entusiasmada com a perspectiva de hordas de pessoas caindo sobre ela com felicitações e *laddos* e expressões de admiração reservadas aos gênios (*coloque-a num quarto, e ela reproduzirá!*) – ela não conseguia concentrar-se nessa perda, só conseguia sentir-se grata por tudo, pelas crianças reunidas à sua volta, pelo fato de ter sobrevivido a mais uma gravidez, pela presença de Arjun, por mais que espectral.

Ela estava grata de ainda poder vê-lo, ainda poder tocá-lo. Ela estava grata por todo o tempo que teve com ele. Ela estava grata de ele saber o que sabia e não se ressentir dela.

Se ao menos a mesma coisa pudesse ser dita sobre o seu querido marido.

AGRADECIMENTOS

Algumas pessoas foram incrivelmente amáveis comigo enquanto eu escrevia este livro. Elas expressaram essa amabilidade lendo múltiplos rascunhos, me estimulando a perseverar, fingindo gostar da minha prosa, oferecendo conselhos não solicitados, ou simplesmente esperando; é humanamente impossível eu nomeá-las todas. Eis uma tentativa.

Sou grato a Elizabeth Tallent por me "obrigar" a escrever um romance, e por ter sido uma mentora incrível depois disso; a Stephen Elliot, pelo apoio incessante e as palavras cruciais de encorajamento em 2003, que fizeram de mim um escritor; a Jay McInerney, por sua generosidade; a meus professores Adam Johnson e Tobias Wolff, por sua orientação; a meus amigos Nick Casey, Anthony Ha, Jenny Zhang, Ross Perlin, Zubin Shroff, Alice Kim, Aashti Bhartia, Max Doty, Chris Lee, Anna Rimoch, Greg Larson, Mansha Tandon, Benjamin Lytal, Blake Royer, Matt Wolfe e Nick Antosca, por seus conselhos, críticas e conversas; a Malvika Behl, Nikhil

Behl, Arushi Gehani, Samir Gehani e Usha Belani pela proteção local; aos meus ex-colegas David Poindexter, Kate Nitze, Khristina Wenzinger, Jason Wood e Scott Allen, por sua generosidade. Ao New York State Writers Workshorp, à Elizabeth George Foundation, à Intersection for the Arts e à Camargo Foundation, pelo financiamento e tempo necessários para escrever; a Tim Duggan, da HarperCollins, por ser um editor incansável e brilhante; a Allison Lorentzen, da HarperCollins, por sua amizade e diligência; a Andrew Wylie, por sua crença inicial na minha escrita; à minha agente, Jin Auh, da Wylie Agency, por suas leituras, paciência, amizade, conselho e honestidade excepcionais; a Tracy Bohan e Charles Buchan da Wylie Agency, por sua astúcia internacional; a meu irmão, Shiv Mahajan, por sua afeição inesitante; e finalmente a meus pais, Veena e Gautam Mahajan, que são não só os pais mais solidários que um escritor pode desejar, mas também as pessoas mais amorosas, amáveis e inspiradoras que conheço.

GLOSSÁRIO

Escritas originalmente com o alfabeto devanágari, as palavras híndis e urdus transliteradas apresentam, entre nós, uma certa variação ortográfica, a qual o autor às vezes registra neste romance, abonando mais de uma ortografia para certas palavras ao longo do texto.

AALU. Batata.
AALU-GHOBI. Prato à base de batata e couve-flor.
ACCHA. Interjeição: certo, bom.
ALMIRAH. Palavra anglo-indiana derivada do urdu *almari*: armário com prateleiras e gavetas, guarda-louça, armário de roupas, arca, baú.
ARRE. Interjeição: usada para expressar espanto, surpresa.
ASHAM. Lugar segregado para comunidades hindus levarem uma vida de simplicidade e religião.
BABA. Título de um homem santo.

BABU. Burocrata, escrevente, às vezes chefe ou patrão; indiano que tem algum conhecimento da língua inglesa (gíria ofensiva).
BACHA. Criança.
BAHAJNS. Canções religiosas.
BETA. Filho.
BHAI. Gíria: cara, sujeito; literalmente *bhai* significa irmão.
BHAIYA. Termo respeitoso para irmão mais velho.
BIDIS. Cigarros indianos aromatizados.
BINDI. Pequena marca decorativa usada na testa por mulheres indianas.
CHACHA. Tio.
CHAI. Chá.
CHAMCHA. Gíria: delator, bajulador, puxa-saco; literalmente *chamcha* significa uma grande colher ou concha.
CHAPPAL. Sandália.
CHAPPATI. Pão indiano típico, feito cotidianamente nas residências.
CHAWL. Até a década de 1980, *chawls* eram os edifícios ocupados pos famílias de classe média em algumas partes da Índia.
DAAL. Prato de consistência pastosa feito com leguminosas cozidas em água com condimentos, ervas, óleo, cebola.
DADA. Avô.
DADI/NANI. Avó.
DARGAH. Santuário muçulmano, tumba de uma figura religiosa muçulmana.
DHOTI. Roupa tradicional usada pelos homens na Índia; é composta por uma peça retangular de tecido enrolada e amarrada à cintura.
DIWALI. Importante feriado hindu, festa significativa do hinduísmo, do siquismo, do budismo e do jainismo.
DUPATTA. Echarpe, lenço de pescoço.
GOBI/GHOBI. Couve-flor.

GOND. Dos povos aborígenes do grupo dravidiano na Índia central e no Planalto do Deccan.

GOONDA. Membro de gangue criminosa, valentão, brigão, criador de casos.

HAAN-JI. Sim; o sufixo *ji* acrescenta um toque de respeito à palavra.

HAI RAM. Oh, céus! Exclamação de surpresa, frustração, excitação.

HALAL. Permitido, autorizado; diz respeito, quando presente no texto, à carne abatida e/ou preparada segundo as leis islâmicas.

HOLI. Também chamado Festival das Cores, trata-se de uma importante festa da primavera hindu.

JAMUN-WALLAH. Vendedor de *jamun*, o jamelão, árvore (*Syzygium cumini*) cuja casca, o fruto, as sementes e as folhas são usados para fins culinários e medicinais.

JI. Sufixo usado como marca de respeito, geralmente depois de um nome ou designação.

KAMEEZ. Blusa ou túnica longa e leve.

KANJEEVARAM. Tipo de sári, muito popular em casamentos, compõe parte importante do guarda-roupa da noiva.

KATHI. Noz.

KEEKAR. Acácia (*Acacia decurrens*).

HEN/HAN. Advérbio: sim, com efeito; interjeição: expressão de pesar, pasmo, medo, prazer ou reprovação.

KESAR (LASSI). Bebida feita de extrato de açafrão, leite, iogurte, creme de chantilly, essência de *kewra* (flor de pandano), sementes de cardamomo e cubos de gelo.

KHEER. Prato doce feito com arroz, leite e açúcar.

KHICHDI. Prato caseiro à base de arroz e lentilha.

KOTHI. Casa, bangalô, depósito, fábrica, loja, armazém, banco.

KURTA. Túnica sem colarinho que vai até o joelho e é usada sobre *pajamas*.

KYA. Pronome: que, qual, quais.
LADOO. Doce em forma de bola com grande variedade de receitas regionais.
LASSI. Bebida feita com iogurte, gelo, condimentos, frutas e outros ingredientes batidos.
MAMA. Mãe.
MANDIR. Templo.
MASALA. Mistura de duas ou mais ervas, especiarias ou aromatizantes geralmente fritos em *ghee* (manteiga clarificada) para realçar o aroma.
MASI. Tia
MASSAGEM-WALI. Massagista.
NAA. Não.
NAALI. Pequena propriedade; unidade ancestral de medida de terra: enchia-se de sementes um bambu oco com uma abertura na extremidade para que o interessado em adquirir o terreno o girasse. A área delimitada pelo alcance das sementes era chamada *naali*.
NAAN. Pão plano e redondo.
NAMKEEN (LASSI). Bebida feita com iogurte, pimenta caiena, sal, cubos de gelo, sementes de cominho.
NEEM. Árvore-santa, margosa (*Melia azedarach*).
PAAN. Bétele, noz-de-areca.
PAJAMAS. Par de calças frouxas de seda ou algodão.
PANCHAYAT. Conselho de cinco membros de povoado ou aldeia, que se reúne para decidir assuntos da comunidade.
PAPA. Pai.
PARATHAS. Pão caseiro friável feito de trigo integral.
PUJA. Cerimônia ou rito religioso em adoração às divindades hindus.
PUKKA. Genuíno, muito bom, de primeira classe.

QAWALLI. Estilo musical devoto marcado pela repetição rítmica improvisada de uma frase curta, a fim de induzir os participantes a um estado de êxtase místico.

RAJMA. Prato à base de feijão vermelho.

RAKHI. Dia dos irmãos e irmãs. As irmãs atam um *rakhi* no pulso dos irmãos, pedindo vida longa; os irmãos prometem proteger suas irmãs e ajudá-las em tempo de necessidade.

ROTI. Pão de ázimo.

SAAHB. Adjetivo: limpo, puro, distinto, inteiro, inalterado.

SALWAR/SHALWAR. Calças largas e leves usadas por ambos os sexos nos países da Ásia do Sul.

SALWAR-KAMEEZ. Traje feminino composto de *salwar* e *kameez*.

SAMAGRI. Conjunto de objetos e/ou oferendas – como coco, flores, frutas e incensos – usados nos sacramentos puja.

SARDAR/SIRDAR. Chefe militar ou nobre.

SHAADI. Casamento indiano.

SHARAABI. Grande sucesso do cinema indiano, produção de 1984.

SHRI/SHRIMATI. Sr./Sra.

SUSU. Urina, pipi, xixi.

TAUJI. Tio, irmão mais velho do pai.

TEA-SHEE. Adaptação com sabor indiano da palavra inglesa *tea* (chá).

TIKKA. Um caril que deve ser comido com pão *naam*.

TILAK. Marca sagrada geralmente de uma pasta amarela de sândalo, usada na testa por homens e mulheres hindus.

TINDA. Planta da família da cucurbitácea, incluindo abóbora, melão, pepino, melancia.

TULSI. Um tipo de manjericão (*Ocimum sanctum*) cultivado como planta sagrada dedicada a Vishnu, uma das principais divindades hindus, o segundo na grande trindade Brahma, Vishnu e Shiva, mas que é identificado como divindade suprema por

seus adoradores, que o veem como o Preservador do mundo, responsável pelo sucesso dos empreendimentos.
POLÍCIA-WALLAH. Policial.
WALI/WALLAH. Pessoa responsável por uma coisa em particular ou ligada a um serviço específico.
YAAH. Indicador de contingência imperativa.
YAAR. Amigo(a), companheiro(a).

Editora Manole

Este livro – composto em Fairfield LT Std
no corpo 12,4/15,4 – foi impresso sobre
papel Chamois 80 g/m² pela RR Donnelley,
em Barueri – SP, no mês
de maio de 2009.